봄의 교향악

봄의 교향악

ⓒ 박황서, 2021

초판 1쇄 발행 2021년 4월 29일

지은이   박황서
펴낸이   이기봉
편집   좋은땅 편집팀
펴낸곳   도서출판 좋은땅
주소   서울 마포구 성지길 25 보광빌딩 2층
전화   02)374-8616~7
팩스   02)374-8614
이메일   gworldbook@naver.com
홈페이지   www.g-world.co.kr

ISBN   979-11-6649-680-6 (03810)

봄의 교향악

박황서 지음

좋은땅

차
례

제 1 부

———

———

해후(邂逅)

태초의 달은 지구와 비슷한 크기와 질량을 가진 행성이었다. 달과 지구는 가까이에서 서로를 지탱하고 쌍둥이처럼 닮아 가며 같은 속도로 태양 주위를 맴돌고 있었다.

그러던 어느 날 우주에 대변혁이 일어나 태양계를 휩쓸면서 둘은 충돌을 피할 수 없는 운명에 처했다. 그 가공(可恐)할 충돌로 인해 달은 대부분의 질량을 지구에 내주고 까마득히 멀어져 갔다.

달이 남기고 간 무수한 금속성 광물들은 지구를 행성인 동시에 하나의 거대한 자석으로 변모케 했다. 이렇게 형성된 강력한 자기장이 태양풍을 타고 끊임없이 날아오는 하전(荷電) 입자들을 차단함으로써 지구에는 물이 존재할 수 있게 됐다. 생명체가 번성할 토대가 구축된 것이었다.

만신창이가 된 몸으로나마 달은 수십억 년을 한결같이 저 멀리서 지구가 번성하는 광경을 흐뭇이 지켜보고 있다.

새벽달이 외딴 병원 건물을 넘어 서녘으로 기울어 가다 아담한 병실 하나를 비춰 보고 있었다. 네 명의 건장한 청년들이 각자 침대에 잠들어 있는 이 병실은 너무 좁아서 출입문 옆의 사물함 외에 다른 물건이 자리할 곳은 어디에도 없어 보였다. TV나 냉장고는 물론 한쪽 구석에 명목상 세워 두는 소화기조차 안 보이는 이곳은 어딜 봐도 일반 환자들이 머무는 병실 같지 않았다.

부자연스러운 것은 방의 구조뿐이 아니었다. 침상에 잠든 이들이 일정 주기로 번갈아 내는 호흡 소리가 마치 힘찬 행진곡을 연주하는 듯해서 그들을 환자로 봐 주자니 여간 억지스럽지 않았다. 뭔가 특별한 목적으로 급조된 것 같은 이 병실에 가득한 공기는 한마디로 어색함이었다.

환자 같지 않은 환자들이 누워 있는, 병실 같지 않은 병실로 4월 마지막 날의 아침이 하얗게 흘러들어 오고 있었다. 근호는 여느 날처럼 차갑고 신선한 아침 공기를 얼굴 가득 감촉하며 힘겹게 눈을 떴다. 평소보다 주위가 어두워 보인 나머지 간밤에 낯선 데로 옮겨진 것 같기도 했다.

오늘 저녁이면 가축우리 같은 이곳에서 나갈 수 있다는 설렘과 다시 맞닥뜨려야 할 바깥 세상에 대한 두려움이 스테레오로 중추신경을 자극하는 통에 근호는 평소보다 한 시간 남짓 일찍 잠에서 깼다. 약기운이 아직 사그라지지 않아 머리를 움직일 때마다 뇌와 두개골이 부딪히는 듯한 불쾌감에 인상을 찡그려야 했다.

바로 옆 침상의 꽃미남 청년은 공무원 수험서를 끌어안고 곱게 잠든 반면 맞은편에서는 거구의 사나이가 풍채에 걸맞게 큰 대자로 드러누워 연신 코를 골아 댔다. 그의 머리맡에도 공무원 수험서가 펼쳐져 있었다.

공무원 되는 것이 청년 대다수의 꿈이 돼 버린 세태(世態)가 과거시험에 합격해 관리가 되는 것 외에 달리 삶의 목표가 없었던 조선 시대와 크게 다를 바 없었다. 그렇다면 이곳을 찾은 청년들은 옛날에 곤장(棍杖)을 대신 맞아 주고 학비를 충당하던 가난한 선비의 후예들이리라. 이런 상상을 하는 동안 맞은편 거한(巨漢)의 커다란 엉덩이가 맞아서 부어오른 것처럼 애처로워 보였다.

근호의 대각선 쪽 침상에는 어제 갓 입원한 곱슬머리 사내가 번데기처럼 몸을 오므린 채 곤히 잠들어 있었다. 입에서 흘러나온 침이 입언저리에 하얗게 말라붙어 차마 보기에도 민망했다. 안정성이 검증되지 않은 약을 아침저녁으로 복용한 데다 다량의 채혈까지 당하고 나면 체질에 따라 저렇듯 처참한 부작용이 나타나기도 하는 법이었다.

그래도 알 수 없는 것이 사람의 몸이었다. 구슬보다 작은 총알 하나에 숨이 멎을 정도로 허약하다가도 때로는 무쇠처럼 강인한 적응력을 발휘하는 것이 인간의 신체였다. 그렇게 독한 약을 하루에 두 번씩 먹고 피를 두 병이나 뽑아가는 데도 이십여 일을 버텨 냈으니 나름 육체에 대한 자긍심이 생길 만도 했다.

모두들 돈이 급해 이런 곳으로까지 굴러온 것이었다. 대학을 졸업하고도 직장을 얻지 못한 서민 가정의 아들이 목돈이 절실하다면 이런 종류의 일은 뿌리치기 어려울 터였다. 정치권에서는 우리나라가 세계 10대 경제 대국이니 국민 소득 삼만 불의 시대가 왔다느니 하고 유세를 떨지만 정작 젊은이들이 중견 기업에 입사하거나 하급 공무원이 되는 것조차 녹록치 않은 것이 우리 사회의 슬픈 자화상이다.

근호는 꼼짝 않고 드러누워 이런저런 상념으로 시간을 지우는 것이 마냥 즐거웠다. 이런 유의 행복감이란 힘든 일의 막바지에 이른 사람에게만 주어지는 선물이 아닐까 싶었다.

커튼 사이로 흘러든 아침 햇살에 조그만 먼지들이 벌레처럼 구물거리는 것이 관찰될 즈음부터 근호 얼굴에 긴장이 감돌기 시작했다. 경제적 보상에 대한 반대급부를 제공해야 할 시간이 임박한 데 따른 조건반사였다.

아니나 다를까. 복도를 활보해 오는 간호사의 발자국 소리가 근호 귓전에 다다라 우레와 같이 증폭되고 있었다. 연약한 여자의 일과(日課)가 목을 노리고 달려드는 맹수의 급습(急襲)처럼 매번 신경을 곤두서게 했다. 담력이 고작 이 징도라면 권두를 그만둔 건 백번 옳은 결정이었다.

달칵하고 병실 문이 열리나 싶더니 귀에 익은 간호사 목소리가 따끔하게 고막을 울렸다.

"박근호 님, 채혈하고 약 드실 시간입니다."

"마지막이죠?"

간호사는 로봇처럼 익숙한 손놀림으로 근호 팔에 주사 바늘을 꽂는 데만 여념이 없었다. 도무지 말을 받아 주는 법이 없는 그녀의 태도가 이제는 불쾌하지도 않았다.

채혈을 마친 간호사는 언제나처럼 알약과 종이컵을 불쑥 내밀었다. 약을 받아 입에 털어 넣고 물을 들이키는 동안 근호는 자신의 동작 하나하나가 예리하게 관찰되는 것을 감지하고 있었다.

"오후 여섯 시에 다시 오겠습니다. 힘드시면 비상벨을 눌러 주세요."

용무를 마친 간호사가 옆 침상으로 이동하자마자 약효는 바로 나타났다. 구토를 억누르려 고개를 치켜든 근호 시야에서 천장과 형광등이 어지럽게 빙빙 돌고 있었다. 입술이 터지도록 깨물고서야 위(胃)를 진정시킨 근호는 가쁜 숨을 몰아쉬며 나무토막처럼 침대에 쓰러져 누웠다.

정신이 몽롱한 와중에도 근호는 지금쯤 자신을 애타게 찾고 있을 친구 재희의 모습을 그려 보고 있었다. 날짜를 꼽아 보니 아껴 뒀던 포상 휴가까지 합쳐 긴 말년 휴가를 나온다는 날이 그저께였다. 오늘 밤 그와 마주 앉아 술잔을 기울이다 보면 이곳에서 망가졌던 몸도 씻은 듯이 나을 것 같았다.

재희와의 만남을 무척이나 기다린 근호였지만 곤경에 처한 모습을 보이려니 망설여지기도 했다. 재희가 이번 일의 내막을 알고 나면 어떻게 반응할지 지레 걱정부터 앞섰다. 다짜고짜 돕겠다며 팔을 걷어붙일 것은 쉬이 짐작됐다. 사태의 진상을 파악하다 옛 여자친구의 자취를 발견하고 재회를 고대하며 감격해할 것도 같았다. 이 대목에서 근호는 더 이상 생각을 이어 가지 못하고 고개만 절레절레 흔들었다.

한줄기 죄책감이 가슴을 파고든 순간 아버지 얼굴이 눈앞에 아른거리기 시작했다. 그는 중년 남자라면 대부분 기억할 수 있는 권투 선수였다. 고작 사십 년 남짓한 그의 일생은 오로지 세계 챔피언을 향한 열망과 좌절의 점철(點綴)이었다. 발군의 기술과 스피드를 앞세워 초반에는 늘 우위를 점했지만 체력과 펀치력의 열세로 세계 타이틀 매치에서 매번 고배를 마시다가 끝내 꿈을 이루지 못하고 링을 떠난 그였다.

그의 은퇴는 그냥 은퇴가 아니라 대(代)를 이어서라도 꿈을 이루기 위한 작전상 후퇴일 뿐이었다. 덕분에 근호는 공부보다 도끼질을 더 많이 하면서 십 리도 넘는 오지(奧地)의 등굣길을 매일 도보로 왕복해야 했다. 당시 또래들보다 발육이 더뎠던 근호에게 그것은 훈련이라기보다 차라리 학대에 가까웠다. 자식을 향한 남편의 광기 어린 집착을 견디다 못한 엄마가 어느 날 갑자기 집을 나가 버리자 아버지는 전에 앓았던 폐결핵이 재발하는 통에 서리 맞은 풀잎처럼 시름시름 앓다가 그길로 짧은 생을 마감하고 말았다.

가난한 전직 복서의 죽음에 누구 하나 관심을 안 가지는 가운데 서울에서 강원도 산골까지 한달음에 달려와 대성통곡한 이가 있었다. 신수 시절 숙명의 라이벌로 통하던 재희의 아버지 종창이었다.

종창의 일생 역시 근호 아버지의 것과 거의 판박이였지만 자식에게 복서의 길을 강요하지 않은 점이 근본적으로 달랐다. 체육관을 직접 경영하며 왕성하게 후진을 양성하면서도 재희만큼은 근처에 얼씬도 못 하게 했다. 그토록 배고프고 고통스런 운동을 대를 이어 업으로 삼는 것이 종창에겐 무모하게 여겨졌다. 하물며 각종 격투기의 저변이 날로 확대되는 추세와 달리 권투의 인기가 시들해진 것이 엄연한 현실일진대 생계를 위해서라도 다른 길을 권하고 싶었다.

친구의 장례를 마친 종창은 졸지에 고아가 돼 버린 열네 살짜리 소년이 눈에 밟혀 차마 모른 척하고 돌아갈 수 없었다. 그날을 기점으로 근호는 재희가 입대할 때까지 같은 집에서 같은 학교를 다니며 대부분의 시간을 함께했다.

종창을 따라 상경한 이후로 대학 2학년 때까지는 근호 역시 권투를 멀리했다. 또래들처럼 그럭저럭 공부에 적응하며 살아왔지만 회사원 정도의 소박한 꿈마저 노력만으로는 이루기 어려운 현실을 목도하면서 가치관에 혼란이 발생했다. 그 와중에 고아라는 이유로 군대에서조차 외면당하자 근호는 자신이 설 곳은 사각의 링뿐임을 깨닫고 종창의 권유에 못 이기는 척 '태양체육관'의 관원이 돼서 칠팔 년 만에 운동을 재개(再開)했다.

오랫동안 등한시해 온 권투였지만 유전적으로 물려받은 스피드와 소년 시절 혹독하게 단련된 펀치력이 여전한 데다 아침운동 습관까지 잘 유지해 온 덕분에 근호는 파죽지세로 체육관의 다른 선수들을 제압해 나갔다. 오른손 왼손 할 것 없이 그의 펀치는 언제나 상대의 것보다 먼저 목표물에 도달했다. 근호의 폭풍성장에 고무된 종창이 시합을 적극 주선한 덕분에 그는 프로 선수로 데뷔한 지 일 년여 만에 4전 전승을 거두며 한국 챔피언에 도전할 기회까지 거머쥐었다.

유난히도 눈이 잦았던 겨울날들이 맹훈련 속에 지워지고 꽃샘추위에 수줍은 개나리가 듬성듬성 꽃망울을 터뜨릴 무렵 소년티를 막 벗은 청년이 권투 선수로 성공해 돈을 벌겠다며 태양체육관을 찾아왔다. 귀티 나는 얼굴에 돈타령부터 해대는 꼴이 탐탁지 않았지만 마침 관원이 점점 줄면서 경영 상태가 악화되던 참이라 종창은 일단 그를 받아들였다.

그 불청객을 며칠간 지도해 본 결과 종창은 횡재한 사람처럼 기분이 들떴다. 생김새와 달리 그는 4회전을 거뜬히 뛸 만큼 기초 체력과 운동감각을 지니고 있었다. 목이 가늘어 맷집이 약해 보이긴 해도 순발력이 워낙 좋아 큰 펀치는 허용할 것 같지 않았다. '유강민'이란 이름의 그 청년은 종창의 예상대로 관원이 된 지 불과 한 달여 만에 태양체육관에서 손꼽히는 유망주로 성장했다.

귀한 왼손잡이에다 근호보다 한 체급 아래라 시합에서 맞붙을 일도 없으니 종창에게 강민은 그야말로 넝쿨째 굴러온 호박이었다. 전광석화 같은 왼손 받아치기가 주특기인 그와 전형적인 오른손 인파이터인 근호는 서로에게 천상궁합의 스파링 파트너였다.

마침 종창은 근호가 상대할 한국 챔피언과 비슷한 스타일의 연습 상대를 구하지 못해 애태우던 중이었다. 근호가 앞선 네 번의 시합을 모두 KO로 이기긴 했지만 비슷한 유형의 선수들만 상대해 봤다는 점이 늘 마음에 걸렸었다. 강민의 기량이 시합에 나갈 수준까지 이르렀다고 판단한 즉시 종창은 근호와의 스파링을 지시했다.

　종창의 예상과 달리 그날의 스파링은 너무 싱겁게 끝났다. 근호가 평소와는 전혀 다른 스타일로 싸운 까닭이었다.

　강민이 왼손 받아치기에 능한 것을 간파한 근호는 선제공격을 자제하며 숏 블로우 위주의 치고 빠지기 전략으로 경기 초반을 리드해 갔다.

　강민이 서두르기 시작하자 근호는 가드를 반쯤 내려놓고 그가 과욕을 부리기만 기다렸다. 접근전을 시도하는 척하다 한발 물러선 순간 상대의 왼손 스트레이트가 뻗어 나오는 타이밍이 포착됐다. 강민의 주먹이 허공을 가름과 동시에 허술해진 안면에 근호의 오른손 스트레이트가 적중했다. 당황할 새도 없이 원투 스트레이트까지 허용한 강민은 엉거주춤 물러서기 시작했다. 기회를 놓칠세라 근호는 야수처럼 달려들며 강민의 관자놀이에 레프트훅을 작렬시켰다. 세기의 대결에서나 나왔을 법한 녹아웃 장면이었다.

　이날 종창의 눈에 비친 것은 예전에 왼손 강타자들을 능수능란하게 요리하던 근호 아버지의 전성기 때 모습 그대로였다. 상대에 따라 스타일을 바꿔 가며 싸울 수 있는 능력은 종창이 근호에게서 발견한 또 하나의 보석이었다.

　박빙 승부가 될 것이란 종창의 예상을 꾸짖기라도 하듯 링 위에서 심상찮은 일이 벌어지고 있었다. 캔버스에 쓰러진 강민이 도무지 일어날 기미를 보이지 않는 것이었다. 황급히 구급차를 불러 응급실로 이송했지만 해가 지고 밤이 깊어 가도 강민은 의식을 회복하지 못했다. 급기야 담당 의사는 뇌사 상태를 선언했다.

근호는 내면이 산산이 분쇄된 채 심리적 공황 상태로 빠져들었다. 권투라는 운동이 꿈도 희망도 아닌 야만적 살인 게임으로 전락한 순간이었다.

근호의 시름이 걷잡을 수 없이 깊어진 것은 급보를 받고 달려온 강민의 가족과 대면하면서부터였다. 그의 누나 유한나는 한때 근호와 재희의 체육교육학과 동기생인 동시에 재희와는 연인 사이였다. 대학 새내기 시절 세 사람 주변에 불미스런 사건이 발생한 직후에 한나가 돌연 학교를 자퇴하면서 연락이 끊어진 지 4년 만에 이렇듯 모양 사납게 재회했다.

한나는 여전히 아름다웠다. 갓 피어난 벚꽃 같았던 예전 모습이 지금은 청아하고 지적(知的)인 한 떨기 백합으로 만개해 있었다.

한나는 병상의 동생을 망연히 바라보다 그 자리에 주저앉았다. 먼발치에서 그 광경을 지켜 본 근호는 가위에 눌린 사람처럼 꼼짝도 할 수 없었다. 한나에게도 주먹질을 한 것 같은 죄책감이 심장을 갉아먹고 있었다.

오열하는 한나를 보다 못해 허둥지둥 병원을 뛰쳐나간 근호는 전혀 다른 사람이 돼 가고 있었다. 한나와 강민 남매를 돕겠다는 일념만이 의식을 지배하는 규범으로 그의 머릿속에 아로새겨졌다.

이튿날 아침 근호는 용기를 내 한나의 직장으로 찾아갔다. '동물복제연

구실'이란 방패(房牌)가 붙은 대학 연구실이었다. 조심스레 출입문을 밀고 들어서니 길게 뻗은 실험 테이블 끄트머리에 바짝 붙어 앉아 현미경을 들여다보는 한나의 옆모습이 시야에 담겼다. 긴 머리를 뒤로 모아 묶고 미동도 없이 연구에 몰입한 모습이 한 폭의 인물화 같았다. 어떤 배우나 무용가도 저처럼 아름다운 장면을 연기하긴 어려울 듯했다.

이따금 고개를 들 때면 총총한 눈매와 오뚝한 콧날이 아치형의 얼굴과 잘 어우러져 누구도 범접할 수 없는 카리스마를 연출했다. 계속 바라보다간 이대로 망부석이 되고 말 것 같아 근호는 무심한 척 주위를 두리번거리며 그녀에게 한 발, 한 발 다가갔다.

방 안에 대여섯 명이 더 눈에 띄었지만 뭔가를 읽거나 실험도구만 만지작거릴 뿐 어느 누구도 근호에게 주의를 기울이지 않았다. 햇볕이 잘 드는 방임에도 분위기가 절간처럼 엄숙해서 지레 주눅이 들어 버린 근호였다.

근호는 발자국 소리를 내기도 민망해서 초보 스키어처럼 운동화를 방바닥에 바짝 붙이고 살금살금 한나를 향해 미끄러져 갔다. 그제야 인기척을 느낀 한나는 근호 쪽을 힐끗 한 번 돌아보고 못 본 척 하던 일을 계속했다. 잠깐 사이에 아랫입술이 힘껏 깨물어져 있었다.

"정말 미안……."

근호는 우물쭈물 망설이며 들릴 듯 말 듯 웅얼거렸다. 현미경을 만지작거리던 한나의 손동작이 멈칫하면서 한바탕 성토가 쏟아질 것 같더니만 가느다란 한숨 소리만 허공으로 여울져 갔다. 한나는 아무렇지도 않은 척 현미경과 씨름을 계속했다.

차라리 멱살이라도 쥐고 흔들어 줬으면 마음만은 편할 것 같았다. 자기 감정을 학대하면서까지 평정심을 유지하려는 한나 모습이 근호에게 죄책감만 키워 주고 있었다.

"강민이 일어날 때까지 뭐든지 다 할게."

근호는 한나를 똑바로 내려다보며 음절(音節)마다 체중을 실어 발음했다. 거사를 앞둔 혁명가에게나 어울릴 법한 말투였다.

그 길로 곧장 은행을 찾은 근호는 전 재산 삼백여만 원을 모두 털어 와한나에게 건넸다. 네 번의 권투 시합에서 받은 파이트머니를 고스란히 내놓고는 강민을 더 큰 병원으로 옮겨 달라 간청했다. 종합 병원에서 입원치료를 받으려면 매달 수백만 원이 든다지만 근호에게 그런 걱정은 안중에도 없었다.

목돈이 절실했던 그때 뇌리에 퍼뜩 떠오른 것은 극심한 취업난을 견디다 못한 대학 선배 몇몇이서 주먹 세계에 발을 들이더니 금세 외제차를 몰고 다니더란 소문이었다. 흥신소에 들어간 그 선배들의 러브콜을 일언지하에 거절해 오던 근호였지만 '강민이 일어날 때까지만'이란 전제(前提)를 단 순간 그것은 달콤한 마시멜로 같은 유혹으로 되돌아왔다.

다행히 그 유혹은 금방 뿌리쳐졌다. 선량한 사람들을 괴롭혀야 하기 때문만은 아니었다. 강민을 살리기 위해 전과자가 되는 것쯤은 감수하리라 마음먹은 순간 또 다른 공포가 엄습해 고개를 젓게 했다. 한나가 폭력배를 어떤 시선으로 바라볼지 생각만 해도 뜨끔했다.

흥신소 생각을 떨쳐 버린 근호는 지난 가을 학기에 복학한 친구가 제약회사 임상 실험에 세 차례 지원해서 등록금을 벌었다며 자랑하던 기억을 떠올리고 밤새 포털 사이트를 검색했다. 고령화 사회에 대비하려는 정부의 전폭적인 지원 하에 각종 의약품 개발의 연구 성과가 가시화되면서 임상 실험 참가자를 모집하는 광고가 심심찮게 눈에 띄었다. 근호는 마음속에 돈다발을 차곡차곡 쌓아 가며 광고물들을 하나하나 갈무리했다. 그렇게 시작한 임상 실험이 다섯 번째에 이르러 이 병원까지 오게 된 것이었다.

얼마나 잤을까. 근호는 꿈결에 누군가에게 떠밀려 눈을 떴다. 두통으로 흐릿한 시야에 하얀 물체가 가물거리고 있었다. 맥 풀린 눈동자에 초점이 맞춰지는 동안 주사기를 만지작거리는 간호사 모습이 점점 또렷해졌다. 근호를 상대로 마지막 권리를 행사하려 단 일 분의 오차도 없이 나타난 그녀였다.

간호사에 끌려간 왼팔이 주사 바늘에 따끔하게 뚫리나 싶더니 거머리에 물린 것 같은 간질간질한 감촉이 이어졌다. 이렇게 뽑아낸 피의 양이 어림잡아 욕조 하나는 채울 성싶었다.

채혈 직후부터 다시 도진 두통이 구토를 일으킬 듯 극심해졌다. 어릴 적에 감기 든 몸으로 천 번의 도끼질을 마쳤을 때와 흡사한 생체반응이었다. 근호는 따뜻한 꿀물을 가져다 줄 아버지를 기다리던 심정으로 고통을 참아 내고 있었다.

"이제 귀가하셔도 됩니다."

늘 기계음 같았던 간호사 목소리가 지금만큼은 자상한 선생님 말씀처럼 들렸다. 근호는 눈을 지그시 감고 귀가라는 단어가 준 포만감을 만끽했다.

출입문 쪽으로 돌아서서 옷을 갈아입는 동안 근호는 간호사가 호들갑스럽게 곱슬머리를 깨우는 소리를 흘려듣고 있었다. 저렇게 흔들어 깨워도 못 일어날 정도면 이런 유의 일은 애초에 시작도 말았어야 했다.

간호사가 악착같이 흔들어 대도 곱슬머리는 꿈쩍도 하지 않았다. 사태가 이쯤 되니 업무용 로봇처럼 굴던 간호사도 사람다운 면모를 드러냈다. 치맛자락이 나부껴 허벅지가 훤히 드러나는 줄도 모르고 허겁지겁 병실을 뛰쳐나간 그녀였다.

무슨 자랑거리라도 생긴 양 기분이 우쭐해진 근호는 옷을 갈아입자마자 휴대폰부터 켰다. 엿새만이었다. 이번 수당이 계좌에 입금돼 잔고가 천만 원을 넘어서자 그의 입꼬리가 숫자만큼이나 길쭉하게 늘어났다.

그때였다. 정신 나간 사람처럼 뛰어나갔던 간호사가 젊은 의사 하나를 데리고 숨을 헐떡이며 돌아왔다.

"이 분 맥박이 아주 약해요."

"빨리 수혈해야 될 거야. 혈액형이 뭐지?"

"B형이요."

"저기요! 여기 혹시 B형이나 O형 아무도 안 계십니까?"

의사의 절박한 외침이 잔잔하던 병실 공기를 요동치게 했다. 방 안의 다른 두 사내는 심드렁한 표정으로 의사 쪽을 흘깃 한번 쳐다보고 못들은 척 돌아누웠다. 혈액형이 다른 것에 안도하는 듯도 했다.

"제가 B형입니다!"

금속 성분이 가미된 근호 목소리가 단숨에 병실 분위기를 장악했다. 더 뽑아낼 피가 남아 있는지는 몰라도 죽은 듯이 드러누운 곱슬머리에게 강민의 모습이 겹쳐 보이는 바람에 근호는 무작정 수혈을 자청했다. 강민을 실신시킨 죄책감과 그를 살려 내야 한다는 강박관념이 근호의 내면을 송두리째 장악하고 생존 본능마저 위협할 만큼 구속력을 발휘하고 있었다.

근호와 곱슬머리는 즉각 수술실로 이송돼 나란히 눕혀졌다. 근호 팔에서 흘러나온 피가 먹이를 쫓는 뱀처럼 매끄러운 곡선을 그리며 곱슬머리의 몸속으로 쉴 새 없이 빨려 들어갔다. 당초 30 언저리에 머물던 맥박 수가 점점 높아져 60을 오르내리자 창백하던 간호사 얼굴에 생기가 돌면서 환호성이 터져 나왔다.

근호는 어제 곱슬미리가 입원할 때부터 언젠가 좋은 인연으로 만난 듯한 인상에 끌려 내심 호감을 갖고 있었다. 더 가까이서 보자니 얼굴은 물론 체형(體刑)도 어딘지 낯익어 보였다. 일견(一見) 태양체육관에서 운동하다 그만둔 사람들 중 한 명이 아닐까 싶었다.

곱슬머리는 얼굴 한복판에 근호의 시선이 부딪히는 것을 감지하고도 모르는 척 눈을 감고 있었다. 등고선을 그려 놓은 듯 밝고 어두운 색채가 잘 버무려진 낯빛이 이런저런 사연을 담고 있는 것도 같았다.

보름을 이틀 앞둔 달이 빌딩 위로 다소곳이 떠 있었다. 버스에서 내리고부터 현기증이 몸도 못 가눌 만큼 심해져서 근호는 엉겁결에 가로수를 기대고 섰다. 그렇게 나무를 업고 십여 분간 달구경을 하고서야 근호는 제 걸음으로 집에 갈 수 있었다.

재회가 입대하면서 분가(分家)해 나와 두 해를 넘기는 동안 거리의 구석구석이 눈에 익은 근호였지만 언제부터인가 이방인이 된 것 같은 느낌을 지울 수 없었다. 강민이 쓰러진 날 이후로 귀갓길에 늘어선 상가와 집들이 모두 등을 돌리고 외면하는 것만 같았다.

패잔병처럼 힘겹던 근호 발걸음이 원룸 자취방을 십여 미터 남겨 두고 조금씩 빨라지다가 돌연 멈춰 버렸다. 달빛에 길게 드리워진 그림자 하나에 시선을 뺏긴 까닭이었다. 그림자의 주인이 재희임을 확신한 순간 그 간에 쌓인 피로와 고뇌가 봄바람 맞은 눈처럼 가뭇없이 녹아내렸다.

근호는 전봇대에 기대서서 그림자의 동태를 살피며 재희의 심중(心中)을 읽어 보고 있었다. 양손을 바지 주머니에 꽂고 상체를 살짝 구부린 모양새가 기분이 들떠 있음을 쉬이 짐작케 했다. 마음이 불안할 때면 발 시린 사람처럼 양쪽 발을 번갈아 들었다 놨다 하던 버릇 역시 그림자는 완벽히 구현했다. 제대를 앞두고 말년휴가를 나온 기쁨에 젖어 있으면서도 친구와 연락이 닿지 않아 답답해하는 심경(心境)이 거울 속처럼 훤히 들여다보였다.

근호는 재희를 만나는 것이 어딘지 두렵기도 했지만 막상 그의 모습을 가까이서 보니 제법 감격 어린 목소리가 굴러 나왔다.

"재희야!"

"근호야!"

근호 목소리를 듣고 환해졌던 재희 얼굴이 둘이 가까워질수록 시무룩해졌다. 휴가 날짜를 몇 번이고 되뇌어 줬음에도 사흘째에야 나타난 근호에게 호된 추궁이 예고됐다.

"어제, 그제는 기다리다 그냥 갔어. 도대체 휴대폰은 왜 꺼 놓은 거야?"

"그럴 일이 좀 있었어. 얼른 들어가서 술이나 한잔 하자."

투정쟁이처럼 뿌루퉁한 재희였지만 근호가 애처롭도록 살갑게 구는 통에 못 이기는 척 웃어넘길 수밖에 없었다.

근호를 따라 방으로 들어선 재희는 벽에 걸린 액자 두 개를 보고 감회에 젖었다. 어릴 적에 근호와 수영장에서 노는 모습과 입대 직전 둘이서 산 정상에 올라 일출을 바라보는 장면이 고스란히 담겨 있었다. 그 사진들을 물끄러미 들여다보는 동안 근호와 함께한 십 년이 주마등처럼 가슴을 스치며 싸늘한 방 안에 훈기(薰氣)가 돌게 했다.

두 친구는 조그만 밥상 위에 양주병과 육포를 얹어 놓고 마주 앉았다. 부엉이 눈을 뜨고 방 안을 두루 살피던 재희는 한쪽 벽에 빈 양주병 여남은 개가 줄줄이 세워진 것을 보고 인상을 찌푸리며 따져 물었다.

"체육관에 안 나온 지 오래됐다더니 아예 술에 절어 사는구나. 차라리 소주나 마시지 이따위 싸구려 양주는 또 뭐야?"

홧김에 역정은 내 보지만 재희 얼굴엔 영문을 몰라 초조해하는 기색이 역력했다. 근호가 권투를 그만둔 것 이상은 모르고 있음을 실토한 셈이었다.

안도감을 느낄 틈도 없이 근호는 가슴 한편이 저며 왔다. 체육관을 둘러싼 불미스런 사건들이 재희에게 만큼은 비밀에 부쳐지길 바라는 종창의 의중이 마디마디 헤아려졌다. 근호 스스로 체육관의 몰락에 상당 부분 책임을 통감하기에 재희에게 그간의 사정을 모두 털어놓는 것이 친구된 도리로 여겨지지만 그런 의지를 꺾어 버리는 마력(魔力) 역시 내면에 도사리고 있었다. 그나마 마녀의 주술에 영혼까지 뺏긴 것은 아니어서 근호는 늘 재희를 따돌린다는 죄책감에 시달려야 했다.

"내년쯤엔 세계 챔피언이 될 거라더니 어떻게 된 거야? 뭐 땜에 이렇게 망가진 거야?"

침묵이 길어져 약이 오른 재희가 대답할 틈도 주지 않고 다그치자 근호는 술잔을 들다 말고 고개를 떨어뜨렸다. 머무를 데를 찾지 못한 그의 시선에서 한줄기 원망(怨望)의 빛이 새어나오는 것도 같았다.

재희는 근호 눈에 이슬이 맺힌 것을 보고 제풀에 놀라 움찔했다. 무슨 말 못할 고민이 있는지 궁금하기 이를 데 없었지만 초라할 대로 초라해진 친구의 몰골을 보자니 다그치는 것만이 능사는 아닐 듯싶었다.

근호는 자신의 안색을 살피는 재희의 시선이 너무 부담스러웠다. 그렇게 불편한 심기가 텔레파시처럼 그대로 재희에게 전달돼 방 안의 공기를 한층 무겁게 했다.

"미안하다. 골치 아픈 얘기 그만하고 지금부터 우리 제대로 한번 취해 보자."

분위기를 어색하게 만들어 멋쩍어진 재희는 양주 두 잔을 거푸 비우고 슬그머니 잔을 건넸다. 근호의 안색이 돌아올 조짐을 보이자 재희는 벌써 취한 사람처럼 주절주절 떠벌리기 시작했다.

"방에서 맘 놓고 마셔 보는 게 얼마만이야? 저렇게 술병 쌓아 놓고 먹으니까 그때 그 일 생각난다. 안 그래?"

분위기를 유쾌하게 바꿔 보려던 재희의 의도와 달리 '그때 그 일'이란 말이 어렵사리 생기를 찾은 근호 얼굴을 도로 경색케 해 버렸다. 재희의 잔에 술을 따르는 근호 손끝이 가늘게 떨리고 있었다. 한나와의 옛 일을 재희와 함께 떠올리자니 얇은 얼음장을 디디고 선 심정이었다.

근호는 세 잔을 연달아 들이키며 한나 생각을 떨쳐 냈다. 재희와의 사이에 쳐 놓았던 장막이 술기운에 걷히면서 근호는 체면에 걸린 듯 재희의 낭랑한 목소리가 그려 내는 추억 속으로 빠져들었다.

◈

　4년 전 초봄이었다. 체육교육학과 신입생인 근호와 재희, 한나와 그녀의 단짝 친구는 학과 엠티 때 2학년 선배 두 명과 같은 조에 편성돼 2박3일 일정을 거의 소화하고 숙소로 돌아와 마지막 밤을 맞이했다. 민석과 성동이란 이름의 그 선배들에 대해 좋지 못한 소문이 나돌았던 터라 출발 전부터 걱정했지만 하룻밤을 무사히 보낸 지금은 모두 경계를 풀고 한 자리에 둘러앉았다. 운동에 일가견이 있는 사람들답게 주량 또한 대단해서 거실에 모인지 두어 시간 만에 빈 소주병과 맥주 캔이 바닥에 빼곡히 널브러져 있었다.

　자정을 넘어 자리를 파할 때가 되자 네 명의 새내기들 앞에 소주가 가득 담긴 대접이 덩그러니 놓였다. 엠티의 대미를 장식할 의식이 거행될 참이었다. 긴장감이 절정에 이른 순간 조장(組長)인 민석이 소주잔을 치켜들며 건배 제스처를 취했다.

　"준비됐지?"

　"형, 여자애들은 아무래도 어려울 것 같은데 저희가 다 마시면 안 될까요?"

　"우리 과(科)는 원래 여자라고 봐주는 거 없어."

　한나가 걱정이 된 나머지 재희가 흑기사를 자청했지만 괜스레 성동의 빈축만 샀다. 보다 못한 근호는 대접에서 멀찌감치 물러앉으며 거부 의사를 분명히 했다.

　"일단 시작은 다 같이 하고 여자애들이 남기면 너희가 처리해라."

　민석이 그럴싸하게 중재안을 내놓자 모두들 안심하고 사발을 들었다.

재희는 목마른 사람처럼 술을 한 입에 털어 넣고 한나 옆으로 가 옆구리를 찔러 댔다. 그의 제지(制止)에도 아랑곳없이 한나는 꾸역꾸역 술을 모두 들이켜고 머리 위로 그릇을 뒤집어 확인까지 해 보였다. 단짝 친구 역시 악착같이 한나를 따라하는 통에 민석과 성동이 환호성을 연발했다.

폭음 후에 한동안 멀쩡하던 여학생들이 거실 뒷정리를 마칠 때쯤 기어이 발작을 일으켰다. 빈 병을 한데 모으던 단짝 친구는 돌연 구토를 해대며 몸도 가누지 못했다. 부랴부랴 화장실에 들렀다 나온 한나 역시 총 맞은 사람처럼 휘청거리다 거실 바닥에 고꾸라졌다.

여학생들을 부축해 방으로 옮겨 눕히느라 한바탕 소동을 치르고서야 남자 넷은 잠자리로 모여들었다. 한나의 상태가 너무 염려된 재희였지만 그날따라 이상하리만큼 강렬하게 몰려오는 취기(醉氣)를 당해 내지 못했다.

거실 벽시계가 두 시 언저리를 가리킬 때였다. 남자 방 문간 쪽에 자던 민석과 성동이 약속이나 한 듯 동시에 일어나 방 안을 두루 살펴보고 살금살금 밖으로 기어 나갔다.

어둠 속에서 거실을 가로지른 그들은 태연하게 여학생 방문을 열고 안으로 성큼 들어섰다. 벽 쪽으로 돌아누운 한나와 그 옆에 엎드려 잠든 여학생 모습이 시야에 어렴풋했다.

"사발에 약 잘 발라 놓은 거 맞아?"

"장사 한두 번 하냐? 두드려 패도 못 일어날 테니까 걱정 마."

성동은 자랑삼아 발로 하나 어깨를 툭툭 차 보이기까지 했다. 그제야 안심이 된 민석은 하나 뒤로 슬그머니 다가앉아 티셔츠를 반쯤 걷어 올렸다. 옷 속을 파고드는 그의 손길이 사냥감에 접근하는 맹수의 앞발처럼 능란(能爛)해 보였다.

그 옆에 쪼그리고 앉은 성동은 타이트한 운동복에 도드라진 여학생 몸매를 게슴츠레 내려다보고 있었다. 옆방 후배들을 의식하며 망설이던 그였지만 민석의 추행 장면을 흘겨보다 용기를 내 여학생의 하의를 벗겨 내리기 시작했다.

그 시각 재희는 급작스레 찾아온 복통을 견디다 못해 잠에서 깼다. 죽은 듯이 곯아떨어진 지 두 시간도 못 돼서였다. 평소 주량보다 많이 마신 건 아니었지만 소주 사발을 단숨에 들이켠 것이 소화기관에 장애를 일으킨 듯했다.

복통이 극에 다다라 머리까지 아파 오고서야 재희는 황급히 일어나 화장실로 내달렸다. 너무 서두르는 바람에 거실에서 미처 치우지 못한 소주병을 밟고 벌러덩 미끄러지고 말았다. 우당탕 하는 소리와 함께 넘어지면서 짚은 왼팔과 골반 쪽이 얼얼하게 아파 왔다.

근호는 꿈결에 재희의 비명 소리를 듣고 소스라치게 놀라 눈을 떴다. 허겁지겁 거실로 달려 나온 그의 눈앞에 재희가 임산부처럼 엉거주춤 허리를 짚고 서 있었다.

"괜찮아?"

"설사 나오기 직전이었는데 놀라서 다 들어가 버렸어."

"술꾼답지 않게 왜 그래?"

"그러게…… 나도 이 모양인데 쟤들은 어떨지 모르겠다."

하며 여학생 방 쪽을 응시한 재희 눈이 점점 크게 떠지고 있었다.

"쟤들 방문이 왜 열려 있지?"

그랬다. 아까 전에 여학생들을 옮겨 눕히고 바람 샐라 꼭 닫아 뒀던 문이 어느 틈에 살짝 열려져 있었다.

"지금 우리 방에 선배들 없지?"

"응."

순간 마주본 두 친구의 얼굴에 긴장이 감돌았다. 재희가 앞장서 문 앞까지 다가갔지만 우물쭈물하다 근호 편으로 머리만 긁적여 보였다.

"같이 들어가서 확인 한번 해 보자."

널따란 창으로 달빛이 쏟아져 듦에도 방 안의 물체가 금방 식별되진 않았지만 눈동자가 어둠에 적응함에 따라 바닥에 어렴풋하던 사람의 윤곽이 점차 또렷해졌다. 두 여학생 모두 목덜미까지 이불이 잘 덮여진 채 다소곳이 잠들어 있었다. 그 모습에 한 치의 흐트러짐도 없는 것이 재희 눈엔 외려 부자연스러워 보였다.

"애들 보여?"

"편안하게 잘만 자고 있네."

재희는 근호의 핀잔을 귓등으로 흘려보내며 코에 익은 한 가닥 냄새를 추적하고 있었다. 후각이 유난히 예민한 편이라 공기 중에 남자의 체취가 녹아 있는 것을 얼른 감지해 냈다. 예전에 아버지가 엄마를 잃고 방황할 때 집안 곳곳에 비릿하게 흩어 놨던 냄새와 너무나도 흡사했다.

"아무래도 누가 들어왔던 것 같아."

재희는 아예 강아지처럼 이리저리 킁킁대고 있었다.

"내가 보기엔 네 코가 이상한 것 같아."

"아냐, 분명히 뭔가 있어. 불 좀 켜 보자."

"애들 깨면 어떡하려고 그래? 빨리 나가자."

당장은 마지못해 근호 손에 끌려 나가지만 재희는 날이 새는 즉시 선배들에게 알리바이를 추궁하리라 벼르고 있었다.

재희와 근호가 여학생 방으로 들어올 때쯤 민석과 성동은 벌써 창문을 넘어 건물 벽에 붙은 가스관을 타고 지상으로 내려가고 있었다. 여학생들 몸을 맘껏 더듬다가 거실 쪽에서 난 인기척에 놀라 이불만 덮어 놓고 허겁지겁 창문 너머로 줄행랑친 것이었다.

재희와 근호는 방에서 나오자마자 거실에서 선배들과 정면으로 마주쳤다. 절묘한 타이밍이었다. 후배들이 흠칫 놀라는 틈에 민석은 다짜고짜 고함부터 질러 댔다.

"너희들 거기서 뭐하고 나왔어?"

"방문이 열려 있어서 무슨 일 있나 확인해 봤습니다."

재희는 나지막하게 또박또박 말했다. 내심 어이가 없었지만 섣불리 흥분하다간 되레 책만 잡힐 것 같아 우선은 참기로 했다. 기회를 포착한 민석은 놀라운 연출력(演出力)을 발휘하기 시작했다.

"성동아, 방에 한번 들어가 봐."

성동과 눈길을 주고받은 민석은 월척을 낚은 낚시꾼처럼 기고만장해졌다. 여학생 방에 되들어갔다 나온 성동의 연기(演技) 역시 가히 수준급이었다.

"민석아, 애들 옷이 벗겨져 있어."

성동이 말을 채 마치기도 전에 민석은 재희의 뺨부터 후려쳤다.

"나쁜 자식들!"

"이게 무슨 행팹니까!"

재희의 항변에도 아랑곳없이 이번엔 성동이 불쑥 끼어들며 멱살을 거머쥐었다. 재희는 저항 한번 못 해 보고 주춤주춤 거실 벽까지 밀려났다. 성동이 발길질까지 하려 들자 참다못한 근호가 그의 팔을 잡아끌며 제지(制止)했다.

"아무 짓도 안 했는데 왜 이래요?"

하며 성동을 노려보는 근호 눈빛이 쇠라도 녹여 버릴 기세였다.

"좋게 말할 때 자수해라. 계속 잡아떼면 진짜 골로 간다."

잠시 사태를 관망하던 민석이 다시 가세해 근호와 재희를 거실 벽에 나란히 붙여 세웠다. 근호는 호흡을 가다듬고 선배들의 다음 행동을 예의주시했다. 한 번만 더 폭력이 가해지면 가차 없이 반격할 참이었다.

아니나 다를까. 민석의 오른 주먹이 욕설을 연료 삼아 안면으로 날아왔다. 얼른 고개를 젖혀 주먹을 흘려보낸 근호는 무방비로 노출된 민석의 턱에 오른손 어퍼컷과 왼손 훅을 연달아 작렬시켰다. 주먹 뼈에서 짜릿한 감촉과 통증이 동시에 전해졌다. 예상치 못한 주먹 세례에 다리가 꼬여 버린 민석은 술 취한 광대처럼 비틀거리다 앞으로 고꾸라졌다.

성동의 주먹이 눈에 익다 보니 재희 역시 반격 기회를 포착했다. 뻔한 라이트훅을 사뿐히 앉아 피한 재희는 개구리처럼 뛰어오르며 스트레이트로 화답했다. 성동이 흥분해 달려들자 옆에 있던 근호가 그의 어깨를 잡아채 돌려세워 놓고 턱관절에 레프트훅을 꽂아 넣었다. 눈에 보이지도 않을 만큼 빠른 펀치였다. 성동은 베어진 통나무처럼 민석의 등 위에 얼굴을 처박고 쓰러졌다.

피는 못 속인다는 말이 그냥 나왔을 리 없었다. 세계 정상급 복서의 후예를 어수룩해 보인다고 함부로 대하다간 운동깨나 한다는 싸움꾼들조차 봉변을 당하기 십상이었다.

싸움의 여파가 예상치 못한 방향으로 흘러가기 시작했다. 거실 바닥에 엎어진 선배들은 얼굴을 감싸 쥔 채 비명 섞인 신음소리만 토해낼 뿐 일어날 기미를 보이지 않았다. 그들을 내려다보는 근호와 재희의 낯빛이 납색으로 어룽지고 있었다.

한밤중의 소란에 놀란 옆방 학생들이 하나둘 이 방으로 모여들었다. 경멸의 눈초리가 근호와 재희를 향해 빗발치고 있었다. 연갈색 마룻바닥 곳곳에 민석과 성동이 남긴 맨발 자국들이 희뿌옇게 도드라져 있었지만 아무도 보지 못했다.

서울로 돌아오자마자 학생처에서 조사를 받은 근호와 재희는 사흘째 되던 날 경찰서에도 불려 갔다. 물론 피의자 신분이었다. 담당 형사는 고발장을 훑어보다 인상이 일그러질 대로 일그러져서 위압적인 말투로 취조(取調)를 시작했다.

"도대체 얼마나 두들겨 팼기에 애들 턱뼈에 금이 간 거야?"

근호는 때리기 전에 일방적으로 맞기만 했다고 하소연하려다 형사의 시퍼런 서슬에 눌려 아무 말도 못하고 시선을 발아래로 떨어뜨렸다.

"여자애들 옷은 누가 벗겼어?"

"그런 적 없습니다!"

재희는 즉각 반응했다. 범죄자란 낙인보다 한나에게 몹쓸 짓을 했다는 의심을 받는 것이 더 견딜 수 없었다.

"그 방에 들어간 사람이 너희 둘뿐이잖아. 거짓말하면 죄가 더⋯⋯."

"절대 안 그랬습니다!"

이번엔 근호가 더 완강히 맞섰다. 추상같은 어조가 형사를 꾸짖는 듯도 했다. 근호는 나름 성추행 혐의는 벗어날 수 있으리라 확신하고 있었다. 여학생들 몸에 지문 감식만 해 보면 그만일 터였다.

용의자들의 기세가 예사롭지 않자 형사는 타이핑을 멈추고 근호와 재희를 번갈아 쏘아보기 시작했다. 꼼짝 못 할 증거를 들이밀지 않는 한 적반하장 식으로 버티는 부류(部類)들이 무시로 드러내는 비굴한 눈빛을 감지하려는 것이었다.

"정황상 너희가 범인이 틀림없으니까 우겨 봤자 소용없어."

"거짓말 탐지기 한번 가져와 보세요."

제 딴에 기지(機智) 넘치는 응수라고 여긴 재희는 괜스레 으쓱해져서 근호 편으로 엄지손가락을 들어 보였다.

"내일부터 증거 조사 들어갈 건데 거짓말하면 가중처벌 받을 줄 알아."

협박조로 구슬려 보고는 있어도 형사는 이미 기세가 한풀 꺾여 있었다. 성추행 혐의 입증이 불확실해지자 관심이 폭행 쪽으로 돌아갔다.

"남자 애들 뼈는 누가 부러뜨렸어?"

"접니다. 주먹에서 느낌이 왔습니다."

그랬다. 그날 밤 격투 때 레프트훅 두 방이 모두 최적 타이밍에서 적중했기에 근호는 당시 손맛을 아직도 잊지 못하고 있었다.

"아닙니다. 이 친구는 옆에서 말리고 싸움은 제가 했습니다."

재희는 무심결에 거짓말을 불쑥 내뱉었다. 그날 밤 소동의 책임이 전적(全的)으로 자신에게 있는 것 같아 근호만은 보호하자는 심산이었다.

"알았어. 둘이 공범이다 이거지?"

"아닙니다. 맹세코 제가 한 짓입니다."

"형사님, 겁보들이 꼭 이럴 때 용감한 척하는 거 아시죠?"

근호는 경찰 앞에서도 능청스레 거짓말을 해내는 재희를 당할 재간이 없어 약만 잔뜩 올라 있었다. 형사 몰래 발길질로 재희를 응징하려다 실수로 책상다리를 차 버리고 말았다.

"이것들이 어디서 수작이야? 이봐, 김 순경! 애들 당장 유치장으로 데려가!"

호통은 체면일 뿐 형사는 내심 감탄해 버렸다. 폭행 상해죄가 인정되면 중형(重刑)이 불가피할진대 서로 혐의를 떠안으려는 모습이 가슴을 뭉클하게 한 것이었다.

형사는 나란히 걸어 나가는 근호와 재희의 뒷모습을 물끄러미 쳐다보다 무슨 대단한 발견이라도 한 것처럼 눈이 휘둥그레졌다. 얼굴 생김새가 판이(判異)한 것과 달리 두 친구의 뒷모습이 한 편의 데칼코마니 작품처럼 너무 닮아 보였다.

유치장의 콘크리트 바닥은 뼈가 시리게 차가웠다. 근호와 재희 모두 밤늦도록 방 벽에 기대앉아 사색에 잠겨 있었지만 표정만큼은 사뭇 대조적이었다. 포커 패라도 잡은 듯 의기양양한 근호 모습이 초조한 기색이 역력한 재희를 줄곧 압도하고 있었다.

근호 생각에 재희는 선배들에게 폭행을 당한 피해자일 뿐 처벌 대상이 될 수 없었다. 다음 경찰 조사 때 그 부분을 집중 부각해 석방을 호소할 참이었다. 선배들이 먼저 폭행을 가한 정상(情狀)이 참작되면 근호 역시 그다지 큰 처벌은 안 받으리라 확신하고 있었다.

반면 재희는 미로(迷路)에 갇힌 듯 머릿속이 복잡했다. 폭행상해는 고사하고 성추행 혐의라도 피할 수 있을지 의문이었다. 선배들이 범행을 자백하지 않는 한 꼼짝없이 범인으로 몰릴 수밖에 없어 보였다.

재희는 당초 엠티에 따라가길 꺼려 했던 근호를 부추긴 것이 새삼 후회스러웠다. 사교적이지 못한 그의 성격을 고쳐 주기 위함이었지만 그것이 전부는 아니었다. 엠티 때 한나에게 고백하기로 했는데 근호라도 곁에 있어야 용기가 날 것 같았다.

그날 밤 근호더러 여학생 방에 들어가자고 하지만 않았던들 오늘 같은 고역은 없었을 터였다. 자책감을 견디다 못한 재희는 혼자 책임을 떠안기로 마음먹고 근호를 어떻게 구슬려 입막음할지 고민을 거듭하고 있었다.

근호 눈치를 살펴 가며 조심스레 운을 뗀 재희였지만 경찰에 거짓말하다 죄만 키울 셈이냐고 핀잔만 자초했다. 홧김에 당장 우리 집에서 쫓아내겠다며 겁박해도 근호는 꿈쩍도 하지 않았다.

둘은 한 시간 넘게 옥신각신하고 있었다. 언성이 높아지고 욕설까지 섞여 나와도 피차 자기주장만 앵무새처럼 우겨 델 뿐 타협 따윈 안중에도 없었다.

참다못해 달려온 경찰관이 호통을 치고서야 둘은 실랑이를 멈췄다. 그들 사이에 군사분계선을 그어 놓은 듯 긴장감만 팽팽하게 감돌았다.

타협이 안 된다고 마냥 시간만 보낼 순 없었다. 둘 다 전과자가 될지도 모르는 마당에 어떻게든 결판을 내야 했다. 이번에도 재희가 선공(先攻)에 나섰다.

"옛날에 하던 대로 하자."

근호는 재희 속셈을 단번에 알아챘다. 눈싸움을 하자는 것이었다. 어릴 적에 TV 채널을 놓고 다툴 때니 청소 당번을 정할 때면 으레 자웅을 겨루던 방식이었다. 기 싸움부터 치열했던 만큼 승률 역시 어느 한쪽이 우세를 점하진 못했다. 두 친구는 누가 먼저랄 것도 없이 어깨를 꼿꼿이 세우고 마주앉아 매의 눈으로 상대를 노려보기 시작했다.

근호와 재희는 새벽녘까지 레이저 눈빛으로 서로를 쏘아보고 있었다. 바닥의 냉기가 뼛속까지 스며들어 오한(惡寒)을 일으켜도 그들 자세엔 한 치의 흐트러짐도 없었다.

불그죽죽해진 네 눈동자에 물기가 어리기 시작했다. 고통이 극에 달하면서 눈물에도 물리화학적 변성(變性)이 일어났다. 단순 반사작용으로 발생한 눈물에 애틋함이 녹아들어 뜨겁게 가열되고 있었다.

근호와 재희는 피차 승패도 알지 못한 채 동시에 옆으로 쓰러졌다. 똑같은 모양으로 마주 누운 형상(形狀)이 한 사람만 거울 앞에 잠든 듯도 했다.

이튿날 아침 경찰서 강력계장은 사건조서(事件調書)를 훑어보다 의아해하며 형사에게 역정을 내고 있었다.

"폭행 상해에 성추행 용의자를 기소유예(起訴猶豫) 의견으로 송치(送致)하겠다고?"

"폭행은 애들이 먼저 당했고, 성추행 건은 물증이 하나도 안 나왔습니다."

"정황이 확실하잖아. 당장 기소 의견으로 바꿔!"

"강력계 십 년 동안 애들처럼 착한 용의자는 처음 봤습니다."

"난 이십 년 동안 멀쩡하게 생긴 흉악범을 수(數)도 없이 봤네."

계장의 농담 속에 완고함이 진득하게 묻어났지만 형사 역시 물러설 생각은 없었다. 용의자들이 어쩌다가 성추행 의심을 살 만한 상황에 처했을 뿐 범인으로 특정하기엔 여러모로 무리가 따랐다.

사건 해결의 단서를 찾지 못해 고심하던 형사는 근호와 재희의 주변 인물들을 검토하다 영감(靈感)을 얻어 선처(善處)하기로 방향을 잡았다. 그것은 고집불통 계장에게도 능히 어필할 만한 처사였다.

"계장님, 태양체육관 이종창 관장 아시죠? 왕년의 동양챔피언 있잖아요."

"그 친구 얘긴 갑자기 왜 꺼내? 이 관장이 애들 잡아 왔어?"

"용의자들 중에 하나는 친아들이고, 하나는 양자나 마찬가집니다."

순간 계장은 앉은 자리에서 얼어붙은 듯 미동도 하지 못했다. 자제(子弟)들이 조사를 받고 있다는 게 믿기지 않을 만큼 종창은 그에게 인상 깊은 존재였다. 삼사 년이 훌쩍 지난 사건 하나가 계장의 기억 속에 새록새록 떠오르고 있었다.

문제의 사건이 발생한 그날 오후 경찰서 인근 대로에서 서른 살 안팎의 청년이 행인들에게 욕설을 퍼부으며 칼을 휘둘러 대고 있었다. 거듭되는 취업 실패와 실연으로 쌓인 분노를 애먼 데다 표출하는 중이었다.

　건물 벽에 붙어 서서 떨고 있는 한 여학생을 향해 괴한이 성큼성큼 다가가고 있었다. 주변에 젊은 남자도 더러 눈에 띄었지만 대개는 못 본 척 지나쳤고 어쩌다 발길을 멈춘 이들도 조마조마 지켜보고만 있을 뿐 누구도 선뜻 나서지 못했다.

　괴한이 소녀에게 대여섯 걸음 앞까지 접근했을 때였다. 인파를 헤집고 나온 중년의 사나이가 소녀 앞을 막아서며 괴한과 정면으로 맞섰다. 종창이었다.

　명치 쪽으로 날아온 칼날을 사뿐히 흘려보낸 종창은 훤히 드러난 상대의 안면에 왼손 스트레이트를 작렬시켰다. 주춤하던 괴한이 힘을 모아 다시 휘두른 칼이 허공을 가르는 사이에 종창의 좌우 콤비네이션이 그의 머리통을 연타했다. 그것으로 상황은 종료됐다. 뒤늦게 도착한 경찰관들이 쓰러진 괴한을 제압해 놓고 일제히 종창을 향해 거수경례를 붙였다.

　경찰서와 구청의 간곡한 요청에도 불구하고 종창은 끝내 '용감한 시민상' 받기를 거부했다. 이유야 어찌 됐든 일반인과 싸움을 벌였다는 것 자체가 복서에겐 씻을 수 없는 죄악이었다. 링 밖에서 주먹을 휘두름과 동시에 권투 선수 자격을 영구히 상실함은 물론 살인 미수죄까지 감수해야 한다고 제자들을 가르쳐 오던 터라 상대가 흉악범이랍시고 면죄부를 받은 것도 과분하게 여겨졌다.

　용의자들이 종창의 아들임을 확인한 순간 계장의 반응은 형사가 예상했던 것 이상으로 파격적이었다. 사건 조서 말미에 깊이 반성하고 있다는 문구까지 직접 기입하고는 즉각 석방을 지시했다.

구사일생 석방의 기쁨을 맛본 것도 잠시뿐 누명(陋名)보다 더 큰 시련이 재희를 기다리고 있었다. 한나가 돌연 자취를 감춰 버린 것이었다. 그녀의 자퇴 소식이 전해지자 재희는 당혹해 어쩔 줄 몰랐다. 그날 밤의 해프닝이 일으킨 나비효과가 이 정도로 가혹하다면 혼돈 이론의 새로운 본보기가 되지 않을까 싶었다.

재희는 한나가 있을 만한 곳이라면 어디라도 발품을 아끼지 않았다. 그 녀의 할아버지 대(代)부터 가업으로 이어 왔다는 서점 건물엔 재건축 공사 가 한창이었다. 가족이 함께 다닌다는 교회도 수소문해 일요일마다 기웃 거렸지만 한나의 모습은 찾아볼 수 없었다.

재희가 실연의 아픔 속에서도 거의 매학기 학과 수석을 차지한 반면 근 호 성적은 줄곧 하위권에 머물렀다. 그나마도 재희가 입대하고부터는 아 예 바닥으로 떨어지자 보다 못한 종창이 극약처방을 내리기에 이르렀다.

종창의 종용(慫慂)에 마지못해 다시 시작한 권투지만 근호는 시합을 거 듭할수록 다음 시합이 더 기다려지고 보다 강한 상대와 만나길 갈구(渴求) 했다. 순풍에 돛 단 듯 그렇게 흘러갔으면 좋으련만 아버지와 종창의 손에 잘 가꿔진 그의 재능이 꽃봉오리로 영글어 만개하려던 차에 된서리를 맞 고 말았다.

세 번째 양주병이 바닥을 드러낼 때부터 재희 목소리가 늘어지기 시작했다. 근호보다 두 배는 더 마셔 혀가 꼬여드는 와중에도 그는 쉴 새 없이 주절댔다.

"그거 알아? 기소유예라는 게 말이야, 5년 동안 사고 안 쳐야 봐주는 거래. 또 잘못하면 전에 거까지 덤탱이 쓰는 거지."

사고 친다는 표현이 주사 바늘처럼 따끔하게 고막을 찌르는 바람에 근호는 뭐라 대꾸하려다 그만뒀다. 원래 말수가 적은 편이긴 하지만 오늘 같은 날에도 무게를 잡고 앉았으니 재희 입장에선 서운한 면도 없지 않았다.

"나 제대하면 집으로 다시 안 들어올래? 아버지는 아예 체육관으로 거처를 옮길 작정이시니까 우리 둘이 이층에 한 방씩 차지하면 돼."

하며 술잔을 채워 주는 동안 재희는 곁눈질로 부지런히 근호 눈치를 살폈다. 어리둥절해 하는 근호 표정이 권투도 그만둔 마당에 무슨 염치로 들어가겠냐며 푸념하는 듯싶었다.

근호가 술잔을 막 입으로 가져갔을 때였다. 재희의 동공이 매섭게 팽창하면서 시선이 근호 팔뚝에 고정됐다. 정맥이 지나가는 곳곳에 검붉은 자상(刺傷)들이 개미 떼처럼 군집을 이루고 있었다. 불길한 예감이 중추신경을 자극해 술이 번쩍 깨게 했다. 재희 손가락이 근호 팔뚝을 정조준하고 있었다.

"이거 뭐야?"

"별거 아냐. 그냥 일하다 조금 다쳤어."

"무슨 일 하는데?"

근호는 벌써 말문이 막혔다. 이제 와서 한나와 얽히게 된 사정을 털어놓자니 그동안 비밀에 부친 것을 해명할 길이 없어 차마 입이 떨어지지 않았다. 재희의 끈질긴 추궁에도 아랑곳없이 근호는 겁먹은 아이마냥 눈만 깜박일 뿐 아무 말도 못했다.

병든 닭처럼 풀죽은 근호 모습이 안쓰러워 보이는 데다 취기(醉氣)까지 몰려오는 바람에 재희는 그만 흥미를 잃어버렸다. 두 병 넘게 마신 싸구려 양주의 유해성분들이 이제야 작용하는 듯 머리가 쪼개질 듯이 아파 왔다.

두 친구는 어릴 적처럼 한 이불속에 나란히 누웠다. 재희의 체온이 근호 마음에 향수를 불러와 종창의 소식부터 찾게 했다.

"사범님은 잘 계시지?"

의례적 안부 인사인 줄 알면서도 재희는 쉽게 받아넘기지 못했다. 아버지에게 말 못할 고민이 있다는 걸 진즉부터 눈치 챈 까닭이었다. 근호가 운동을 그만둔 것 말고도 악재가 더 있어 보였지만 아버지의 심기라도 건드릴세라 애써 모른척하고 있었다.

풍문으로 전해 들은 체육관 사정이 헛소문이길 바라고 건넨 안부 인사였건만 재희의 반응이 시큰둥하다 보니 근호는 착잡한 마음을 달랠 길 없었다.

체육관 경영 상태가 악화된 것이 어수선한 동네 분위기와 무관치 않아 보였다. 작년 추석 무렵 큰길가에 고층 빌딩이 들어서면서부터 문을 닫는 상점이 눈에 띄게 늘어나는가 하면 길거리나 공터에서 젊은 남자들끼리 싸움을 벌이는 장면도 심심찮게 목격됐다. 그 무리 중엔 낯익은 얼굴도 더러 있었다.

"민석이, 성동이 걔네들 요즘 우리 동네 와서 애들 때리고 다닌다던데⋯⋯."

"나도 어제 체육관 근처에서 봤어. 그 버릇이 어디 가겠니?"

격하도록 냉소적인 말투에 적개심이 흠뻑 묻어났다. 재희는 예전에 그들이 한나를 추행한 것으로 확신하고 나름 응징을 벼르며 뒤를 캐고 있었다.

"걔들도 조폭이나 흥신소에 들어갔나 보구나."

"윤 사장이라고 동네에 사채업자가 하나 있어. 그 밑에서 일한대."

윤 사장이란 호칭이 근호 기억에 잡힐락 말락 매달려 대롱거리고 있었다. 머릿속을 윙윙거리다 파리처럼 내려앉은 그 이름이 달포 전 체육관에서의 일화(逸話)를 떠올리게 했다.

한국 타이틀 매치를 위해 맹훈련 중이던 어느 날, 윤 사장은 준태라는 아랫사람과 함께 체육관으로 종창을 찾아왔다. 그 역시도 권투에 관심이 남다른데 젊은이들에게 외면당하는 현실이 안타깝다며 원하는 만큼 융자를 내줄테니 요즘 유행에 맞게 시설 투자를 해 보면 어떻겠냐는 것이었다.

면전(面前)에서는 거절도 수락도 못하고 머뭇거리던 종창이 이튿날부터 짬짬이 전화로 흥정하는 듯한 모습을 보이곤 했다. 윤 사장과 준태의 말투나 행동거지는 남의 등이나 처먹고 사는 부류임을 암시하고도 남았지만 종창의 판단력을 흩트려 놓을 만큼 체육관 사정이 좋지 못했다.

"혹시 사범님 괴롭히는 놈 있거든 나한테 꼭 알려 줘라."

말이야 고맙지만 재희는 과연 근호가 그들을 완력으로 이길 수 있을지 의문스러웠다. 발차기에 미숙한 권투 선수가 전문 폭력배와 겨룬다니 차포(車包) 없이 장기 두는 것과 뭐가 다른지 알 수 없었다.

민석과 성동에 관한 얘기가 오가는 중에 재희는 오늘 저녁 무렵 동네 어귀의 내리막길을 내달리던 여자 모습이 문득 떠올랐다. 괜스레 기분이 들뜬 재희는 무슨 좋은 꿈이라도 꾼 것처럼 주절주절 목격담을 읊어 댔다.

"얼굴은 못 봤지만 뒷모습하고 뛰는 폼이 예전의 한나랑 너무 닮았더라."

재희 입에서 한나 이름이 굴러 나온 순간 근호는 링 위에서 카운터펀치에 걸려 코너로 몰린 기분이었다. 정황을 따져 보니 한나가 일과 후 집에 잠깐 들렀다가 강민을 간병하러 나가는 길에 재희 눈에 띈 것이 분명했다.

재희가 한나의 귀환(歸還)을 알게 될 날이 임박한 것 같아 근호는 점점 초조해졌다. 이참에 모두 털어놓을까 생각도 해 봤지만 목구멍을 넘어온 말들이 입 안에서 맴돌기만 하다 침 속으로 가뭇없이 녹아들어 갔다.

근호는 쌔근쌔근 숨소리를 키우며 잠드는 척했다. 재희의 코 고는 소리가 장단을 맞춰 오자 근호는 다시 눈을 뜨고 어둠을 응시했다. 오늘밤엔 잠을 이루기 어려울 성싶었다.

두통으로 일그러진 재희 얼굴에 햇살이 간지럽게 내려앉은 아침 근호가 누웠던 자리엔 밥상만 덩그러니 놓여 있었다. 덮개를 걷어내는 재희 손길을 따라 꾹꾹 눌러 담은 밥공기에 콩나물국과 계란찜이 차례로 모습을 드러냈다.

드라마 속 명장면을 감상한 것 같은 여운(餘韻)이 재희 가슴에 잔잔하게 울렸다. 과음 탓에 입맛이 돋지는 않았지만 재희는 밥 한 톨, 국물 한 방울 남김없이 먹어 치우고 방 벽에 기대앉았다. 몸도 마음도 포만감에 흠뻑 취해 있었다.

큼지막한 창으로 아침 햇살이 눈부시게 흘러드는데도 방 분위기는 동굴처럼 적막했다. 재희는 사방에 널브러진 양주병들을 책상 옆에 모아 놓고 구석구석 걸레질을 시작했다.

낡은 책상과는 안 어울리게 번들번들한 책꽂이에 권투 교본과 체중 조절 관련 서적들이 가지런히 꽂혀 있었다. 삼단 책꽂이의 가운데 칸에 놓인 인물화 한 장이 재희의 시선을 사로잡으며 걸레질을 멈추게 했다. 액자 속에서 한 여자가 머리를 뒤로 묶고 현미경으로 무엇인가 관찰하고 있었다.

재희는 근호가 그림 그리는 것을 더러 본 적이 있었다. 학창 시절 근호는 명절 때면 늘 엄마 초상화를 그려 놓고 망연히 바라보다 그림 위로 눈물을 떨어뜨리곤 했었다. 그런 그를 지켜보는 동안 측은지심보다 질투심으로 몸서리쳤던 기억이 지금도 생생했다. 일찍이 모친을 여읜 재희로서는 언젠가 엄마와 다시 만날 희망을 가진 근호가 마냥 부럽기만 했다.

주인공이 바뀐 지금 이 그림은 예전 것들에 비해 구도가 힘차고 터치가 강렬해서 근호 내면에 삶의 의욕이 꿈틀대는 것 같아 재희 마음속에 최고 걸작으로 소장(所藏)됐다.

그림을 떠난 재희 눈길이 책상 오른편에 차곡차곡 쌓아 둔 서류 더미에 급정거했다. 큼지막한 글씨체들이 섬광처럼 번뜩이며 그의 눈 속으로 빨려 들어왔다. '의약품 생동성시험 예비피험자 모집'이라는 제목과 '4박 5일 입원 80만 원'이라는 부제(副題)가 달린 문서를 필두로 입원 기간과 보수(報酬)가 다른 광고물들이 줄줄이 모습을 드러냈다. 첫 문건에 적시된 입원 날짜는 근호가 운동을 그만둔 시점과 거의 일치하고 다섯 번째 문서에 명기(明記)된 퇴원 날짜가 바로 어제였다. 근호가 잠적했던 이유가 돈 때문이었음이 밝혀진 순간이었다.

마지막 광고물의 내용은 가히 충격적이었다. 한 달 동안 항암제 임상 실험에 응해 달라는 것이었다. 이대로라면 근호는 내일 당장 종적을 감추고 또다시 생체 실험을 당해야 할 터였다. 근호 팔뚝에 빼곡한 흉터들이 한 점, 한 점 깊은 의미로 다가오면서 재희의 맥박을 참새처럼 빨라지게 했다.

홧김에 서류 뭉치를 이리저리 패대기치는 동안 책꽂이에 붙어 있던 노란 포스트잇이 바람에 날려 떨어졌다. 유강민이란 이름 밑에 병원 중환자실의 호수(號數)와 전화번호가 낯익은 근호 필체로 꾹꾹 눌러 적혀 있었다. 근호 팔뚝에 난 상처와 광고물들을 메모지와 한데 버무려 놓고 보니 난해한 퍼즐 하나가 완성된 것 같았다.

본의 아니게 사람을 크게 다치게 한 근호가 임상 실험도 불사해 가며 치료비를 대는 상황이 얼추 머릿속에 그려졌다. 꿈을 향해 탄탄대로를 걷던 근호가 운동선수에게 자살 행위나 다름없는 짓을 일삼는 것 자체가 사태의 심각성을 암시하기에 충분했다. 재희는 노란 포스트잇을 주워다 바지 주머니에 찔러 넣고 황급히 문을 박차고 나갔다.

간밤을 뜬 눈으로 지새웠지만 강민의 병실을 찾는 근호 발걸음은 소풍 가는 아이마냥 가벼웠다. 밀린 병원비를 모두 치를 수 있는 데다 더 이상 치료비 걱정은 하지마라 호언할 수 있게 됐으니 이보다 보람된 날이 또 있을까 싶었다.

바지 주머니 속 천만 원권 수표의 매끄러운 감촉이 손끝에서 온몸으로 전달된 지금 무뚝뚝한 가로수조차 봄바람을 핑계 삼아 몸을 떨며 시샘하는 것 같았다. 강민과 스파링 할 때만 해도 설익은 연둣빛이었던 잎사귀들이 봄 햇살을 먹고 싱그럽게 자라나 거리마다 초록빛 화염을 뿜어내고 있었다. 벚꽃이 머물다 간 자리가 아쉬울 새도 없이 달콤한 라일락 향기가 후각으로 스며들었다. 머잖아 아카시아 꽃이 휘날릴 때면 깅민이도 건강한 모습으로 돌아오리라 믿어 의심치 않았다.

 예나 지금이나 근호에게 아카시아 꽃보다 반가운 손님은 없었다. 어릴 적 근호에게 그것은 해마다 초여름이면 찾아오는 백의(白衣)의 천사였다. 은퇴 후 고향에서 양봉을 시작한 아버지는 아카시아 꽃이 만개할 때면 늘 벌통 주변을 지켜야 했기에 근호는 지긋지긋한 도끼질과 달리기에서 해방될 수 있었다. 그맘때면 언제나 뒷동산 나무 그늘에 앉아 동해 바다 멀리 수평선을 바라보며 그 너머에 있을 아름다운 세상을 머릿속에 그려 보곤 했다. 키가 반 뼘만 더 자라면 권투를 안 배워도 되는 곳으로 도망치리라 다짐도 했었다.

 어릴 적에 오금을 저리게 하던 아버지의 고함소리가 언제부터인지 아카시아 향기같이 포근하게 추억됐다. 커 가면서 아버지를 이해하게 된 까닭이었다. 고등학교도 못 가 본 부모 입장에서 자식이 공부를 잘하리라 기대하긴 어려웠을 터였다. 게다가 근호는 아버지를 닮아 동작이 민첩한 데다 외가의 좋은 유전자까지 잘 물려받아 유연성도 뛰어났었다. 세계 정상의 자리를 두 번이나 노크했던 아버지가 자기보다 재능이 더 있어 보이는 아들에게 권투를 가르치는 건 누가 봐도 자연스러운 것이었다.

 아버지가 그 누구보다 신중하고 냉철한 승부사였음을 깨닫고부터 옛날의 혹독한 조련이 한풀이를 위함이 아니라 자식에게 부와 명예를 안겨 주려는 포석(布石)으로 재조명됐다. 광기(狂氣)의 발로(發露)로만 들리던 고함 소리 역시 자상한 사랑의 메시지로 변조(變調)됐다.

고향의 아카시아 향기가 초여름 바람을 잡아타고 예까지 흩날릴 때면 늘 아버지 목소리가 뒤따라와 애타도록 귓전에 맴돌았다. 근호는 이번 개화기(開花期) 때 꼭 산소에 다녀오리라고 울컥 다짐했다.

향수(鄕愁)에 젖은 근호 발길이 어느덧 태양체육관 앞까지 닿았다. 가능한 피해 가고 싶지만 큰길에 나가 버스를 타려면 어쩔 수 없이 거쳐야 했다. 근호는 어젯밤 재희에게 종창의 안부를 못 들은 것이 마음에 걸려 차마 그곳을 그냥 지나칠 수 없었다. 그에게 종창은 또 다른 아버지였다.

달포 전에만 해도 내 집보다 편했던 체육관이 지금은 학교 교무실처럼 껄끄러웠다. 근호는 선뜻 문을 열기가 겸연쩍어 창문 틈으로 내부 동태부터 살펴봤다. 와락 안아 주고 싶은 샌드백과 네모다란 링이 친구처럼 반가웠지만 예닐곱 명 정도는 운동하고 있어야 할 시각에 아무도 안 보이는 것이 자꾸만 눈을 쓰라리게 했다. 활력 잃은 체육관 풍경이 자신으로 말미암은 것 같아 심사(心思)가 뒤틀릴 대로 뒤틀려 버린 근호였다.

출입문을 살포시 열고 안으로 들어선 순간 근호는 몰라보게 세련된 체육관 시설에 놀라 어리둥절했다. 마룻바닥에 느껴지는 감촉부터 심상치 않았다. 재질(材質) 자체가 뒤꿈치를 살짝 들어 주는 느낌이라 뛰고 싶은 충동이 절로 일어났다. 샌드백과 스피드백 모두 새 것인 데다, 링의 캔버스와 로프 역시 경기장처럼 고급스런 것들로 교체돼 있었다. 명문 클럽 부럽지 않은 시설임에도 운동하는 사람 하나 없는 것이 무슨 영문인지 궁금할 따름이었다.

곱게 단장한 링을 멀뚱멀뚱 바라보고 있자니 관중들의 함성 소리가 손에 잡힐 듯 가까이 들렸다. 시합 때 긴박했던 순간들이 새록새록 떠올라 링 위로 뛰어오르고 싶은 충동을 느낀 근호였지만 로프만 부여잡고 우물쭈물하다 돌아서고 말았다. 강민과 스파링 했던 기억이 악몽처럼 되살아나 그의 발목을 옭아맨 것이었다. 어떤 대가를 치르고서라도 시계의 추를 그날 이전으로 돌려놓고 싶은 마음뿐이었다.

힘없이 걸어 나가는 근호 어깨 위에 묵직한 물건 하나가 얹혀졌다. 몸 안의 독소(毒素)들을 모조리 녹여 내듯 기운차고 따뜻한 손길이었다.

"무슨 생각을 하기에 그렇게 불러도 대답이 없어?"

한 달 새 부쩍 야윈 종창이지만 목소리에 지도자다운 위엄은 여전했다. 만감이 교차해 빚어낸 표정이 울음 참는 아이마냥 애처로워 보였다. 스파링 사건 이후로 인사 한 번 못 드려 송구스러운 나머지 근호는 얼른 머리부터 조아렸다.

"사범님, 그동안 안녕하셨어요?"

"이제 잊을 만할 때도 됐는데 마음잡고 운동 좀 하지 않을래?"

아무리 모질게 마음먹은 근호라도 체육관 사정을 알게 된 이상 마음이 흔들릴 수밖에 없었다. 텅 빈 체육관과 종창의 초췌한 얼굴이 근호 가슴에 승부욕을 점화(點火)시킬 듯도 했지만 사경을 헤매는 강민의 모습이 떠올라 찬물을 끼얹었다.

내일 또 임상 실험에 들어가면 언제 다시 올지 알 수 없는 만큼 지금이 은퇴 의사를 확고히 할 적기(適期)로 보였다.

"사범님, 저 정말 다시는 권투 못 합니다. 지나가다 인사드리러 왔습니다."

종창은 떨리는 손으로 담뱃불을 붙여 물고 길게 연기를 내뿜었다. 십 년 넘게 끊었던 담배를 근래 다시 시작한 그였다.

"너랑 강민이랑 스파링 시킨 내가 정신 나간 놈이지. 상대도 안 되는 애를……."

종창은 주먹으로 제 머리를 쥐어박으며 자책했다. 그 앞에 서 있기가 너무 민망한 나머지 근호는 주위를 두리번거리며 화제를 바꿀 기회만 엿보고 있었다.

"운동 장비를 전부 새 걸로 바꾸셨네요?"

"관원이 자꾸 줄어서 투자 좀 해 봤는데 더 나빠졌어."

"기운 내세요, 사범님. 좀 있으면 재희도 제대하잖아요."

아들 얘기가 나오면서 종창의 안색이 돌아올 조짐을 보이자 근호는 생각나는 대로 주절주절 덕담을 이어갔다.

"체육관도 금방 좋아질 겁니다. 요즘엔 여자들도 몸매 관리 하느라 도장에 많이 나간대요. 홍보 전단지 잘 만들어서 재희랑 같이 돌리러 다닐게요."

근호답지 않은 너스레에 무슨 융숭한 대접을 받은 기분이면서도 종창은 어딘지 못마땅한 느낌을 지울 수 없었다. 여자들한테까지 권투를 가르치라는 뉘앙스가 얼마간은 비위에 거슬렸다. 그것은 근호가 돌아온 다음에나 고려해 볼 일이었다.

"강민이는 좀 좋아졌니?"

"아뇨, 아직……."

근호는 차마 말을 맺지 못하고 표정까지 굳어 버렸다. 앞서 전화로 한나에게 강민의 차도(差度)를 물었을 때 묵묵부답이었던 것이 자꾸만 마음에 걸렸다. 강민의 상태가 너무 궁금한 나머지 근호는 더 이상 이곳에 머무를 수 없었다.

허리를 굽혀 정중히 인사하고 돌아나가는 동안 근호는 종창의 시선이 등 위에 머무는 것을 감지하고 있었다. 출입문을 열기 직전 종창이 다시 한번 근호를 불러 세웠다.

"시합 포기는 안 할 참이다."

그랬다. 종창은 근호가 머잖아 운동을 재개하리라 믿어 의심치 않았다. 죄책감에 사로잡혀 있다곤 치더라도 체육관에 다시 발을 들인 것 자체가 그의 내면에 승부사적 기질이 살아나기 시작했음을 방증(傍證)하는 것이었다. 시합 날짜가 보름밖에 남지 않아 계체량(計體量)이 우려됐지만 그의 몸골을 보아 하니 두 체급을 낮춰도 넉넉할 성싶었다. 종창이 보건대 근호 실력이면 열흘만 충실히 훈련해도 한국 챔피언 정도는 적수도 아니었다.

근호는 체육관 앞 이면도로를 따라 대로로 걸어가는 내내 인상을 찌푸리고 있었다. 아파트형 상가의 입주를 환영한다는 플랜카드가 정초부터 간간히 눈에 띄더니 이제는 골목 어귀마다 나부끼며 시야를 농락했다. 서울 도심의 재개발이 추진되면서 종로와 청계천 일대의 철공소들을 대거 이주시킴에 따라 그곳 상인들의 생계를 위해 외곽 지역에 대형 상가를 건립해 준 데 따른 결과였다. 알록달록하게 눈을 자극하는 플랜카드의 형색

(形色)이 장차 야바위꾼들이 몰려와 활개를 칠 드라마의 예고편으로 보였다.

걸음을 재촉해 대로(大路) 십여 미터 앞까지 왔을 때 근호는 남자들이 거칠게 실랑이하는 소릴 듣고 흠칫 멈춰 섰다. 으슥한 골목길 전봇대 아래에서 한 무리의 건달들이 운동복 차림의 두 사내를 에워싼 장면이 시야에 포착됐다. 실랑이라기보다 집단 폭행에 가까운 그 모양새에서 공교롭게도 포위를 한 네 사람은 모두 근호 눈에 익은 얼굴이었다.

민석과 성동이 끼어 있다는 것만으로 무리의 성격을 한눈에 파악할 수 있었다. 비슷한 광경을 목격했다는 재희의 말과 합쳐 보면 저들은 이 부근에서 상습적으로 폭행을 일삼는 것이 분명했다.

어제 병원에서 수혈까지 받고 구사일생으로 살아난 곱슬머리가 눈에 띄자 근호는 고개를 갸우뚱거리며 어리둥절해 했다. 임상 실험 아르바이트나 찾아다니는 순둥이가 건달 짓까지 겸하는 꼴이 여간 우스꽝스럽지 않았다.

체격이 가장 크고 연장자로 보이는 사내가 악덕 사채업자 윤 사장의 오른팔 부하인 준태였다. 언젠가 윤 사장을 따라 종창을 찾아왔을 때 워낙 강렬한 인상을 남겼기에 근호는 여러 경로를 통해 준태의 행적을 알아본 바 있었다. 역시나 그는 무분별하고 무자비한 주먹질로 동네에 원성이 자자했다.

"이 자식들 이거 말로 해선 안 되겠네."

준태는 발길질까지 곁들이며 운동복 차림의 사내들을 윽박질렀다. 운동선수 못잖게 다부진 체격을 자랑하는 사내들이 동네 건달의 기세에 압도된 모습이 얼핏 장난 같기도 했다. 상대에게 저항 의지가 없음이 드러나자 민석과 성동은 본격적으로 준태를 거들기 시작했다.

"한 번만 더 이 근처에 얼씬거리면 발모가지를 확 잘라 버린다. 알았어?"

"……."

"더 쳐맞기 전에 빨리 사라져라."

준태 무리에 쫓긴 사내들이 이면도로로 뛰어나오자 근호는 못 본 척 돌아서서 대로 쪽으로 다시 걸었다. 그들이 길모퉁이를 돌아 사라질 때쯤 건달들의 발자국 소리가 근호 등을 두드리고 아스라이 멀어져 갔다.

근호는 방금 골목에서 펼쳐졌던 광경이 체육관 사정과 무관치 않을 것 같아 얼른 뒤를 돌아봤다. 준태가 발로 체육관 문을 밀치고 있었다.

바닥 청소를 하다 불청객을 맞이한 종창은 울화가 치밀어 대걸레를 패대기쳐 버렸다. 이십여 일 동안 매일같이 들이닥친 그들이 예의랍시고 허리를 굽히는 꼴이 되레 모멸감만 부채질했다.

"관장님, 밤새 안녕하셨습니까?"

"또 헛수고 하게 해서 미안하네. 도장이 이렇게 텅 비었는데 돈이 어디서 나오겠나?"

"이자 못 받으면 운동기구라도 가져오라고 우리 사장님 성화가 어지간하셔야 말이죠."

"조금만 시간을 더 달라고 전해 주시게."

"보아 하니 얼마 안 있으면 길바닥에 나앉으시겠네요. 이쯤에서 우리한테 넘기시면 이자는 다 빼 드리겠습니다."

종창은 빚을 얻어 체육관을 개량한 것이 경솔했음을 다시 한 번 뼈저리게 절감했다. 애초에 이런 결과가 우려되기도 했지만 관원들이 속속 이탈해 다른 체육관으로 옮겨 가는 마당에 승부수를 던져볼 수밖에 없었다.

체육관을 넘기라는 말에 종창은 기어이 분통을 터뜨렸다.

"네 놈들 원래 목적이 체육관 뺏는 거였지?"

"우린 법대로 할 뿐입니다. 내달부터 이자 못 갚으면 물건들 빼 가겠습니다."

준태는 삿대질로 응수하며 한마디도 지지 않았다. 돌아가는 동안에도 주절주절 비아냥을 늘어놓으며 종창의 심기를 있는 대로 긁어 놓았다.

"바글바글하던 애들 다 어디 간 거야? 내가 해도 이보단 낫겠다."

밖에서 유리창 너머로 관내(館內)를 들여다본 근호는 당장 달려 들어가 준태 면상에 주먹을 날리고 싶었지만 종창에게 누가 될세라 애꿎은 입술만 잘근잘근 씹어 대고 있었다. 준태 일당이 물러 나오자 근호는 한발 앞서 그들을 처음 봤던 골목께로 달려 내려갔다.

종창은 윤 사장에게 속은 것이 너무 후회스러워 아무 일도 손에 잡히지 않았다. 수억 원을 빌려 도장 내부를 리모델링하고 장비와 기구도 대폭 교체했건만 신입은커녕 기존 관원들마저 하나둘 모두 빠져나가 버렸다.

더 곤혹스러운 것은 어려운 형편을 하소연 할 곳마저 없어졌다는 데 있었다. 오랜 이웃 중에 알부자인 사람도 더러 있었지만 종창이 돈 얘기라도 꺼낼라치면 모두들 사색을 하고 줄행랑쳐 버렸다. 사실은 그들 모두 윤 사장 부하들의 감시와 협박에 시달리고 있었다.

이대로 이자를 계속 연체하다간 머잖아 체육관을 팔아도 못 갚을 만큼 빚이 늘어날 터였다. 종창의 한숨을 실은 담배 연기가 체육관 구석구석으로 스며들고 있었다.

준태 일행이 체육관을 나와 대로 쪽으로 여남은 걸음 내딛었을 때 좌우 골목에서 고등학생 정도로 보이는 소년이 하나씩 튀어나와 정중히 인사했다.

"한 놈이라도 저 체육관에 들어가는 거 보면 즉시 보고해라. 알았나?"

"예!"

준태는 지갑에서 노란 지폐를 꺼내 소년들에게 쥐어 주고 다시 대로로 향했다. 일행이 운동복 사내들을 겁박하던 골목을 지나칠 때쯤 누군가 길을 막아섰다. 근호였다.

"민석이형, 성동이형, 여진하네요. 곱슬머리 너는 주사도 못 맞는 주제에 무슨 건달 짓이야? 아저씨는 영감한테 얼마 받고 이 짓거리 하시우?"

근호는 네 사내를 번갈아 쏘아보며 한마디씩 조롱했다. 솟구칠 대로 솟구친 분노를 달래기엔 역부족이었지만 민석과 성동이 움찔한 것은 뜻밖의 수확이었다.

"이 자식이 죽으려고 작정을 했나."

말이 끝나기도 전에 준태의 오른 주먹이 안면으로 날아들었다. 뻔한 궤적(軌跡)이었다. 얼른 고개를 젖혀 주먹을 흘려보낸 근호는 준태와 이마를 맞대고 한마디 더 쏘아붙였다.

"우리 사범님 또 괴롭히면 내가 당신을 죽여 버리겠소."

준태가 한 발 물러서자 근호는 다른 사내들의 동태를 두루 살폈다. 개중에 유독 시선을 피하려 드는 곱슬머리를 한심스레 쳐다보다 아차 하는 순간 근호는 눈알이 튀어나오는 듯한 통증을 맛봐야 했다. 감시 밖이던 준태의 왼 주먹이 광대뼈 언저리를 가격한 것이었다. 늦게나마 반응을 해서 비껴 맞았기에 망정이지 정타로 들어왔으면 두개골이 함몰됐을 법한 펀치였다. 오른손잡이가 이토록 강하고 빠른 레프트를 가지려면 얼마나 많은 훈련과 실전 경험을 거쳐야 하는지 잘 알기에 준태는 즉시 요주의 인물로 각인됐다.

상대가 강한 만큼 적개심도 크게 일어났지만 근호 마음속에 부성애 같은 것이 꿈틀대며 반격을 제지(制止)하고 있었다. 이대로 싸움에 휘말렸다간 더 이상 강민을 돌보지도 못하고 철창 신세를 질 것 같아 지레 움츠러들고 말았다.

근호는 준태의 오른 주먹과 발차기까지 허용하고 털썩 주저앉았다. 다른 사내들까지 가세해 발길질을 해대는 중에 준태 휴대폰이 울렸다. 윤 사장의 호출이 근호를 구해 낸 순간이었다. 신음하는 근호를 향해 한바탕 욕설을 퍼부은 그들은 아쉬운 듯 돌아서서 대로 쪽으로 우르르 몰려갔다.

병원에서의 인연 때문이었을까. 무리 중에서 곱슬머리의 행동이 폭력배치곤 여러모로 어설퍼 보였다. 발길질을 시늉만 했던 그는 돌아갈 때도 몇번이나 뒤돌아보며 근호가 일어나는 걸 확인하고서야 멀찍이 앞서가는 일행을 바쁘게 쫓아갔다.

동네 건달들의 보스 격인 윤 사장은 여느 날처럼 휘하(麾下) 룸살롱에서 이런저런 보고를 받으며 업무 지시를 내리고 있었다. 이 가게에 들어서서 카운터 왼쪽으로 들어가면 오른편에 좁다란 복도가 좌우로 여남은 개 룸을 끼고 길게 뻗어 있다. 복도 끝과 맞닿은 VIP 룸은 매달 한두 번 정도 조직 차원의 접대가 있는 날 외엔 늘 아지트로 이용돼 왔다. 룸 내벽이 온통 매직미러로 돼 있어서 안에서는 밖이 훤히 내다보이는 반면 밖에서는 아무것도 들여다볼 수 없었다.

조직의 확장세가 곳곳에서 감지됨에 따라 윤 사장은 기분이 최고조에 달했다. 일등공신 두 사람이 그의 면전에 좌우로 마주앉아 있었다. 중년 남자는 '사무라이'라 불리는 칼잡이로 근래 윤 사장이 특별히 공을 들여 영입했고, '장미'라는 미모의 소녀는 약관 십구 세 나이에 조직의 실세로 부상(浮上)한 인물이었다. 조직원들의 서열에 변화를 주는 한편 각자 지위에 걸맞은 역할을 주문코자 윤 사장은 모처럼 참모들을 한데 불러 모았다.

지난해 이 지역에 대형 아파트형 상가가 들어서고부터 윤 사장은 한 가지 사업에만 골몰하고 있었다. 우량 철물 업체들이 대거 입주한 만큼 상인들을 겨냥해 유흥 주점을 차리기로 한 것이었다.

윤 사장은 일찌감치 태양체육관을 새 사업장으로 점찍었다. 체육관이 철물 상가와 가까우면서도 대로에서 눈에 띄지 않아 은밀한 출입을 원하는 고객들을 위해 최적의 입지 조건을 갖춘 데다 워낙 낡은 건물이라 재건축 허가까지 쉽게 받을 수 있는 만큼 한눈에 그의 마음을 사로잡았다.

체육관을 매입하고자 시세를 알아보던 윤 사장은 종창이 세상 물정에 어두운 전직 권투 선수임을 안 다음부터 그를 궁지로 몰아 체육관을 갈취하기로 노선을 바꾸었다. 그동안 윤 사장이 은밀하게 부하들을 풀어 사람들의 체육관 출입을 차단하는 바람에 종창은 한계 상황으로 내몰릴 수밖에 없었다. 빌린 돈의 이자도 못 갚을 바엔 헐값에라도 체육관을 처분하는 것이 능사겠지만 평생 권투계를 떠나본 적 없는 종창으로서는 차마 결단을 내릴 수 없었다.

성(城)을 겹겹이 포위하고 적장의 항복만 기다리는 장수인 양 윤 사장은 오늘도 전리품에 대한 기대감으로 들떠 있었다. 그도 그럴 것이 윤 사장은 이미 비슷한 수법으로 재미를 본 적이 있었다. 사오 년 전 이 지역에 취업

전시관이 들어서면서 젊은이들이 구름처럼 모여들 때 윤 사장은 당시 경영난에 시달리던 동네 서점 주인에게 접근해 돈을 빌려준 뒤 은밀하게 영업을 방해하는 수법으로 서점 건물을 헐값에 인수했다. 그 허름한 서점을 나이트클럽으로 개조해 조직의 핵심 자산으로 키워 낸 것이 윤 사장 생애 최고 기억으로 남아 있었다.

그 서점의 주인 내외가 가업을 잃은 충격으로 모두 자살했다지만 그것이 윤 사장에겐 굴러온 호박에 넝쿨까지 달아준 격이 됐다. 채무를 상속받은 두 남매의 외모가 윤 사장의 투심(投心)을 자극할 만큼 수려한 까닭이었다. 전세 보증금까지 빼앗아 한나와 강민을 길바닥으로 내몰 수도 있었지만 윤 사장은 한 박자 쉬면서 훗날을 기약했다. 언젠가 그들의 신체가 채무액 이상의 대가를 지불할 것이라 예견(豫見)했기에 베풀었던 관용이었다.

아껴뒀던 권리를 행사할 기회가 심심찮게 찾아왔지만 윤 사장은 한나를 선뜻 유흥업소에 넘기지 못했다. 그녀에게 묘한 매력을 느껴 혼자 차지하고 싶은 욕심이 생긴 것이었다. 한나에게 집착할수록 물욕(物慾) 또한 강렬해져서 체육관을 극한으로 압박하는 모양새가 연출되곤 했다. 한나에게 못다 한 채권을 벌충하자는 속셈이었다.

윤 사장은 무심결에 한나를 품에 안아 보는 상상을 하다 장미와 시선이 마주치는 통에 놀라 움찔했다. 고맙게도 바깥에서 사내들의 발자국 소리가 우박 떨어지듯 가까워 왔다.

"이 자식들이 지금 몇 신데 이제 오는 거야?"

윤 사장이 시계를 들여다보는 중에 준태와 부하들이 득달같이 달려 들어와 일제히 상반신을 수직으로 구부렸다.

"늦어서 죄송합니다. 체육관 근처에 방해하는 놈이 있어서 손 좀 봐주고 왔습니다."

"누군데?"

"관원 중에 한 놈인 것 같은데 포스가 예사롭지 않았습니다."

"더 늦어도 좋으니까 다음부터 그런 놈은 확실하게 조져 놓고 와."

윤 사장은 준태가 연일 권투 선수를 제압하는 것이 내심 대견스러웠지만 겉으로는 당연하다는 듯 받아넘기고 있었다. 운동선수가 폭력배를 못 이긴다는 속설이 사실임을 확인한 셈이었다.

"관장은 만나 봤어?"

"아직은 갚아 보려고 발버둥치고 있습니다."

"설마 돈만 달랑 받아 오는 건 아니겠지?"

"돈 빌릴 데 없도록 철저하게 조치했습니다."

"철물 상가 입주한 지 한 달이 넘었는데, 우리 가게는 언제 오픈할래? 분발 좀 하자."

시간이 갈수록 유리한 입장임에도 윤 사장이 부하들을 닦달하는 것은 종창이 가진 잠재적 위험성 때문이었다. 어지간한 부하 두셋은 거뜬히 때려눕힐 수 있는 완력도 완력이거니와 종창이 권투계에 다져 놓은 인맥이야말로 크나큰 위협이 아닐 수 없었다. 그들이 종창과 합세해 저항하는 날엔 그간의 모든 노력이 수포로 돌아갈 공산이 컸다.

윤 사장은 사무라이를 수하로 데려온 것이 신의 한수라 믿어 의심치 않았다. 지하 세계에서 자타공인 최고 칼잡이로 통하는 그는 법리적인 문제에서도 전문가적 면모를 과시했다. 특정 상황에서 상대의 어느 부위를 어떻게 공격해야 법적 책임을 최소화할 수 있는지 훤히 꿰뚫고 있어서 따로 변호사를 선임할 필요도 없었다. 종창 등과의 물리적 충돌에 대비하려면 조직원들에게 사무라이의 노하우를 전수하는 것이 무엇보다 시급했다.

송골매 같은 사무라이의 눈매를 뿌듯이 바라보다 제풀에 우쭐해진 윤 사장은 벌써 유흥 주점을 시작한 사람처럼 장사 얘기부터 불쑥 꺼냈다.

"예쁜 언니들 많이 데려와야 가게 매출을 올릴 텐데 좋은 수가 없을까?"

"걱정 마십시오. 최상급으로 20명 정도는 언제든지 확보할 수 있습니다."

그랬다. 사무라이는 최고 칼잡이일 뿐만 아니라 술장사의 핵심인 여종업원 영입 경로까지 파악하고 있었다. 그의 몸값을 치르느라 일생의 숙원인 카지노 사업마저 뒤로 미룬 만큼 투자에 대한 결실이 어느 때보다 간절한 윤 사장이었다.

종창을 직접 상대하면서 체육관을 인수하는 것이 더뎌짐에 따라 윤 사장은 주변 인물을 활용하는 우회 전략도 병행하고 있었다. 장미의 활약이 기대되는 대목이라 윤 사장 시선이 바쁘게 그녀를 향했다. 짧은 치마 밖으로 매끄럽게 뻗어 나온 다리를 바짝 오므리고 전방을 응시하는 모습이 사냥감을 물색하는 한 마리 표범 같았다.

"장미야, 이종창 관장 가족 관계 좀 알아봤어?"

"부인과는 오래전에 사별했고, 직계 가족은 군 복무 중인 아들뿐입니다. 아들 같은 애제자가 하나 있는데, 그 자가 요주의 인물입니다. 예전에 학교 짱들을 모두 때려눕혔고 지금은 권투 선수로 승승장구하고 있습니다만 현역 선수 신분인 데다 폭행과 성추행 혐의로 입건된 적도 있어서 함부로 싸우진 못할 것 같습니다."

장미의 감미로운 목소리가 리드미컬하게 흘러나오는 동안 윤 사장 얼굴에 웃음기가 가시지 않았다. 스무 살도 못 채운 소녀가 선보이는 정보력과 분석력을 찬찬히 음미하고 있자니 조직의 밝은 미래가 눈앞에 선연(鮮然)하게 펼쳐져 보였다.

삼사 년 전 어느 날 부하들이 유흥가 주변을 배회하던 장미를 처음 데려왔을 때 윤 사장은 여느 가출 소녀에게 그랬던 것처럼 성적(性的) 노리개로 삼았다가 싫증나면 룸살롱 호스티스로 넘길 생각이었다. 신원 조회 차 장미의 뒷조사를 하던 중에 펜싱 선수를 필두로 놀라운 선력(前歷)들이 속속 드러나면서 그녀를 향한 육체적 탐욕이 인간적 호기심으로 변모했다. 장미의 성장 과정이 일찍이 사별한 누이와 너무 닮아 심적 동요를 일으킨 면도 없지 않았다.

150이 넘는 지능지수와 홀로 남자 여럿을 칼부림으로 제압한 담력에 반해 버린 윤 사장은 아예 장미를 친딸처럼 키우기로 마음먹고 부하들에게 절대 범하지 말라는 특명을 내리는 한편 자택 부근에 아파트를 마련해 주기까지 했다. 어쩌면 윤 사장은 장미를 그렇게 보살펴 온 것으로 양심의 곳간을 채웠다고 간주하며 마음껏 악행을 일삼는지도 몰랐다.

윤 사장의 통 큰 투자는 기대 이상의 결실로 돌아왔다. 빠르고 빈틈없는 일처리로 멸사봉공 헌신하면서 하루가 다르게 성장한 장미는 어느덧 조직의 2인자 자리까지 넘보게 됐다. 걸그룹 뺨치는 장미의 춤 솜씨를 감상하러 젊은이들이 모여드는 통에 윤 사장 휘하의 클럽들은 업소마다 성업(盛業)을 이루고 있었다.

뿐만 아니었다. 윤 사장이 원하는 정보라면 해킹을 배워서라도 얻어 냈고 권력가나 재력가의 힘이 필요할 때면 성접대도 마다하지 않은 장미였다. 그 와중에 불평 한 마디 없으니 윤 사장의 신뢰는 하늘에 닿을 듯 쌓여 갔다. 급기야 윤 사장은 장미를 후계자로 염두에 두기 시작했다.

"사무라이, 우리 장미 많이 도와주게. 여기 사내놈들 불알 다 떼다 달아 줘도 안 아까운 친구야."

장미를 추켜세우는 데 구태여 비속어까지 동원한 것은 이참에 성과가 미비한 부하들에게 경종을 울리기 위함이었다. 장미와 사무라이가 의기 투합하는 것을 지켜본 윤 사장은 최고 오케스트라의 지휘자가 된 것처럼 의욕과 자신감으로 충만했다.

"모두 나가서 일들 해. 이번 일만 잘 되면 한 몫씩 단단히 챙겨 줄 테니 까."

우르르 몰려나가는 부하들 중에 민석과 성동이 눈에 띄자 윤 사장은 즉 각 그들을 불러 세웠다. 잔뜩 움츠린 그들의 머리 위로 불호령이 떨어졌다.

"서점 딸 만난 건 왜 보고 안 해?"

"잘 타이르고 있는데, 아직 설득은 못 했습니다."

민석의 목소리가 말미로 갈수록 기어 들어갔다. 두 손을 앞으로 모은 채 머리를 조아린 꼴이 교무실에 불려 온 아이마냥 애처로워 보였다.

"걔랑 학교 선후배 사이래서 믿고 맡겼는데…… 안되겠나?"

"아닙니다. 며칠만 기다려 주시면 꼭 데려오겠습니다."

"너희 둘은 당분간 딴 거 하지 말고 걔한테만 신경 써라. 얼른 가 봐."

윤 사장은 돌아서 나가는 민석과 성동의 등짝을 뾰루퉁하게 쳐다보다 소파를 걷어차며 역정을 냈다. 한나를 굴복시키기가 여의치 않음을 직감 하면서 정욕(情慾)이 한층 강렬해지고 있었다. 부하들과 별도로 특단의 조치를 강구해야 할 듯싶었다.

◈

　강민이 입원해 있는 병원은 구릉진 곳에 하얗게 들어서서 도심에서도 제법 목가(牧歌)적인 정취를 자아내고 있었다. 재희는 그 병원을 향해 난 오르막길을 마라톤 선수처럼 뛰어 오르고 있었다. 버스 정류장에서부터 달려온 거리가 백여 미터에 이르고 아직도 그만큼은 더 가야 하지만 길 폭이 넓어서 병원이 금방 품에 안길 듯 가까워 보였다. 매콤한 미세먼지의 등쌀에도 아랑곳없이 재희는 달리고 또 달렸다.

　승강기에서 내려 길게 뻗은 복도를 따라 한참 걸어 들어가서야 303호실이 모습을 드러냈다. 병실 앞에 멈춰 선 재희는 환자 명단에서 유강민이란 이름을 누차 확인하고 도둑고양이처럼 살금살금 안으로 들어섰다.

　2인용 병실의 왼편에는 인공호흡기에 의지한 노인을 가운데 두고 부인과 자녀로 보이는 사람들이 체념 어린 얼굴로 둘러앉아 있었다. 근호와의 연관성을 찾기 힘든 장면이라 재희의 시선을 오래 끌지 못했다.

　옆 병상에서는 또래쯤의 여자가 어깨를 늘어뜨리고 앉아 젊은 환자를 내려다보고 있었다. 한숨짓는 뒷모습이 물가에 홀로 핀 제비꽃마냥 애처로워 보였다. 재희는 어딘지 눈에 익은 그 모습에 압도된 채 한 발, 두 발 그녀와의 거리를 좁혀 갔다.

　낯선 발자국 소리가 가까워 오는 것이 어지간히도 불안한 모양이었다. 자세를 고쳐 앉으며 경계 태세를 취한 여자는 이윽고 하얀 얼굴을 들어 뒤를 돌아봤다.

　두 사람은 헛것을 본 듯 넋 나간 표정으로 멍하니 상대방 얼굴만 응시하고 있었다. 대학 새내기 시절 지적(知的)이고 청순한 이미지로 재희 마음을 사로잡았던 한나가 그때 그 모습으로 다시 나타난 순간이었다. 입학 동기생으로 만나 급속도로 가까워졌던 이들은 운명의 장난처럼 헤어진 지 4년여 만에 이렇듯 극적으로 조우(遭遇)했다.

눈이 아프도록 한나와 마주보고 있으려니 기억의 저편에서 그녀와의 추억들이 하나둘 파도처럼 일어나 가슴으로 너울져 왔다. 재희는 그 노도(怒濤)에 휩쓸리지 않으려 안간힘을 다했다. 그를 한달음에 이곳으로 달려오게 한 사연이 방파제가 돼서 가슴속 여린 부분을 둘러싸고 있었다.

재희는 답이 없는 문제와 씨름해야 할 입장에 처했음을 직감했다. 한나의 처지가 근호 못지않아 운신의 폭이 아예 사라진 듯도 싶었다. 그런 재희 마음속을 들여다보기라도 한 것처럼 한나가 먼저 새초롬하게 말문을 열었다.

"여긴 어떻게 알고 왔어?"

예전처럼 맑고 감미로운 목소리였지만 그 속에 잔가시가 촘촘히 돋아 있는 것을 재희는 능히 감지해 냈다. 그녀가 속으로 화를 삭일 때면 으레 나오던 말투였다. 한나의 미세한 성대 울림까지 감별해 내고 내심 뿌듯했다가 그녀의 심기가 몹시 불편한 것까지 알고 나서는 되레 풀이 죽어 버렸다.

"이게 얼마만인데……. 내가 별로 안 반가워?"

"근호 대신에 온 거잖아."

"아니, 몰래 왔어. 다시는 못 오게 하려고."

재희는 한나 눈치를 살피는 와중에도 근호를 도우러 왔음을 숨길 생각은 추호도 없었다.

"그럼 근호는 이제 안 오는 거야?"

"아마 오늘까진 올 거야. 아침 일찍 나갔는데……. 어디 들렀다 오나 보다."

근호가 어서 와 주길 고대하는 듯한 한나 모습이 재희로 하여금 만감이 교차하게 했다. 기다림의 대상이 근호가 가져다 줄 경제적 보상뿐만 아닌 듯도 했다. 재희 생각은 어젯밤에 근호가 터놓고 대화하길 꺼렸던 것이 한나와의 핑크빛 관계 때문일 수도 있다는 데까지 달리고 있었다.

질투심까지 억누를 순 없겠지만 재희는 설령 두 사람이 연인이 됐다 하더라도 담담하게 받아들이기로 했다. 한나가 떠나 버린 후 근호의 위로와 격려 속에 보낸 숱한 인고의 시간들이 그 길이만큼이나 재희 가슴도 넓혀 놓았다.

한나와의 대화가 신경전 양상으로 흘러가는 것이 부담스러운 나머지 재희는 에둘러 그녀의 시선을 피하며 병상의 환자에게 슬금슬금 다가갔다. 어깨 위쪽과 오른팔 일부만 이불 밖으로 나와 있었지만 그것만으로도 환자의 직업은 넉넉히 유추할 수 있었다. 목 쪽으로 바짝 당겨진 턱과 군살 한 점 없는 팔뚝이 여간 예사롭지 않았다. 급소를 최대한 감추면서 빠른 팔놀림으로 공격할 수 있게끔 조련(調練)된 육체란 복서가 아니고서는 가지기 힘든 것이었다.

환자의 체구가 근호의 상대선수 쯤으로 어림잡히면서 둘 사이에 어떤 사단이 벌어졌을지 재희 머릿속에 얼추 그려졌다. 짙은 눈썹에 또렷한 이목구비가 인상적인 환자 얼굴이 한나가 남장(男裝)을 하고 누워 있는 느낌마저 들게 했다.

"동생이니?"

"……."

"왼손 훅에 딱 걸렸나 보네. 근호하고 시합할 때 그것만은 피해야 돼."

"제발 내 앞에서 권투 얘기는 하지 마라."

"우리가 진즉에 다시 만났으면 이런 일은 없었을 거야."

"미안하지만 그냥 가 주면 안 되겠니? 지금 우리한텐 근호 도움이 너무 절실해."

속내를 쉬이 드러내지 않는 한나가 근호에게 집착하는 듯한 인상을 풍기다 보니 역설적으로 둘의 관계가 로맨스로까지 발전하지는 못했으리라 짐작됐다. 안도의 한숨을 내쉬려는 순간 또 다른 상실감이 재희의 어깨를 짓눌렀다. 한나의 관심사가 오로지 경제적 보상뿐이라면 그것은 근호에게 너무 잔인한 처사로 보였다.

오래 헤어져 있어도 한나와의 사랑만은 고이 간직해 온 재희기에 당장 고백할까 생각도 했지만 근호를 의식해 망설이고 있었다. 못 본 사이에 한나 성격이 외향적으로 변했다면 그녀 말대로 근호가 진정 절실한 존재일 수도 있었다. 이런저런 추측들만 머릿속에 난무하는 통에 재희는 둘의 관계가 점점 더 궁금해졌다.

"아까부터 근호 오기만 기다리는 것 같은데, 둘이 언제 그렇게 가까워진 거야?"

"……."

나름대로 신중에 신중을 기해 넘겨짚긴 했지만 한나의 반응이 의외로 심각했다. 재희를 노려보는 눈동자가 바람 먹은 풍선처럼 팽창하고 있었다. 꽉 깨물어진 입술 사이로 귀곡성(鬼哭聲)이 흘러나올 것도 같았다. 재희는 신호 위반 사고를 낸 운전자처럼 안절부절 못하며 수습책에 골몰해야 했다.

"그런 말 할 거면 다신 오지 마."

한나의 호통에 정신이 번쩍 든 재희는 등 뒤에 누군가의 시선이 따갑게 부딪히는 것을 감촉했다. 옥신각신하는 소리에 신경이 거슬린 옆쪽 보호자들이 줄곧 눈총을 주고 있었다.

재희는 밖으로 나가자는 제스처를 취해 놓고 슬그머니 병실을 빠져나갔다. 몰라보게 의젓해진 그의 뒷모습이 한나 눈동자에 아롱져 눈기가 어리게 했다. 한나는 강민의 목덜미까지 이불을 덮어 놓고 서둘러 재희를 따라나섰다.

병원 로비의 커피숍을 찾은 재희와 한나는 햇볕이 잘 드는 테이블에 마주 앉았다. 병실에서보다 한결 나긋나긋해진 한나 목소리가 테이블 위로 모락모락 피어오르는 아지랑이를 잡아타고 재희 귓속으로 굽이쳐 들어갔다.

"축하해!"

한나는 병실에서 쌀쌀맞게 군 것이 마음에 걸린 나머지 재희의 제대가 임박했다는 소식을 듣고 저도 몰래 환호성을 질렀다. 그녀 얼굴에 웃음기가 감돌면서 갈팡질팡하던 재희 마음도 덩달아 평온해졌다. 곱게 간직한 외모만큼이나 재희에게 미치는 영향력 또한 예전 못지않은 한나였다.

소녀티가 가신 한나 얼굴에 이지적(理智的) 색채가 조화를 이뤄 성숙한 여인의 풍모를 자아내고 있었다. 한나와 헤어져 보낸 세월이 새삼 장구하게 느껴져 재희로 하여금 젊은 시절의 엄마와 마주앉은 듯한 기분마저 들게 했다. 재희는 한나가 잠적했던 이유가 너무 궁금했지만 대뜸 물어보기가 겸연쩍어 기억의 끝자락만 살며시 들춰냈다.

"자퇴하고 재수(再修)해서 다른 학교 생명공학과에 들어갔다고 들었어."

"취직 잘 된대서 가 봤는데 막상 그렇지도 않더라."

"4학년이겠네?"

"아니, 조기 졸업하고 올해 대학원 진학했어."

조급함과 집착 같은 것들로 버무려진 말투가 한나 성격과는 너무 안 어울렸다. 장애인을 위한 체육 교사가 되겠다던 어릴 적 꿈은 언제 어디로 날려 보냈을까. 재희는 한나에게 가치관의 격변(激變)이 있었음을 직감했다. 낭만에서 현실로의 좌표이동이야 성인이 되면 누구나 강요받기 마련이지만 한나에겐 뭔가 색다른 계기가 있어 보였다.

한나에게 말 못할 속사정이 있는 것 같아 꺼림직한 와중에도 재희는 기분이 최고조에 달하고 있었다. 그녀가 잠적했던 까닭이 우려하던 바는 아닌 데 따른 것이었다. 캄캄한 동굴에서 빠져나온 듯한 쾌감을 다시 맛보고파 재희는 재차 유도신문(誘導訊問)을 감행했다.

"엠티 때 성추행 사건 때문에 네가 날 계속 피하는 줄 알았어."

"소심하긴. 너희들 짓 아니란 거 진즉부터……."

한나 얼굴에 그늘이 짐과 동시에 말끝이 흐려졌다. 조금만 더 캐물으면 모두 털어놓을 듯도 했지만 재희는 한나의 자존심을 건드릴세라 눈치만 보며 망설이고 있었다.

그 때였다. 병원 입구의 회전문에서 웬 남자가 쏜살같이 튀어나왔다. 근호였다. 시선을 전방에 고정시킨 그는 바쁘게 오가는 사람들을 요리조리 피해 가며 승강기를 향해 전속력으로 질주하고 있었다. 장소만 아프리카 정글로 바꿔 놓고 보면 영락없는 타잔의 모습이었다. 재희는 승강기 문이 닫힐 때까지 근호의 행색을 살피다 쓴웃음만 흘렸다.

"쟤 요새 뭐하고 돌아다니는 줄 아니?"

"체대 입시 학원에서 알바 한댔어."

재희는 과연 이것이 선의의 거짓말 범주에 들 수 있을지 따져 보려다 고개를 절레절레 흔들었다. 무직자가 뇌사 상태 중환자의 치료비를 댄다는 것 자체가 잘못된 전제(前提)로 보였다. 얼토당토않은 궤변을 곧이곧대로 믿은 한나가 미련스럽기까지 했다.

"마루타 알바 한다. 벌써 한 달도 넘었어."

"그랬었구나. 그 많은 병원비를 다 대겠다고 해서 조금 이상하긴 했어."

한나 말투가 딱히 놀라지도 미안해하지도 않는 것 같아 기분이 언짢아진 재희는 제법 시비조로 하소연했다.

"네 동생 일은 정말 안됐지만 근호도 할 만큼 했으니까 그만 보내 주면 안 될까?"

"도와 달라고 한 적은 없는데 막상 뿌리치지도 못하겠어."

돕겠다는데 굳이 마다할 필요야 없지 않느냐는 뉘앙스가 재희의 심기를 한층 불편하게 했다. 도의상 책임을 지겠다는 데까지는 수락하더라도 그로 인해 몸이 망가질 지경에 이르렀다면 더 이상의 호의는 사양하는 것이 마땅한 절충이 아닐까. 하물며 가계까지 넉넉한 편이라면 한나처럼 어정쩡한 태도는 기회주의적으로 비춰질 수밖에 없었다. 생각이 여기까지 미치자 재희는 다짜고짜 따지고 들기 시작했다.

"집도 잘사는데 너무한 거 아냐? 서점도 있고 교회에 헌금도 많이 내면서⋯⋯."

불평 중에 하나 얼굴이 벌겋게 상기된 것을 본 재희는 제풀에 뜨끔해져 말끝을 어영부영 얼버무리고 말았다. 병실에서보다 몇 곱절은 더 화가 난 하나였다.

"근호 안 와도 좋으니까 너도 다신 오지 마! 알았어?"

하나의 뺨 위에서 굵은 물방울이 굴러 떨어지고 있었다. 의외로 격앙된 반응에 놀란 재희는 우물쭈물하다 뒤늦게 사과하며 수습에 나섰지만 하나는 매몰차게 자리를 박차고 일어났다. 황망(慌忙)하게 돌아서가는 그녀의 뒷모습이 재희에게 난해한 퍼즐을 던져 주고 있었다.

노색(怒色)이 완연한 낯빛으로 병실에 돌아온 하나는 근호와 마주치자마자 죄인처럼 고개를 떨어뜨렸다. 그가 밖에서 무슨 일을 하는지 알게 된 데다 준태에게 맞은 상처까지 도드라져 보이는 통에 몸 둘 바가 없어졌다. 하나의 착잡한 심정을 아는지 모르는지 근호는 강민의 병세를 살피는 데만 여념이 없었다.

"혈색이 많이 돌아온 것 같아."

"오랜만에 봐서 그럴 거야."

"내 눈엔 틀림없으니까 우리 조금만 더 힘내자. 이거 먼저 받아."

근호가 불쑥 내민 수표에는 1이라는 숫자 옆으로 동그라미가 일곱 개나 그려져 있었다. 절실하기야 이를 데 없지만 근호의 도움 자체가 부담스러 웠던 터에 돈의 출처까지 알고 보니 한나는 차마 받을 수 없어 애꿎은 이 불자락만 만지작거리고 있었다.

"팔 떨어지겠다."

한나가 계속 망설이자 근호는 그녀의 팔을 억지로 잡아끌어 돈을 손아 귀에 쥐어 줬다. 근호 얼굴에 난 상처까지 보고도 돈을 뿌리치지 못했으니 한나는 벌써부터 재희를 볼 낯이 없어졌다.

한나에겐 염치보다 더 부담스러운 게 있었다. 막연하게 우려만 되던 것 이 재희를 다시 만나고부터 심각한 고민거리로 부각됐다. 근호가 제 몸을 망가뜨려 가며 거금을 장만해 준 것이 오로지 책임감 때문이었을지 자꾸 만 의문이 들었다. 행여 구애(求愛)의 포석(布石)이 조금이라도 감지된다 면 곧바로 근호에게 접근금지 처분이 내려질 판이었다.

"나 아닌 다른 사람이 강민이 누나였어도 이렇게 했겠니?"

순간 총동원령을 받은 근호의 뇌세포들은 질문의 취지를 파악하느라 일 사불란하게 움직이기 시작했다. 그런 상황을 가정해 보지 않아서 모르겠 다고 얼버무리기엔 한나의 표정이 너무 진지했다. 단 한 마디의 대답이 지 금 근호에겐 백만 군중 앞에서 연설을 하는 것보다 어려웠다. 머뭇거리는 시간이 길어질수록 한나의 심증은 굳어질 수밖에 없었다.

"이 돈 못 받겠어."

"난 사람 차별 안 해."

둘의 말이 거의 동시에 터져 나왔다. 마지못해 거짓말을 내뱉은 근호는 한나 앞에 서 있기가 민망해 '치료비 걱정은 마라'라는 말만 던져 놓고 바 쁜 사람처럼 병실을 빠져나갔다.

근호는 승강기에서 내려 정문으로 걸어 나가다 맹수를 본 사슴처럼 놀
라 움찔했다. 카페 구석자리에 앉은 재희의 모습이 시야를 덮친 까닭이었
다. 한나가 왜 오래도록 병실을 비웠는지에 대한 의문도 자연스레 해소됐
다. 후문으로 돌아 나갈까 하는 생각이 퍼뜩 들었다가 재희가 턱을 괴고
앉은 모양이 로댕의 조각상보다 심각해 보여 차마 발길을 돌리지 못했다.

　근호는 재희에게 다가갈수록 마음이 점점 홀가분해졌다. 한나를 통해
그 간의 사정을 어지간히 파악했을 테니 친구를 따돌린다는 죄책감 하나
는 덜어 내게 됐다.

　재희는 근호의 발자국 소리가 가까워 오는 것을 의식하면서도 그의 손
이 어깨에 얹힐 때까지 모른 척하고 있었다.

　병원을 나선 두 친구는 똑같은 모양으로 어깨를 늘어뜨린 채 하염없이
걷기만 했다. 한창 햇살을 안고 널따란 비탈길을 내리 걷다가 빌딩의 그림
자로 그늘진 대로에 들어서니 한기(寒氣)가 엄습해 옷깃을 여미게 했다.

　침묵이 마냥 길어져 피차 우스꽝스럽게 느낄 때쯤 재희는 느닷없이 앞
으로 달려 나가 길바닥에 버려진 음료수 캔을 힘껏 걷어찼다.

　"누가 이런 걸 여기다……."

　재희의 발길질에 날아간 깡통은 가로수를 맞고 튕겨 나와 요행히 옆에
있는 쓰레기통으로 굴러 들어갔다. 그렇게라도 기분이 우쭐해진 다음에
야 재희는 생선가시처럼 목에 걸려 있던 말을 겨우 토해 냈다.

　"마루타 언제까지 할 거야?"

　"글쎄."

"걔가 일어나든가 아님 죽어야 관두겠네."

"죽긴 누가 죽어? 내가 꼭 일어나게 할 거야."

"식물인간 된 애를 네가 무슨 수로 살려 낼 건대?"

"더 심한 환자도 깨어나는 거 봤어. 인터넷 검색 한번 해 봐."

재희는 근호가 가망 없는 일에 왜 이토록 집착할까 따져 보다 아련한 옛 기억 하나를 떠올렸다. 근호가 서울로 전학 온 지 얼마 안 됐을 때 시골뜨기라고 놀리는 친구와 한바탕 싸운 적이 있었다. 코피 터진 친구가 울음을 터트리자 근호는 그를 수돗가로 데려가 정성스레 씻겨 주고 그 후로 그가 폭력 서클 아이들에게 시달릴 때마다 보디가드 역할을 자처했다. 인정 많고 책임감 강한 근호 성격상 이번 일도 그때와 같은 맥락선 상에 있어 보였다.

근호는 병원에서 재희를 봤을 때부터 각오했던 사태가 여태 닥치지 않아 무척 의아했다. 한나를 만나면서 왜 알려 주지 않았냐고 재희가 물어 오면 뭐라고 대답할지 아직도 결정을 못하고 있었다. 한나한테 관심을 가진 탓이냐고 추궁한다면 당장 쥐구멍이라도 찾아야 할 판이었다. 재희가 불쾌해 할 기미를 보이지 않자 한나를 향한 그의 마음이 예전 같지 않은 듯도 했다. 궁금함이야 오죽하랴마는 차마 그것까지 물어볼 수는 없었다.

다시 침묵을 사이에 둔 두 친구는 은행나무 잎사귀가 살랑대는 가로수 길을 나란히 걷고 있었다. 이번에도 답답한 쪽은 재희였다.

"내일부턴 항암제 맞으러 갈 거지?"

"남의 방 함부로 뒤지지 마라."

"시합 중에 생긴 사고일 뿐인데 꼭 그렇게까지 해야겠어?"

"그럼 모른 척하라고?"

"권투해서 돈 많이 벌어다 주면 되잖아. 아버지가 그러시던데, 지금 네 실력에 수비만 조금 보완하면 바로 세계 챔피언 감이래."

"나 이제 사람 때리는 짓은 죽어도 못해."

근호 입에서 나왔다고는 믿기지 않게 단호한 말투였다. 타협의 여지는 일체 남겨 두지 않겠다는 의지가 넘실대는 통에 재희는 더 이상 따져 볼 엄두도 내지 못했다.

근호가 권투를 포기한 것이 강민에 대한 죄책감 때문만은 아니었다. 강민이 한나 몰래 운동한 것을 잘 알기에 권투 선수 신분으론 그녀의 호감을 살 수 없으리라 확신한 것이 더 큰 이유인지도 알 수 없었다.

점심을 사겠다며 잡아끄는 재희를 한사코 뿌리친 근호는 약속을 핑계 삼아 황급히 택시를 잡아탔다. 부쩍 야위어진 그의 뒷모습이 재희의 뇌리에 오래도록 잔상(殘像)으로 남아 있었다.

제 2 부

우정은 사랑을 넘어

종창과 재희 부자(父子)가 사는 체육관 2층 거실에 모처럼 남자 속옷과 양말이 빨래 건조대에 빼곡하게 널려 있었다. 아들의 제대가 얼마 남지 않아 기분이 흥겨워진 종창은 빨래를 걷어 담는 내내 어설픈 솜씨로 노랫가락을 흥얼거렸다.

조촐하게 저녁상을 차려 놓고 아들과 마주앉은 종창은 창문 틈으로 스며든 라일락 향기가 음식마다 감미료를 친 듯 입맛이 절로 돌았다. 반면 재희의 미각은 쓴맛밖에 감지하지 못했다. 근호의 시름이 바람을 타고 날아와 말초신경에 장애를 일으키는 것 같았다.

"근호가 시합하다 사람 다치게 한 거, 왜 얘기 안 해 주셨어요?"

"어떻게 되겠거니 했지. 근데 근호 걔 보기보다 여간 소심한 애가 아니더라."

재희는 체육관 일에 관심을 표했는데도 아버지가 역정을 내지 않아 무척 의아했다. 근호의 이탈이 아버지에게 얼마나 충격적이었는지 어림잡게 하는 대목이었다.

재희 앞에서는 체육관 얘기를 일체 삼가 온 종창이지만 이번만큼은 그의 도움이 절실한 나머지 어떻게 운을 뗄지 고심하던 참이었다. 근호가 다시 체육관을 기웃거리기 시작한 이때 재희까지 나서서 설득한다면 금명간에 운동을 재개할 듯싶었다.

"근호한테 맞은 애는 꽤 잘 사는 집 아들인데 권투는 왜 했대요?"

"그 집 책방하다 빚만 잔뜩 지고 내외가 모두 자살했대. 딸이 너랑 동갑일 텐데……"

종창은 더 이상 말을 잇지 못하고 입맛까지 잃어버렸다. 생각도 없이 한 얘기가 실상은 남의 일 같지 않게 느껴진 것이었다. 눈치 빠른 아들에게 속내를 읽힐세라 종창은 전화 받는 척 휴대폰을 꺼내 들고 일어났다.

종창이 무심코 던져 놓은 말들이 메가톤급 폭발력으로 재희를 충격에 빠트렸다. 떡 벌어진 재희의 입 속에서 씹다 만 밥알들이 까끌까끌하게 말라가고 있었다.

한나가 돌연 잠적해서 취업 잘된다는 학과로 재입학하고 조기 졸업까지 감행한 일련의 과정이 이제는 물 흐르듯 자연스럽게 이해됐다. 근호가 피를 팔아 벌어 온 돈을 쉬이 뿌리치지 못하는 심정 역시 넉넉히 헤아려졌다. 그런 한나를 돈만 밝히는 사람으로 비아냥거린 것이 얼마나 심각한 언어폭력인지 가늠도 할 수 없었다. 희멀겋게 뜨여진 재희 눈앞에 근호와 한나가 한꺼번에 거미줄에 엉켜 허우적거리고 있었다.

재희는 건성건성 설거지를 해치우고 방으로 들어가 침대에 벌렁 드러누웠다. 근호가 분가해 나간 지 이태나 지났어도 방 안 어디든 그의 체취가 남아 있지 않은 곳이 없었다. 그에게 불상사가 생긴 것이 어쩌면 둥지를 너무 일찍 떠난 탓인 듯도 했다.

돌이켜 보면 재희 모친과 근호 부친이 비슷한 시기에 작고한 것이 둘의 연결 고리가 됐다. 고아가 된 막역지우(莫逆之友)의 아들에게 측은지심이 발동했다고 해서 종창이 무턱대고 근호를 식솔로 거둬들인 것은 아니었다. 근호가 유년기 때부터 아버지의 혹독한 훈련을 소화해 온 것도 대견했지만 집 나간 엄마를 대신해 살림까지 도맡아 온 점이 여간 예사롭지 않았다. 강인한 정신력에 생활력까지 겸비한 근호라면 엄마를 잃고 실의에 빠진 재희를 잘 이끌어 주리라 확신했기에 종창은 통 큰 결단을 내릴 수 있었다.

낯가림이 심했던 그때 재희에게 근호는 한낱 불청객에 불과했다. 깡마르고 까무잡잡한 시골뜨기와 같이 자는 것이 싫다며 거실에 홀로 잠든 재희를 종창이 방으로 옮겨 눕힌 날이 다반사였다. 근호와 함께 등교하는 것이 창피하다며 집을 나서기가 무섭게 교실까지 줄달음 친 재희였다.

엄마의 죽음이 꿈속의 일이 아닌 현실로 체감되면서부터 재희는 마음의 문을 열기 시작했다. 엄마의 부재로 생긴 생활의 불편함이 근호에 의해 해소된 데 따른 것이었다.

유순하고 소심했던 당시 재희는 사내아이들 사이에 결정되는 서열의 아래쪽에 머물며 늘 얻어맞기 일쑤였다. 그랬던 그가 근호와 같이 다닌 지 불과 일 년 남짓 만에 서열의 꼭짓점 언저리까지 도약하게 됐다.

재희의 약진(躍進)은 근호의 성심 어린 지도가 있었기에 가능했다. 상대에 대한 두려움을 극복하는 게 문제였을 뿐 실전 훈련은 한 달이면 족했다. 상대방의 자세를 보고 주먹이 어디로 날아올지 간파하는 법과 그것을 어깨너머로 흘려보내며 반격하는 기술만으로 근호 외에 다른 친구들은 모두 제압할 수 있었다. 예전에 괴롭히던 아이들이 눈길 한 번에 움찔하는 것을 볼 때마다 재희는 구름 위를 날아다니는 기분이었다. 그런 세상을 맛보게 해 준 근호가 가족 못지않은 존재로 자리매김 했다.

정신적 부채(負債)를 의식할수록 근호를 도울 방안을 찾느라 재희 머릿속이 점점 분주해졌다. 오늘 아침 강민의 병세(病勢)를 알고부터 그럴싸한 타개책이 떠오를락 말락 줄곧 머릿속을 어지럽게 맴돌고 있었다. 기억 속 가장자리만 떠도는 그것을 잡아 보려 손을 내밀라치면 거품 터지듯 사라지면서 기억하려는 의지마저 앗아가 버렸다. 지금 의식의 한 모퉁이에 다시 잠입(潛入)한 그것은 여전히 그림자만 내비치며 재희의 애를 태우고 있었다.

탁상시계 바늘이 열 시를 넘어가고 있었다. 기나긴 하루를 반추(反芻)하자니 근호의 초췌한 몰골과 한나의 근심어린 표정만 눈앞에 앙상했다. 근호가 이대로 임상 실험을 계속 하다간 곧 죽고 말 것 같아 재희는 한량없이 초조해졌다.

근호 걱정으로 속이 타들어 가는 와중에 한나의 울음 섞인 하소연이 귓전에 아련하게 되울렸다. "맞았을 때 충격으로 가운데 뇌혈관이 막혀 버렸어. 수술을 못하는 부위라 약물만 투여하면서 지켜볼 수밖에 없대." 뇌혈관이 막혔다는 소리가 차츰차츰 크게 메아리치면서 낮부터 그토록 떠올리려던 기억을 대뇌 중심부로 끌고 나왔다. 미세한 공기 울림에도 힘없이 날아가 버릴 것 같았다. 재희는 두개골을 있는 힘껏 움켜쥐며 모든 출구를 봉쇄했다.

밤늦은 시각 한나는 반찬거리를 사들고 어두컴컴한 골목길로 들어섰다. 양쪽으로 낡은 주택 담벼락이 다닥다닥 붙어 언덕배기까지 뻗친 모양이 이방인에겐 흡사 만리장성에 들어선 느낌을 줄 법도 했다. 먼 산에서 간들간들 불어 내려온 봄바람이 좁은 골목으로 모여들어 강풍으로 돌변하더니 한나의 작은 몸을 날려 보낼 듯 세차게 몰아쳤다.

맞바람이 거센 비탈길을 걸어 오르는 데도 한나의 발걸음은 가볍기 그지없었다. 바람에 듬뿍 실려 온 꽃향기가 세파에 시달린 몸에 영양 주사를 놔주는 것도 같았다. 정신적으로나 육체적으로나 감당키 힘든 일들을 바리바리 짊어진 몸이지만 이제는 모두 한낱 기우(杞憂)로밖에 여겨지지 않았다.

한나는 학교 연구실의 숙원사업인 마약 탐지견 복제 연구를 마침내 성공시켜 지도 교수로부터 '신의 손'이란 찬사를 듣고 귀가하는 중이었다. 한 달 넘게 실패만 거듭하며 애간장을 녹이던 마지막 실험이 오늘 극적으로 성공한 것은 재희와의 재회가 가져다준 축복으로밖에 여겨지지 않았다. 병상의 아우가 언제 아팠냐는 듯 일어나 예전처럼 마중을 나와 줄 날도 머지않아 보였다.

한나는 내일 일과(日課)까지 촘촘히 짜 놓고도 잠자리에 들기가 아쉬워 손때 묻은 전공 책을 펼쳐 보고 있었다. 생각할수록 탁월한 진로 선택이었다. 동물 복제 연구만큼은 세상 어느 누구보다 잘할 수 있으리란 자긍심에 가슴이 절로 뭉클해졌다.

지나 온 인고(忍苦)의 시간을 되돌아보다 울컥해진 한나는 책 속에 고이 간직해 둔 사진 한 장을 빼 들었다. 봄눈 내린 캠퍼스에서 재희와 다정했던 모습이 4년의 시간을 집어삼키고 어제 일로 되살아 왔다.

사진을 어루만지며 옛 추억에 잠겼을 때였다. 밖에서 문 두드리는 소리가 집 안에 울려 퍼졌다. 한나가 그다지 놀라지 않은 것은 불청객들의 정체와 방문 목적을 익히 아는 까닭이었다. 가슴 가득하던 희망과 행복은 간데 없고 앙상한 현실만 도드라져 보였다.

한나가 대학생이 되던 해, 가계가 급격히 기울면서 부모가 세상을 떠나자 윤 사장 일당은 부친의 도장이 찍힌 차용증을 들이밀며 남은 채무의 변제를 요구했다. 그날 이후로 간간이 나타나던 그들이 작년 가을 무렵부터 부쩍 방문이 잦아졌다. 지금처럼 밤늦게 예고도 없이 들이닥쳐 남매 가슴에 피멍을 들이곤 했다. 올 초에 민석과 성동이 윤 사장 수하로 들어오고부터는 빚 독촉이 한층 노골적이고 무자비하게 자행되고 있었다.

따지고 보면 강민이 사경을 헤매게 된 것도 그들 탓이었다. 누나를 지켜주겠다며 시작한 권투에서 의외의 소질을 발견한 그가 아예 복서의 길을 걷기로 작정하고 찾아간 곳이 공교롭게도 근호가 맹훈련 중이던 태양체육관이었다.

바깥에서 문을 걷어차는 소리가 점점 거칠어졌다. 그들이 그냥 돌아갈 의사가 없음을 분명히 하자 한나는 근호에게 받은 수표를 두꺼운 전공책 속에 감추었다. 오랜 시달림 끝에 얻은 면역력이 빛을 발한 순간이었다. 한나는 입술 한 번 질근 깨물고 문 앞으로 다가가 겁먹은 척 소리쳤다.

"누구세요?"

"시치미 떼지 말고 빨리 문 열어!"

우악스럽게 문을 밀치고 들어온 민석과 성동은 제 집에 들어온 양 의기양양했다.

"선배님들 왜 또 이러세요?"

"우리도 이제 그만 좀 왔으면 좋겠어."

"돈은 꼭 갚아 드릴 테니까 제발 이렇게 찾아오진 말아 주세요."

한나의 성토는 절규에 가까웠다. 아닌 게 아니라 그녀에겐 빚 독촉보다 남자들이 제멋대로 집에 드나드는 것이 더 불쾌하고 치욕스러웠다.

후배의 하소연에 일말의 동정심이라도 느낀 듯 민석은 시선을 발끝에 떨궈 놓고 아무 말도 하지 않았다. 한나의 호흡이 안정되길 기다렸다 불쑥 고개를 치켜든 민석은 우는 아이를 달래는 투로 말을 이어 갔다.

"안 그래도 미안했었는데 동생까지 그렇게 되고 보니까 정말 몸 둘 바를 모르겠더라."

가식적 인사치레임을 모를 리 없는 한나였지만 그 속에 오늘은 빨리 돌아가겠다는 뉘앙스가 함축된 것 같아 그다지 귀에 거슬리진 않았다.

기대와 달리 민석은 또 시선을 피하며 입을 다물었다. 한나의 눈총에 이마가 따가워지고서야 어렵사리 운을 뗐다.

"사장님 부탁 하나만 들어주면 돈 안 갚아도 돼. 뭔지 얘기해 줄까?"

한나는 윤 사장 속셈을 금방 알아챘다. 동시에 피가 역류했다. 가끔씩 그가 부하들과 함께 직접 찾아올 때 게슴츠레 도끼눈을 뜨고 쳐다보던 꼴이 차마 떠올리기에도 역겨웠다.

한나의 수치심은 분노로 타오르고 있었다. 인간 본성이 아무리 잔혹하다 한들 책밖에 모르던 선량한 부부를 죽음으로 내몬 것도 모자라 그 딸의 몸까지 탐하기란 어려울 터였다. 어쩌면 이들이 정신질환자가 아닐까 하는 생각이 불쑥 들었다. 행여 정상인이라면 인간의 존엄성이란 대명제에 의문을 제기해야 할 판이었다.

윤 사장 의중이 잘 전달됐음을 간파한 민석은 한나의 안색을 살펴 가며 넌지시 다그치기 시작했다.

"우리 사장님이 채무자한테 이런 호의를 베푼 적은 한 번도 없었어."

"……."

"잘 생각해 보고 내일까지 연락 줘."

사내들이 내뱉은 말 한 음절, 한 음절이 심장을 난자(亂刺)하는 동안 피범벅이 된 한나의 영혼은 산불을 만난 짐승처럼 까만 연기 속을 우왕좌왕하고 있었다. 그냥 이대로 재가 됐으면 좋으련만 병상의 아우 모습이 떠올라 가냘픈 손을 다시 움켜쥐게 했다. 승냥이마냥 슬금슬금 물러가는 사내들의 그림자 위로 한나의 눈물방울이 떨어져 부서지고 있었다.

재희는 새벽녘까지 머릿속을 헤집고서야 가물가물하던 옛 기억 하나를 되살렸다. 입대 직전 놀이공원 안전 요원으로 일할 때 상급자가 바이킹이 혈액 순환에 좋다며 일례로 들려 줬던 얘기가 막 생각난 것이었다. 그 동화 같은 사연이 한 줄, 한 줄 새로운 의미로 다가왔다.

영국의 한 시골 마을에서 교회 목사의 외동딸이 불의의 교통사고로 뇌사 상태에 빠지고 말았다. 뇌출혈은 없었지만 뇌 중심부의 대혈관이 혈전(血栓)에 막히는 바람에 손도 못 대고 마냥 지켜볼 수밖에 없는 처지가 강민의 경우와 흡사했다. 가족과 친구들의 간절한 기도에도 아랑곳없이 소녀는 한 달이 지나도록 의식을 찾지 못했다.

유사 사례로 보아 더 이상의 기다림이 무의미하다고 판단한 부모는 장기기증 서약서에 서명하고 마음의 준비를 시작했다. 이때 소녀의 친구들이 평소 그녀가 바이킹을 무척 타 보고 싶어 했다며 한 번만 태워 주길 간청하자 소녀의 아버지는 딸과 친구들을 위해 기꺼이 도회지의 놀이공원으로 차를 몰았다.

바이킹이 세 번째 올라갔다 내려올 즈음부터 간헐적으로 들릴 듯 말 듯 잠꼬대를 하던 소녀는 집으로 돌아가는 길에 기적처럼 눈을 떴다.

이 일화가 설령 광고용으로 지어낸 것일지라도 과학적으로 일리는 있었다. 뇌혈관에 관성력이 가해지면 혈류(血流)가 가속돼 혈관을 막은 혈전이 압력을 받을 수밖에 없다. 이 과정이 반복되면 혈전이 점점 침식되면서 혈액순환이 원활해질 수도 있다. 영국의 소녀나 강민처럼 젊은 축이라면 혈관 신축성이 좋아 혈전이 혈류를 이겨 내기가 더 어려울 터였다.

재희는 산삼을 본 심마니처럼 흥분을 감추지 못했다. 용수철처럼 벌떡 일어선 그는 필기구들을 있는 대로 책상 위에 끌어 모았다. 천신만고 끝에 떠올린 타개책이 과연 타당한지 실험으로 검증해 볼 요량이었다. 창밖에는 벌써 희뿌옇게 여명이 밝아 오고 있었다.

한나는 밤새 모멸감과 수치심에 허덕이다 날이 밝은 즉시 강민의 병실을 찾았다. 험난한 이 세상에 핏줄이라도 없었다면 주저앉아도 벌써 주저앉았을 듯싶었다. 감당 못할 부채만 남겨 두고 홀연히 떠나 버린 부모였지만 동생이 있게 해 준 것만으로도 존경의 대상으로 충분했다. 강민이 곁에 있기에 어떤 역경도 두렵지 않은 한나였다.

한나는 물수건으로 강민의 얼굴을 정성스레 닦아 주며 북받쳐 오른 설움을 달랬다. 병세도 무색하게 짙은 눈썹과 오뚝한 콧날이 다부진 입술과 어우러져 멋진 조각상을 빚어내고 있었다. 동생이라서가 아니라 실제로 한나는 이보다 잘생긴 남자 얼굴을 본 적이 없었다. 양친의 좋은 부분만 골라 모아 놓은 듯한 그 얼굴을 물끄러미 내려다보고 있자니 당장이라도 자리를 박차고 일어나 누나를 찾을 것 같았다.

참고 참았던 눈물을 왈칵 쏟아 내려는데 덜컥 하고 병실 문 열리는 소리가 훼방을 났다. 고개를 돌려 볼 틈도 없이 재희가 숨을 헐떡이며 코앞에까지 와 있었다. 영락없는 노숙자 몰골이지만 눈빛만큼은 로또 당첨자를 방불케 했다.

"내가 강민이 한번 깨어나게 해 볼게."

"어떻게?"

진지하면서도 거침없는 재희 말투가 한나를 솔깃하게 했다. 재희는 호주머니에서 낡은 펜 하나를 덥석 꺼내 손바닥에 뭔가 그리기 시작했다. 순간 한나는 예전에 재희가 이따금씩 개그맨들을 흉내 내며 웃겨 주던 것이 기억났다.

"잘 봐. 이거 잘 안 나오지?"

"응."

재희는 펜을 번쩍 들어 패대기치듯 위아래로 서너 번 흔들고 다시 손바닥에 낙서를 해댔다. 팬터마임으로 기분만 달래 주려는 것인지 주술(呪

術)을 부려 강민을 깨우려는 것인지 한나는 알 수가 없었다.

"봤지? 잉크가 안 나오다가 계속 흔들어 주니까 진하게 잘 나오잖아. 강민이도 마찬가지야. 뇌혈관에 압력을 잘 전달해 주면 피가 다시 통하게 할 수 있어."

한나는 재희가 간밤에 뭔가 깊이 연구하고 왔음을 직감했다. 명색이 과학을 전공한다는 누나가 그런 고민 한번 못 해 본 것이 부끄럽기도 했다.

"이대로 있다간 나중에 깨어나도 정상으로 못 돌아올 거야. 나한테 정말 좋은 계획이 있으니까 한번 믿어 봐."

한나는 예전의 순수함을 그대로 간직한 재희 모습이 볼수록 흐뭇하면서도 의욕만 너무 앞세우는 것 같아 난감하기도 했다. 한나 얼굴에 미심쩍은 기색이 역력하자 재희는 그가 기획한 프로젝트의 과학적 타당성을 조목조목 강변(强辯)하기 시작했다.

버스에서 내린 근호는 한창 햇살에 눈이 부셔 미간을 찌푸렸다. 이십여 미터 전방에 보이는 병원까지 길게 늘어선 플라타너스 잎사귀들이 산들바람에 남실남실 어깨춤을 추고 있었다. 아이들 손바닥 같은 잎사귀들이 바람에 나부끼는 모양이 흡사 손짓으로 무슨 신호를 보내는 것 같기도 했다. 어서 오라고 반기는지 돌아가라고 손사래를 치는지 시시각각 달라 보였다.

병원이 가까워 올수록 편두통이 심해졌다. 공포감의 발로였다. 그렇게 독하다는 항암제를 한 달 동안 매일 먹어 가며 채혈을 당하자니 몸이 절로 움츠러들고 걸음도 무거워졌다. 근호는 한나에게 한 약속을 되뇌며 이를 악물었다.

병원 입구를 오륙 미터 남겨 뒀을 때였다. 건너편 차로를 달리던 흰색 승합차가 슬그머니 불법 유턴을 감행하더니 근호 앞에 멈춰 서서 경적을 울려 댔다. 눈에 아주 익은 차였다. 태양체육관 앞에 있어야 할 차가 돌연 이곳에 나타나 의아했지만 운전자가 재희임을 직감한 순간 병원에 못 들어가게 하려는 그의 속셈이 훤히 들여다보였다.

반쯤 흘러내린 차창 안에서 재희가 선글라스 차림으로 손을 흔들어 대고 있었다. 병원에 지각을 하고 문전박대를 당하진 않을까 안달이 난 사람에게 다짜고짜 차에 타라고만 하니 은근히 부아가 치밀었다.

"무슨 행패야?"

재희는 들은 체 만 체 능글능글 웃으며 엄지손가락으로 뒤를 가리켰다. 승합차 뒷좌석에 펼쳐진 광경이 근호 시야를 덮쳐 어안이 벙벙하게 했다. 접이식 침대에 강민을 반듯이 눕혀 놓은 모양이 구급차 내부를 들여다보는 것 같았다. 차 천장에 매달린 링거병이 엔진소리에 맞춰 조그맣게 떨고 있었다.

한나는 강민의 몸이 흔들릴세라 침대를 꼭 부여잡고 멋쩍게 웃으며 근호를 올려다보고 있었다. 하얀 원피스의 가슴 부분이 살짝 패이고 허벅지가 반쯤 드러나 보였다. 한나답지 않게 도발적인 차림새에 또 한 번 놀란 근호는 훔쳐보다 들킨 사람처럼 엉거주춤 물러섰다. 재희를 향한 근호 눈빛이 무슨 영문이냐며 따져 묻고 있었다.

"강민이 치료하러 가는데 같이 안 갈래? 네 도움이 꼭 필요해서 그래."

엄중한 상황과는 안 어울리게 여유롭고 자신만만한 재희 모습이 은근히 믿음직스러워 갈 길 바쁜 근호 발목을 붙잡고 있었다. 속는 셈치고 차에 타야 할지 발길을 병원으로 되돌려야 할지 근호의 뇌세포들끼리 팽팽한 줄다리기가 벌어졌다.

근호는 오래 망설이지 않았다. 시간이 없기 때문만은 아니었다. 한나까지 발 벗고 나선 마당에 선악을 떠나 혼자만 다른 배를 탈 수는 없었다.

평일이긴 하지만 놀이공원에 사람이라곤 그림자도 안 보이는 것이 시립(市立)이란 타이틀을 무색케 했다. 수려한 빛깔의 놀이기구들만 관객 없는 무대에 선 배우들 마냥 멋쩍게 자리를 지키고 있었다. 개중에 어떤 것은 군데군데 적갈색으로 녹이 슬어 보는 이의 눈살을 찌푸리게 했다.

사람의 손길이 닿지 않아 시들시들한 인공 구조물과 달리 길가에 늘어선 풀포기와 나무들은 눈부신 봄 햇살 아래 초록빛 향연을 펼치고 있었다. 풀냄새와 꽃향기가 넘실대는 길을 따라 휠체어를 밀고 가는 동안 식물들의 풋풋한 생명력이 강민에게 그대로 깃드는 것 같아 근호는 마냥 기대에 부풀었다.

재희는 놀이공원이 한산한 것이 무척 마음에 들었다. 남의 시선에 대한 부담이 없어짐에 따라 성공 예감도 불쑥 커졌다. 제풀에 자신만만해진 재희는 명색뿐인 놀이공원을 맘껏 비아냥거리며 여유를 부리기 시작했다.

"개장한 지 오 년이 넘도록 이 모양인데 왜 그냥 놔둘까?"

"정치인들이 선거 공약 지키자고 만든 걸 없애려니 눈치깨나 보이겠지."

"투표해 준 사람들 세금만 축낸 꼴이잖아. 공약 남발하는 정치인이나 뽑아 준 사람들이나 다 거기서 거기야."

"덕분에 여기서 편하게 알바 잘 했으면 고마워 할 줄이나 알아라."

"내가 이 놀이공원 유명하게 해 줄 테니까 두고 봐."

재희와 한나의 마음은 캠퍼스를 정답게 거닐던 대학 새내기 시절로 돌아가 있었다. 못 보고 지낸 시간의 길이만큼 둘 사이에 담장이 쌓이긴 했지만 두께로 보자면 한낱 널빤지에 지나지 않았다.

근호는 재희와 한나의 대화 사이로 은은하게 흘러나오는 로맨틱한 멜로디를 전혀 듣지 못했다. 강민의 건강 회복이란 염원 앞에 감각기능이 무뎌진 까닭이었다. 임상 실험 병원에서 근호에게 줄기차게 전화를 걸어 대고 있었지만 모두 허사였다.

바이킹 주변에도 인적이 없긴 매일반이었다. 재희는 매표소를 지키는 이가 아르바이트생이 아니라 정규직원들임을 알아보고 즉석에서 대범한 작전을 구상했다. 서두를 필요가 없어 보였다. 옛 상사들과 반갑게 인사한 재희는 그들과 한데 어울려 두런두런 얘기를 나누며 뜸들이기에 들어갔다.

근호는 오늘따라 유난히 믿음직스러운 재희 모습이 달갑지만은 않았다. 화창한 햇살 아래 한나와 단둘이 서 있으려니 자신의 무기력한 모습만 도드라져 보이는 것 같아 자꾸만 어디론가 숨고 싶어졌다.

"저쪽 그늘에 가서 기다리자."

근호는 한나 의향은 묻지도 않고 곧장 등나무 아래로 휠체어를 밀고 갔다. 한나는 순순히 그를 따라 걸었다. 근호의 방관자적인 태도가 재희를 전적(全的)으로 신뢰하는 데서 비롯된 것 같아 은근히 기대에 부풀었다.

칡넝쿨처럼 우거진 등나무 줄기마다 꽃송이가 고드름같이 매달려 달콤한 향기를 흩날리고 있었다. 근호와 한나는 휠체어를 앞에 두고 벤치에 나란히 앉아 등나무가 펼치는 연보랏빛 축제에 휩싸였다. 머리 위로 정어리떼처럼 빼곡히 늘어선 등꽃들을 올려다보고 있자니 그 생명의 불꽃이 금방 강민에게 옮겨 붙을 것도 같았다.

꽃잎 한 장이 실바람을 타고 휠체어 주위를 팔랑팔랑 날아다닐 때 멀리서 재희 목소리가 들려왔다. 건장한 직원 둘과 함께 바이킹 앞에 서서 근호를 부르고 있었다.

강민을 들쳐 업고 바이킹 선미(船尾)까지 올라간 재희와 근호는 그를 양쪽에서 감싸 안으며 자리를 잡았다. 뒤따라간 직원들이 긴 끈으로 세 사람을 굴비처럼 엮어 놓고 다시 짧은 끈으로 강민의 몸을 좌석 아랫부분과 등받이에 묶어 단단히 고정시켰다. 한나는 그 광경을 조마조마 지켜보다 두 손 모아 기도를 시작했다.

재희는 직원들의 적극적인 협조가 마냥 뿌듯했다. 당초 한나를 미인계로 내세워 통사정이나 해 볼까 하다가 폐업 위기에 직면한 놀이공원의 현실을 목도하면서 전략을 바꿨다. 환자가 의식을 되찾았을 때 발생할 홍보효과를 역설한 것이 주효했다. 극심한 경영난에 처한 회사한테 응급처치로 제격일 수도 있었다.

재희가 팔을 치켜들어 준비 완료를 선언하자 직원들이 신중을 기해 바이킹 운행을 시작했다. 재희와 근호는 배가 지면에서 수직으로 움직일 때를 포착해 그때마다 강민의 머리를 운동방향과 나란하게 곧추세웠다. 뇌혈관의 혈류 속도를 극대화해서 혈전(血栓)을 보다 강하게 압박하려는 것이었다.

바이킹이 여섯 번이나 오르락내리락해도 강민의 몸에서는 이렇다 할 반응이 나타나지 않았다. 더 이상은 무리일 것 같아 재희는 얼른 손을 들어 정지신호를 보냈다.

한줄기 선선한 바람이 불어와 이마에 맺힌 땀방울을 훔쳐 갔다. 서녘으로 기울어 가던 해가 뭉게구름 사이로 오렌지 빛 노을을 뿜어내고 있었다.

오후 늦게부터 새털구름이 옹기종기 모여들더니 해가 진 후엔 먹구름이 돼서 머리맡에 닿을 듯 낮게 드리워져 있었다. 재희 일행을 싣고 외곽 도로를 달리는 승합차에도 한바탕 물세례가 퍼부어질 참이었다.

바이킹에서 내려옴과 동시에 말문을 닫아 버린 재희는 근호를 운전석으로 떠밀어 넣고 조수석에서 숫제 죽은 듯 골아 떨어졌다. 뒷좌석의 한나는 차 천장에 매달린 링거병만 하염없이 올려다보고 있었다. 짙은 속눈썹에 그림자 진 눈망울이 수심(愁心)을 가득 담아 애달픈 노랫가락을 뽑아내는 듯도 했다. 어느 전쟁터의 패잔병도 이들보다 처량해 보일 순 없었다.

빗방울이 하나둘 차창에 떨어져 부서지더니 이내 따발총처럼 뿌려 대기 시작했다. 긴 봄가뭄 끝에 내린 단비가 근호에겐 처절한 눈물 같았다. 당장 밖으로 뛰어나가 비를 흠뻑 맞으며 하늘을 향해 제발 좀 도와 달라 절규하고 싶었다.

"강민이 숨소리가 자꾸 거칠어져. 아무래도 더 나빠진 거 같아."

한나의 푸념 어린 하소연이 근호의 신경을 있는 대로 곤두서게 했다. 재희를 원망하는 듯한 뉘앙스가 여간 귀에 거슬린 게 아니었다.

"좋은 징조일지도 몰라. 무슨 변화라도 보여야 희망이 있지."

재희를 위해 횡설수설 둘러대면서도 근호는 그를 따라나선 것을 후회하고 있었다. 외상으로 복권을 대량 샀다가 낭패를 본 기분이었다. 대박을 좇다 임상 실험 기회마저 날려 버린 마당에 강민의 치료비를 어떻게 마련해야 할지 근호의 시름이 점점 깊어졌다.

재희의 잠꼬대가 들릴락 말락 귓전에 맴돌며 어지러운 근호의 심사를 더 흩트려 놓았다. 피로가 쌓이거나 속앓이를 할 때면 잠결에 엄마를 찾아 속삭이던 버릇이 아직도 남아 있었다. 근호는 소리의 빈도(頻度)로부터 심신의 피로도를 가늠하고 이내 숙연해졌다. 해병대에서 강철같이 단련된 몸이 고작 오늘 정도 일과(日課)에 녹초가 됐다면 재희가 어젯밤을 어떻게 보냈을지 암시하는 바가 컸다.

이심전심이었을까. 재희를 바라보는 한나의 눈길 또한 근호 못지않게 애틋했다.

"쟤는 왜 몸도 안 사리고 우릴 도울까?"

한나는 재희의 행동을 이해할 수 없다는 듯 뾰루퉁하게 한마디 던져 놓고 근호의 반응을 예의주시했다. 정작 궁금해 하는 속내를 감추고파 능청스레 구슬려 본 것이었다. 아닌 게 아니라 한나는 재희의 열정이 온전히 그녀만을 위한 것인지 회의(懷疑)를 품고 있었다. 근호가 강민의 일에 연루되지 않았어도 오늘과 같은 소동이 있었을지 여부가 그녀에겐 초미의 관심사였다.

재희의 설레발 동기가 궁금한 건 근호도 마찬가지였다. 한나를 마음에

품을 때부터 그녀가 재희에게 어떤 존재로 남아 있는지 알고 싶었지만 여태 파악이 안 됐다. 호기심이 발동할 때마다 파멸의 공포가 엄습하는 통에 물어볼 엄두도 내지 못했다.

근호에겐 고민이 또 있었다. 이번 일로 재희가 한나에게 원성을 산다면 그보다 참담한 결말은 없을 듯싶었다.

"재희 얘는 나보다 생일 몇 달 빠르다고 매사에 형 노릇 하려는 게 문제야. 어릴 때나 지금이나 똑같아. 선생님한테 야단맞고 있는데 다짜고짜 달려 나와서 말리질 않나, 징병검사 받는 데서 군의관한테 앤 고아라서 무조건 면제라고 우겨 대질 않나, 나 참."

"……."

"내가 도와 달라 사정만 안 했어도 이렇게까지 난리를 치진 않았을 텐데……."

참말 거짓말 섞어 가며 주절주절 궤변을 늘어놓는 동안 근호는 한나 표정을 살피느라 룸미러에서 눈을 떼지 못했다. 한나는 잠드는 척 눈을 감아 버렸다. 오늘 재희의 활약상이 누구를 위함이었는지 더 이상 알고 싶지도 않았다.

대화가 끊어지자 곧바로 피로가 몰려왔다. 복서라면 누구나 그렇듯 숱한 체중 조절 경험으로 과로와 허기에 면역이 잘 돼 있는 근호였지만 근심까지 겹겹이 쌓여서는 버텨 낼 재간이 없었다. 근호는 필사적으로 졸음과 싸워 가며 빗길을 뚫고 차를 몰아갔다.

승합차가 그들 동네로 막 들어섰을 때 차 천장의 링거병이 이리저리 흔들리다 떨어질 뻔했지만 아무도 모른 채 한나네 집 앞 골목까지 왔다. 비는 벌써 그쳐 있었다. 물기가 흥건하게 배인 차 지붕 위로 가로등 불빛이 내려앉아 눈부시게 빛나고 있었다.

근호와 재희는 강민을 편안하게 옮겨 눕혀 놓고도 차마 그 곁을 떠나지 못했다. 그들을 겨우 다독여 보낸 한나는 옷도 못 갈아입고 침대에 쓰러져 누웠다. 오늘은 그녀의 파란(波瀾) 많은 생애를 통틀어 가장 긴 하루였다.

한나 꿈에 재희가 나타났다. 아무리 가까이 와 주길 바라도 재희는 우물 쭈물 망설이고만 있었다. 잠결에 이리저리 몸을 뒤척이는 통에 한나의 낡은 침대가 연방 벌레 우는 소리를 냈다.

꿈에 남자를 만난 것이 한나에겐 미증유(未曾有)의 사건이었다. 지금껏 많은 남자들이 접근해 왔고 개중에는 가슴을 설레게 한 이도 있었지만 그녀의 마음까지 차지하진 못했다. 풍비박산이 난 집안을 일으키기 전엔 어떤 남자도 허락지 않으리라 다짐해 온 한나였기에 방어망이 꿈속까지 쳐져 있었다. 그렇듯 탄탄하게 쌓아 올린 철옹성이 하루아침에 재희에게 점령되고 말았다.

비 갠 후의 화사한 아침 햇살이 창 쪽으로 돌아누운 한나의 얼굴을 금빛으로 수놓았다. 보드랍고 따사로운 감촉이 옛날의 엄마 손길 같기도 했다.

점점 강렬해지는 햇살이 얼굴에 기미를 일으킬세라 얼른 돌아누웠을 때였다. 눈을 뜨자마자 소스라치게 놀란 한나는 이불로 가슴께를 가리며 몸을 바짝 움츠렸다. 머리맡에 기다란 남자 다리가 장승처럼 서 있었다. 민석이 얼마나 독기를 품었으면 아침부터 들이닥쳤을까 싶었다.

심장 박동이 서서히 정상으로 돌아옴에 따라 민석의 각 잡힌 바지가 손수 빨아 입힌 강민의 환자복으로 변해 갔다. 한나 얼굴을 뒤덮었던 공포가 삽시간에 환희로 탈바꿈했다.

"누나!"

침대 옆에 우뚝 선 강민의 모습이 눈물에 어렸다. 어딜 봐도 아픈 사람 같지 않았다.

"강민아!"

한나는 날개 돋친 듯 튀어 올라 강민을 힘껏 끌어안았다. 행여 꿈을 꾸고 있는 것은 아닐까 노심초사하다 강민의 옷에 배인 자신의 눈물을 차갑게 감촉하고서야 기쁨이 기쁨으로 거듭났다. 한나를 내려다보는 강민의 뺨에도 군데군데 얼룩이 져 있었다.

"언제 깨어났어?"

"간밤에 계속 자다 깨다 하다가 해 뜰 때쯤에 정신이 돌아왔어."

"나 좀 빨리 깨워 주지. 아홉 시가 넘었잖아."

"너무 곤하게 자니까……. 누나 코 고는 거 처음 봤어."

그랬다. 한나는 꿈에 재회를 만난 것도 기억 못 할 만큼 숙면을 취했었다. 감격의 여운이 가시기도 전에 핼쑥해진 강민의 얼굴이 한나에게 새로운 의무를 부과했다.

"조금만 기다려. 금방 아침 차려 줄게."

강민이 쓰러진 다음부터 아침이라곤 챙겨 본 적 없었지만 언제 그랬냐는 듯 예전의 일상으로 돌아와 있었다. 한나는 헝클어진 머리에 세수도 못 한 채 지갑만 집어 들고 황급히 마트로 달려 나갔다.

"어제는 정말 죄송했습니다. 갑자기 너무 급한 일이 생겨서요."

근호는 방 벽에 기대앉아 휴대폰에 대고 통사정을 연발하고 있었다. 죄인처럼 용서를 구하는데도 병원 관계자의 반응은 싸늘하기만 했다. 귀찮다는 듯 쏘아붙이는 말투에서 모멸감마저 느껴졌다.

"알겠습니다."

근호는 휴대폰을 방바닥에 팽개치고 길게 한숨을 내쉬었다. 앞선 임상실험이 끝난 지 얼마 되지 않아 애초에 지원 자체가 불가능했던 것을 친구 명의까지 빌려 가며 가까스로 얻어 낸 자리였다. 항암제가 독하다곤 하지만 수당이 워낙 높다 보니 면접장이 그야말로 인산인해였었다. 강민의 몇 달치 병원비를 날려 버린 허망함이 쉽사리 가시지 않았다.

재희를 원망하다 자책하다를 번갈아 반복하는 동안 방바닥에서 휴대폰이 굉음을 내며 진동했다. 액정 화면에 스페이드 무늬 다섯 개가 까맣게 새겨져 있었다. 단말기에서 나온 재희 목소리가 마라톤 병사처럼 상기될 대로 상기돼 있었다.

"소식 들었어?"

"왜 또 그래?"

"방금 한나한테 연락 받았는데, 오늘 아침에 강민이가 일어났대."

순간 근호의 모든 생체반응이 일사불란하게 재희 말의 진위를 파악하는 데 동원됐다. 고막에서 발생한 전류가 혈관을 타고 스며들어 온몸에 촉각이 곤두서게 했다.

"정말이야?"

"이런 걸 농담으로 의심하면 친구도 아니지."

재희의 핀잔이 일체 의심을 불식시키며 근호를 감격의 도가니에 빠트렸다. 맨주먹으로 방바닥을 연거푸 내리쳐도 흥분이 가라앉지 않았다.

"오늘 저녁 때 한나가 한 턱 쏜다니까 같이 가자."

"그래, 이따 보자."

근호는 진화를 끊자마사 숨 가쁘게 밖으로 달려 나왔다. 가슴 가득한 감격을 연소(燃燒)시키기엔 방 안의 산소량이 턱없이 모자랐다.

출근 시간이 지나 한적한 거리에 햇살이 금가루를 뿌려 놓은 듯 화사하게 내려앉아 있었다. 봄바람도 따스한 그 길을 휘파람 불며 걷노라니 뼈마디마다 삶의 의욕이 새싹처럼 움터났다. 정성 어린 노력의 대가로 오늘같이 기쁜 날을 맞이할 수 있는 이 세상이 그렇게 아름다워 보일 수 없었다.

근호는 강민의 눈 뜬 얼굴이 너무 보고파서 득달같이 그의 집으로 달려가 벨을 눌렀다. 느릿느릿 문을 열고 나온 한나 표정이 그다지 밝아 보이지 않았다. 문틈으로 강민의 모습을 들여다보려 했지만 한나는 치부를 가리듯 부리나케 문을 닫아 버렸다.

"죽 몇 숟갈 억지로 먹고 겨우 잠들었어. 당분간 절대 안정해야 돼."

"강민이한테 미안하다고 꼭 전해 주고 싶은데……."

"너 할 만큼 한 거 다 아니까 괜찮아. 근데 부탁이 하나 있어."

근호는 순간 긴장했다. 한나 목소리가 병원에서보다 더 냉랭해진 것 같아 지레 주눅이 들고 말았다.

"강민이랑 그만 만났으면 좋겠어. 권투는 절대 안 되니까."

한나의 충고에 서릿발이 하얗게 서려 있었다. 악몽보다 더 악몽 같았던 지난 한 달을 돌이켜 보면 한나가 과민하게 반응하는 것도 무리는 아니었다.

"나 권투 그만둔 지 오래됐어. 강민이가 또 하겠다면 따라다니면서 말릴 거야."

근호의 마음 깊은 곳에서 촉촉하게 빚어진 말들이 명창(名唱)의 노랫가락처럼 한나 귓속으로 굽이쳐 들어갔다. 그녀 얼굴에 미심쩍은 기색이 가시지 않자 근호는 무릎 꿇고 맹세라도 해 볼까 망설이다 그냥 돌아섰다.

"근호야!"

한나의 서느런 목소리가 몇 걸음 가지도 못한 근호를 돌려세웠다. 불쑥 내민 그녀의 손에 그저께 병원에서 건네줬던 수표가 쥐어져 있었다. 근호가 우물쭈물하는 사이에 한나는 돈을 그의 바지 주머니 속에 날름 찔러 넣고 멋쩍게 웃어 보였다.

"그걸 어떻게 벌었는지 알고 나니까 도저히 못 받겠어. 성의만 받을게."

제 할 말만 하고 곧장 돌아서 가는 한나 모습이 병원에서 피를 뽑아 가던 간호사와 무척 닮아 보였다. 돈을 돌려받는 게 피를 뽑히는 것보다 더 괴로운 건 무슨 까닭인지 알 수 없었다.

강민이 낫고 나서도 한나에게 외면당하는 현실이 근호를 마냥 서글프게 했다. 충분조건인 줄 알았던 것이 실상은 필요조건에도 못 미치는 듯 보였다. 신기루를 쫓아온 것 같은 허망함이 물에 떨어진 잉크 방울처럼 근호 머릿속을 까맣게 물들이고 있었다.

근호는 어떻게 해야 한나 마음을 얻을 수 있을지 다시 한번 고민해 봤다. 권투 말고는 딱히 내세울 게 없는 자신이 너무 초라해 보인 나머지 새삼 아버지가 원망스러워졌다. 무슨 암시라도 좀 내려 달라며 생떼를 부리고 싶었다.

자취방으로 돌아온 근호는 한나의 초상화를 물끄러미 바라보다 또 다른 번민에 빠졌다. 이제는 그림 속의 그녀처럼 일상으로 돌아와야 하겠지만 삶의 터전이던 체육관이 마음속 수몰(水沒)지역이 되고 보니 당장 갈 곳이 없어졌다. 졸지에 취업준비생이 된 근호는 구인 광고를 찾아 인터넷을 둘러보기 시작했다.

숯불로 달궈진 불판에 삼겹살이 노릇노릇 익어 가는 가운데 재희는 소주잔을 채워 주는 족족 비워 가며 개선장군처럼 놀이공원 무용담을 읊어 대고 있었다. 그를 응시하는 한나의 눈망울이 은하수를 품은 듯 그윽해 보였다. 근호는 재희와 눈이 마주칠 때마다 맞장구를 쳐 주는 한편 그와 한나 사이의 공기 온도를 감지하느라 촉각을 곤두세우고 있었다.

정작 기뻐해야 할 당사자들보다 더 신이 나서 먹고 떠들던 재희였지만 술기운이 올라오면서 말투가 사뭇 냉소적으로 변해갔다. 취할수록 감수성이 예민해지는 버릇은 해병대에서도 못 고친 모양이었다. 혼자 두 잔을 거푸 따라 마신 재희는 마음 한구석에 묵혀 뒀던 말을 기탄(忌憚)없이 털어놨다.

"너희들 나 몰래 한 달 넘게 만나면서 아무 일도 없었냐?"

재희와 한나의 시선이 별 격의(隔意) 없이 근호를 향했지만 둘이 교차하는 지점에서 레이저로 증폭돼 정신을 혼미하게 했다.

다행히 근호에겐 위기일수록 냉정하고 민첩해지는 기질이 있었다. 타고났다기보다 권투를 배우면서 그렇게 길들여진 것이었다. 아닌 게 아니라 위기는 곧 기회라는 격언이 권투보다 잘 들어맞는 데도 드물었다. 내가 궁지에 몰릴수록 상대는 더 과감히 공격할 테니만큼 수비가 허술해진 틈을 노릴 수 있는 까닭이었다. 위기 상황에서의 반격 능력을 복서의 최고 자질로 여겼던 아버지와 종창 덕분에 근호는 하루가 멀다 하고 실전훈련을 받았다. 그렇게 길러진 임기응변 능력이 시합 때는 물론 일상생활에서도 더러 진가를 발휘하곤 했다.

이 자리에서 한나를 향한 진심을 드러냈다간 모두 난처해질 것 같아 근호는 재희의 관심을 돌릴 얘깃거리를 궁리하기 시작했다. 잘 익은 고기 한 점을 골라 입에 넣고 오물오물 씹어 삼키는 동안 좌중(座中)을 몰입시킬 이야기 퍼즐이 조각조각 맞춰져갔다.

"병원에서 썸씽이 있긴 있었지."

순간 한나 얼굴이 흙빛으로 변했다. 근호가 대뜸 고백을 해버리지는 않을까 노심초사한 것이었다. 소주 한 잔을 단숨에 들이켠 근호는 제법 심각한 표정으로 말을 이어 갔다.

"강민이 간호사 중에 이국적인 마스크에 글래머러스한 몸매가 딱 내 스타일인 여자가 있었어. 작업에 들어가기로 마음은 먹었는데 걔가 너무 바빠서 도무지 기회가 와야 말이지. 기다리고 기다리다 도저히 안 되겠다 싶어서……."

이 대목에서 근호는 소주 한 잔을 더 청했다. 잠깐 사이에 한나 얼굴이 평온해져 있었다. 병실을 드나들던 간호사 중에 근호가 말한 부류의 사람은 기억에도 없었다.

재희는 두 손으로 턱을 괸 채 근호 얘기에 심취해 있었다. 근호가 줄곧 눈을 내리깔고 말하는 모습이 눈에 거슬리긴 했지만 쑥스러운 고백을 하는 중이라 그러려니 했다.

"계속 해 봐. 작업을 걸긴 걸었어?"

"집이라도 알아 놔야겠다 싶어서 퇴근할 때 살짝 미행을 해 봤어. 지하철역으로 안 내려가고 주택가 어린이집으로 가기에 알바까지 하면서 참 열심히 사나 보다 했지. 근데 거기서 서너 살쯤 된 애기를 안고 나오더라."

다시 소주 한 잔을 벌컥 들이켠 근호는 불판에서 시커멓게 탄 고기 한 점을 집어 들고 익살스레 웃어 보였다.

"그때 내 속이 딱 이 모양이었지."

근호의 연기(演技)가 한나에겐 그 어떤 영화의 명장면보다 감동적이었다. 그녀의 따사로운 시선이 언제까지나 근호 얼굴에 머물고 있었다. 그동안 마음속에 겹겹이 쳐 놓았던 경계망이 일거에 허물어지면서 근호가 든든한 친구로 되돌아왔다.

재희 역시 한나 못지않게 안도하고 있었다. 한나와의 재회를 알려주지 않은 근호가 내심 못마땅했지만 친구를 골치 아픈 데 끌어들이지 않으려는 의도뿐이었던 것 같아 마음이 홀가분해졌다.

"이제 병원에 갈 일도 없으니까 그 여잔 빨리 잊어 버려. 여자친구 생길 때까지 내가 소개팅 시켜 줄게."

재희의 격려에 쾌재를 부른 이는 엉뚱하게도 한나였다. 마주보고 파안

대소하는 두 사람 모습이 근호로 하여금 별 달갑지도 않은 성취감으로 헛배만 부르게 했다. 엉겁결에 지어낸 얘기로 분위기를 화기애애하게 돌려놓고 보니 어설픈 돌팔매로 새를 잡았던 어릴 적 기억이 가물가물 되살아났다.

◈

세 사람은 호프집으로 자리를 옮겨 계속 웃고 떠들다 11시가 넘어서야 일어났다. 인적이 뜸해져 가로등만 드문드문 보초를 선 귀갓길을 재희와 한나가 나란히 앞서가고, 근호가 어슬렁어슬렁 뒤따르고 있었다. 갈림길에서 근호는 애써 웃으며 인사하고 얼른 집으로 향했다.

달빛을 한아름 등에 업고 흐느적흐느적 걸어가는 근호 모습이 상처 입은 야수마냥 처량해 보였다. 앞서가는 그림자의 꽁무니만 쫓는 모습이 포로로 끌려가는 사람 같기도 했다.

근호는 재희의 등장으로 모든 상황이 종료됐는지 여부를 곰곰이 따져보고 있었다. 한나의 도도한 성격상 재회한 지 이틀 만에 마음을 열어 줬을 리는 없을 듯싶었다. 일방적으로 연락을 끊고 잠적한 그녀에게 무작정 저자세를 취할 만큼 자존심이 없는 재희도 아니었다. 오늘 둘이서 그렇게 정다웠던 것은 셋이 함께한 자리라 부담이 없었기 때문인지도 몰랐다. 생각이 여기까지 이르자 근호는 재희와 한나 단둘이 있는 모습이 자꾸만 궁금해졌다.

오월 초와는 안 어울리게 무더웠던 낮과 달리 밤공기엔 아직도 냉기가 제법 서려 있었다. 한 조각 찬바람이 목덜미를 스치고 지나가자 근호는 몸을 움츠리며 바지 주머니에 손을 꽂았다. 아침에 한나에게 받았던 수표가 걸레처럼 너덜너덜하게 감촉됐다. 호프집에서 재희와 한나가 정겹게 얘기하는 동안 근호의 손가락이 저지른 만행이었다.

강민의 치료비로 쓰였어야 할 돈이니만큼 그를 낫게 해 준 재희에게 돌아가야 마땅할 듯싶었다. 당장 재희에게 달려가 돈을 전해 줄까 말까 망설이는 동안 전방에서 기다란 물체 하나가 주의를 끌었다. 전봇대였다. 한창 달빛에 하얗게 젖은 채 등대처럼 까마득히 솟아 있었다. 늘 무심코 지나쳤던 물건이 오늘따라 고향의 아카시아 나무처럼 살갑게 다가왔다.

그 시각 한나는 집으로 가는 골목길 어귀에서 재희와 마주보고 서 있었다. 저녁때부터 그와의 사이에 줄곧 로맨틱한 분위기가 연출된 것에 부담을 느낀 나머지 에둘러 새침스럽게 굴며 속도 조절에 나선 그녀였다.

"어제 오늘 정말 고마웠다."

"나한텐 생애 최고의 날이었어."

"죽어 가는 사람 살려 내고 친구 둘까지 구했으니 어련하시겠네."

재희는 까끌까끌해진 한나의 말투보다 친구라는 단어가 귀에 더 거슬렸다. 근호나 한나 이름 앞에 붙이기엔 아무래도 격이 너무 낮은 타이틀 같았다.

"친구? 근호는 나한테 그냥 친구가 아냐. 그리고 한나는……."

그냥 친구가 아니란 게 무슨 뜻인지 궁금했다가 다음 말에 신경이 쏠리면서 뒷전으로 밀려 났다. 도도하던 한나 눈빛이 무엇인가 갈구(渴求)하는 색채를 띠기 시작했다.

"대학교 입학하고부터 지금까지 나한테 여자는 너 하나뿐이었어. 앞으로도 영원히 그럴 거야."

더듬더듬 어설프게 시작된 재희의 고백이 뒤로 갈수록 또박또박 다듬어져 나왔다. 어딘지 조급해 보이는 그의 태도가 모종의 절박함으로 말미암은 것 같아 한나는 내심 흐뭇했다. 오래도록 서로를 그리며 지내 왔고 영원히 헤어지기 싫은 것까지 한마음인 이상 한나는 재희의 여자이기를 주저할 까닭이 없었다.

간간이 들려오던 취객들의 고성마저 끊어지면서 주위가 죽은 듯이 고요해질 때까지 재희와 한나는 말없이 서로를 바라보고만 있었다. 그렇게 마주보는 눈망울에 이슬이 맺히고서야 두 사람은 한 걸음씩 다가가 서로의 마음을 가슴에 품었다.

어디선가 베토벤의 교향곡 소리가 재희 귓가로 흘러들고 있었다. 그 환청(幻聽)이 운명의 계시로 다가와 재희로 하여금 한나의 남자로 거듭나게 했다.

"내일 몇 시에 마쳐?"

"일곱 시쯤……. 왜?"

"정식으로 프러포즈하게."

"기대되는데?"

"어떤 이벤트가 좋을지 밤새 연구할거야."

할 말을 다하고도 아쉬워서 돌아서지 못하는 두 사람 모습이 한층 달빛 아래 동화적인 장면을 그려 냈다. 인적 없는 주택가에 오직 한 사람만이 높은 데서 재희와 한나를 뚫어지게 내려다보고 있었다. 이층집 옥상보다 높이 솟은 전주(電柱)에 나무늘보처럼 매달린 그 생명체는 근호가 틀림없었다.

근호는 여태 망막에 기록된 장면들의 무게를 이기지 못해 눈을 감았다. 재희와 한나만의 영토에 잠입(潛入)한 불청객이었음을 깨달은 이상 남은 일은 그녀의 마음을 점령하려 정성껏 구축했던 진지(陣地)들을 하나하나 철거하는 일뿐이있다.

취중에 헛것을 보진 않았을까 하는 기대감에 근호는 다시 눈을 뜨고 전방을 응시했다. 재희의 볼에 입을 맞추고 돌아선 한나의 뒷모습이 좁다란 오르막길을 따라 서서히 멀어져 가고 있었다. 골목길 모퉁이를 돌아 가뭇없이 사라져 간 그녀 모습이 정지 화면처럼 뇌리에 머물다가 어린 시절의 아픈 기억 하나를 끄집어냈다.

근호가 종창을 따라 상경하기 몇 달 전 아카시아 꽃이 한창일 때였다. 아버지가 설탕 포대를 트럭에 싣고 꿀을 얻으러 간 다음날 근호는 도끼질을 하는 둥 마는 둥 하다 말고 아카시아 그늘에 앉아 바다 멀리 수평선 너머의 세상을 머릿속에 그려 보고 있었다.

달콤한 꽃향기에 취해 잠이 들락 말락 하는 동안 멀리서 엄마가 나타나 한 발, 한 발 다가오고 있었다. 처음 보는 옷차림이었다. 자기 몸집보다 큰 가방을 나무 그늘에 세워 놓은 엄마는 곁에 오자마자 와락 끌어안더니 젖은 목소리로 훌륭한 사람이 되라는 말만 유행가 후렴구처럼 되풀이했다. 근호는 아버지 눈치를 보느라 못다 부린 어리광을 맘껏 부리다 설핏 잠이 들었다.

울음을 그친 엄마는 오색찬란한 복주머니 하나를 근호 가슴팍에 내려놓고 곧장 일어섰다. 꿈결에 엄마 냄새를 찾아 헤매다 눈을 뜬 근호는 주머니 속에 지폐가 빼곡히 든 것을 보고 화들짝 놀라 일어났다. 사방을 아무리 둘러봐도 엄마 모습은 간 데 없었다.

근호는 가장 높은 아카시아 나무 위로 허겁지겁 올라갔다. 손바닥과 종아리에 가시가 파고드는 것도 아랑곳하지 않았다. 산 아래 동네가 훤히 내려다보일 만큼 까마득히 올라가서야 동구 밖 둑길을 따라 멀어져 가는 엄마 뒷모습이 시야에 걸쳤다.

동네가 떠나갈 듯 불러 젖혀도 엄마 발길은 멈춰지지 않고 까마귀 울음 같은 메아리 소리만 되돌아왔다. 한 번만이라도 뒤를 돌아봐 주길 간절히 바랐건만 엄마는 앞만 보고 걸어가다 끝내 찻길 쪽으로 아스라이 사라져 갔다.

방금 골목길 모퉁이를 돌아가던 한나 모습이 그 옛날 나무 위에서 봤던 엄마의 마지막 모습과 그렇게 같아 보일 수 없었다. 근호는 전봇대에 올라온 걸 후회하며 미끄럼을 타듯 주르르 내려왔다. 엉덩이가 땅에 닿는 순간 한쪽 볼기짝에 콘크리트 조각 같은 것이 감촉되나 싶더니 눈에서 불이 튀어나오는 것 같은 통증이 전해졌다.

근호는 전봇대를 안고 앉아 통증을 누그러뜨리고서야 엉거주춤 일어섰다. 한나를 짝사랑했던 자신을 거듭 질책하며 달 밝은 밤길을 절룩절룩 걸어가고 있었다.

돌이켜 보면 속죄적 헌신을 매개로 한나에게 접근했던 것 자체가 방향 착오였다. 그가 준비한 그 열쇠는 애초부터 한나에게 맞지 않는 것이었다. 이성의 호감을 사려면 상대방의 시선부터 끌어야 한다지만 근호는 한나의 감정 어린 눈빛을 받아 본 기억이 없었다. 그를 향한 한나의 시선은 언제나 자연 현상을 관찰할 때 수준을 크게 벗어나지 않았다.

자취방으로 돌아온 근호는 양주병을 앞에 두고 고독과 마주 앉았다. 재희보다 오랜 친구인 그와 술잔을 주고받는 동안 근호 마음은 타임머신을 타고 고향집으로 날아가고 있었다.

재희는 한나를 다시 얻은 기쁨을 주체할 수 없어 집으로 가다 말고 번화가 쪽으로 발길을 돌렸다. 대낮처럼 훤한 밤거리를 활보하며 기분이 들뜰 대로 들뜬 재희는 휘황찬란한 불빛에서 금실을 뽑아다가 까만 밤하늘에 한 땀, 한 땀 수를 놓기 시작했다. 재희와 한나는 영원히 사랑한다는 글귀를 선진국의 문명인들부터 극지방과 밀림의 자연인들까지 모두 알아볼 수 있게끔 지구상의 모든 언어로 하늘 가득 새겨 놓을 참이었다.

한나와의 재회도 재회지만 근호가 생체 실험의 구렁텅이에서 벗어나게 된 것이 무엇보다 재희를 기쁘게 했다. 앞으로 근호의 시합이 있는 날이면 한나와 함께 경기장을 찾아 목이 터지도록 응원하리라 다짐했다.

근호가 세계 챔피언이 되는 순간을 그려 본 재희는 어린 시절 그와 즐겨 보던 만화영화 〈플란다스의 개〉 오프닝 장면을 흉내 내며 달리기 시작했다. 팔을 양 옆으로 흔들어 대며 달리는 재희 입에서 만화영화 주제가까지 흘러나왔다. 마주 오는 행인들마다 멀찍이 그를 피해 갔다.

한나는 집까지 바래다주겠다는 재희를 한사코 뿌리친 것이 못내 아쉬워 발걸음 무겁게 귀가하고 있었다. 집이 볼품없어서가 아니었다. 행여 빚쟁이들이 집 앞에 죽치고 있지는 않을까 염려되는 통에 차마 그와 동행할 수 없었다.

강민이 쾌차(快差)하고 재희까지 의젓이 돌아왔으니 길고 길었던 절망의 터널도 얼추 끝자락에 이른 듯싶었다. 홀가분히 학업에 집중할 수 있게 된 만큼 윤 사장 일당의 굴레에서 벗어날 날도 머지않아 보였다.

먼 산에서 부드러운 꽃향기가 바람을 타고 내려와 골목골목 스며들고 있었다. 달콤한 바람에 머리칼을 휘날리며 걷노라니 한나 마음은 한 마리 나비 등에 올라앉아 형형색색의 꽃들이 만발한 들판을 하늘하늘 날아다녔다.

저녁때 식당에서 주절주절 거짓말을 늘어놓던 근호 모습이 떠오르면서 한나는 기분이 급전직하해 버렸다. 근호의 순정이 깊고 진실했음을 잘 아는 한나이기에 그가 재희를 안심시키려 거짓말을 읊어댈 때 심적 고통을 얼마나 겪었을지 어림잡을 수 있었다. 그토록 사려 깊고 고운 마음씨를 지닌 친구에게 상처를 줄 수밖에 없는 안타까움이란 마속(馬謖)을 참수(斬首)하던 제갈량의 심정 못지않을 것 같았다.

한나 눈엔 참으로 구속적이고 이기적이면서 저급한 속성을 띠는 것이 사랑으로 보였다. 재희의 사회적 지위는 그의 바람처럼 체육 교사 정도로 그쳐 줬으면 했고, 그의 외모나 경제력역시 그녀한테 어울리는 수준 이상은 왠지 부담스러웠다. 누군가 진정한 사랑의 의미를 탐구하고 있다면 내가 가진 것을 남이 탐낼까 봐 그것이 더 나아지길 꺼려하는 마음이라고 귀띔해 주고 싶었다.

반면 한나는 근호가 어서 더 좋은 여자를 만나 행복하길 바라는 마음도 간절했다. 이것이 진심일진대 사랑보다는 우정이 더 진화한 덕목임이 명백하지만 백 번이면 백 번 모두 사랑 앞에 굴복할 수밖에 없는 것이 여자의 숙명으로 보였다.

한나는 과분하리만큼 감상(感傷)에 젖어 버린 자신을 다그치며 보폭을 한껏 넓혀 걷기 시작했다. 강민을 오랫동안 혼자 놔둔 것이 마음에 걸렸다.

집으로 들어선 순간 한나는 소스라치게 놀라며 얼굴을 감싸 쥐었다. 민석의 지휘 하에 성동이 강민의 팔을 꺾어 꿇어앉혀 놓고 있었다. 강민의 눈언저리에 얼룩진 상처가 한나의 억장을 무너뜨렸다. 한나는 신발을 벗을 경황도 없이 달려 들어와 어림없는 힘으로나마 성동의 팔을 잡아끌며 울부짖었다.

"이거 놔요! 얘 아직 환자예요!"

"돈도 안 갚고 일도 못 하겠다는데 우리더러 어쩌라는 거야?"

성동은 '일'이란 글자에 유독 강한 악센트를 남기며 못 이기는 척 강민의 팔을 놔 줬다. 그제야 한나는 오늘까지 꼭 연락 달라던 민석의 문자메시지가 생각났다.

"금방 갚을 수 있어요."

"이번이 마지막 경고야. 주말까지 안 갚으면 이 집은 우리가 접수한다. 알았어?"

"어르신 부탁만 들어주면 말끔하게 다 해결될 테니까 잘 좀 생각해 봐."

강민은 민석이 대화 중에 한나의 턱을 만지작거리는 것을 보고 피가 역류했다. 왼 주먹에 힘을 모아 민석을 향해 달려들었지만 팔을 뻗어 보지도 못하고 성동의 발길질에 나가 떨어졌다. 한나는 쓰러진 강민을 부여안고 또 한 번 절규했다.

"이게 사람이 할 짓이에요?"

"그래도 학교 후배라고 많이 봐주는 거야. 우리도 제발 그만 좀 왔으면 좋겠다."

대학 후배에게 이 정도일진대 모르는 사람들은 얼마나 악랄하게 괴롭힐지 한나는 상상도 할 수 없었다. 두려운 마음에 근호한테 도움을 청해 볼까 하는 생각이 불쑥 들었다가 이내 잦아들었다. 곧 죽어도 재희에게 만큼은 비밀에 부치고 싶었다.

한밤중에 타인의 주거지에 침입해 온갖 행패를 다 부려 놓고 의기양양하게 돌아가는 사내들 모습이 한나 마음속에 적개심과 아울러 색다른 감정 하나를 싹틔웠다. 과학적 탐구 대상으로 그들에게 흥미가 끌린 것이었다. 그들의 유전자를 일반인의 것과 대조해 보면 성선설과 성악설 중 어느 것이 옳은지 판가름 날 듯도 했다.

이튿날 아침 한나는 한 시간가량 일찍 출근했다. 실험실에만 들어서면 어떤 잡념도 떨쳐낼 수 있었던 것이 오늘은 녹록치 않았다. 평소보다 머리를 더 넘겨 묶으며 각오를 다져 봐도 좀체 일이 손에 잡히지 않았다.

아무래도 부채(負債)부터 청산하고 나서 재희와 교제하는 것이 순리일 것 같아 혼자만의 시간을 좀 더 갖고 싶었지만 아무리 머리를 짜내도 그를 납득시킬 구실이 마땅찮았다. 그렇다고 속사정을 그대로 털어놓자니 자존심이 허락지 않았다.

대책 없는 고민 앞에 기를 펴지 못하던 학구열이 오후 들어 급발동했다. 옆 자리의 선배가 좋은 데이터를 인고 기뻐하는 모습에 자극받은 한나는 즉각 침팬지 복제를 위한 예비 실험에 착수했다.

꿀벌처럼 부지런히 실험을 마치고 지도 교수에게 보고할 데이터를 정리하는 중에 벽시계의 괘종(掛鐘) 소리가 다섯 시를 알렸다. 재희와의 약속 시간이 임박하면서 심사(心思)가 다시 어수선해졌지만 잠깐뿐이었다. 실험 결과가 너무 만족스러운 나머지 근심이나 걱정 따위는 아랑곳없어져 버렸다. 재희가 어떤 언약식을 준비했을지 점점 궁금해졌다.

인쇄물을 챙겨 들고 교수 방에 들어와 머리를 조아릴 때까지 한나는 줄곧 가슴을 졸이고 있었다. 학회 준비로 모두가 바쁜 와중에 혼자 이틀이나 무단결근 했던 터라 호된 꾸지람이 예상된 까닭이었다.

교수 얼굴에 노기(怒氣)가 감돌긴 해도 그다지 우려할 정도는 아니어서 오늘 얻은 성과물 정도면 그럭저럭 방어가 될 성싶었다.

"침팬지 복제 예비 실험 결과 나왔습니다."

"그래? 이리 줘 봐."

늘 포커페이스인 교수였지만 인쇄물을 보자마자 표정 관리 능력에 한계를 드러냈다. 달리기 출발선에 선 듯한 그의 표정이 페이지를 넘길수록 영화에 몰입한 사람의 것으로 변해 갔다. 한나는 교수의 두꺼운 안경 렌즈를 흘겨보며 추가 도발의 기회만 엿보고 있었다.

"교수님?"

"왜?"

"저 오늘 좀 일찍 나가 봐도 될까요?"

좋은 데이터를 구실로 게으름이나 한 번 더 피워 보자는 속셈을 뻔히 알면서도 교수는 내심 반기고 또 반겼다. 평소 한나의 성실함이 도가 지나쳐 늘 건강이 우려됐던 까닭이었다. 연구에 대한 열정은 유지하되 또래들과 최소한의 공통분모는 가졌으면 하는 것이 진정 제자를 아끼는 교수의 속내였다.

"데이트 약속?"

한나는 대답 대신 멋쩍게 웃어 보였다.

"지금 하고 있는 연구가 세계적으로 경쟁이 치열한 거 알지? 내일 아침에 바로 본 실험 시작할 수 있도록 준비만 잘 해 놓고 가."

한나를 내보낸 교수는 그녀를 자신의 후임으로 키우기로 결심을 굳혔다. 박사 연구원 둘이서 이태 동안이나 헤매다 포기한 마약 탐지견 복제를 신출내기였던 그녀가 불과 반 년 만에 완수한 것은 그의 학문 인생을 통틀어 가장 불가사의한 사건이었다. 그런 그녀가 침팬지 복제 가능성까지 증명했으니 실력으로 치자면 당장 교수가 된들 이상할 게 없었다.

침팬지 복제까지 성공한다면 세계 최고 권위의 저널에 논문을 게재하는 것은 물론 여러 국가기관으로부터 고액의 연구비도 지원받을 터였다. 내주(來週)에 있을 국제학회에서 한나의 실험 결과를 발표함과 동시에 동물 복제 분야의 선두주자로 부상할 것 같아 교수는 무심결에 주먹을 불끈 쥐며 환호했다.

한편 재희는 큼지막한 꽃다발을 들고 복도를 두리번거리다 '동물복제연

구실' 앞에 멈춰 섰다. 그가 안으로 들어서자 예사롭지 않은 차림새에 놀란 연구원들이 힐끔힐끔 경계의 눈초리를 보냈다.

구석구석 실험실을 둘러보던 재희의 시야에 맨 안쪽 테이블 끝자락에 바짝 붙어 앉아 현미경을 들여다보는 한나 모습이 포착됐다. 하얀 가운을 입고 무아지경으로 실험에 몰두하는 모습이 퀴리 부인의 후예라 한들 손색이 없어 보였다.

지적(知的)이고 우아한 자태에 끌려 한 걸음씩 한나에게 다가가는 동안 재희는 지금 그녀 모습이 기억 속 어딘가에 숨어 있다 나온 느낌을 지울 수 없었다.

걸음을 멈추고 한나의 옆모습을 총기 분해하듯 하나하나 뜯어본 재희는 고압전류에 감전된 것처럼 꼼작도 할 수 없었다. 그끄저께 근호 방에서 봤던 인물화의 주인공이 눈앞의 한나와 그대로 겹쳐 보였다. 정성껏 준비해 온 꽃다발이 바닥에 떨어진 줄도 모른 채 재희는 실험실 한복판에 멍하니 서 있기만 했다.

한나는 교수의 지시사항을 빠짐없이 이행해 놓고서야 누군가의 시선을 의식하고 재희 쪽을 바라봤다. 어질러진 테이블을 말끔히 정리하고 가방을 챙겨 나오는 동작 하나하나가 한때 체육 전공자답게 기민해 보였다.

"조금 일찍 왔네?"

"근호 여기 온 적 있지?"

하고 되묻는 재희 얼굴이 벌써 사색이 돼 있었다. 꽃다발을 팽개쳐 놓고 비 맞은 생쥐 꼴로 서 있는 모습이 무슨 영문인지 몰라 한나는 그의 행색만 두루 살펴봤다.

"응. 강민이 쓰러진 다음 날 사과하러 왔었어."

우려가 사실로 확인된 순간 재희는 내면이 송두리째 무너져 내렸다. 근호와 한나 사이의 기류(氣流)를 제대로 읽어 내지 못한 자신이 부끄럽기 그지없었다.

"나 지금 당장 근호한테 가 봐야겠어. 자세한 건 나중에 얘기해 줄게."

재희는 곧바로 돌아서서 우악스레 출입문을 밀치고 나갔다. 근호가 이곳에 왔다 간 것이 재희에게 모종의 암시를 준 것 같아 한나는 자꾸만 불안해졌다.

한나는 재희가 떨어뜨린 꽃다발을 주워 들고 허탈하게 자리로 돌아왔다. 요행히 지면에 닿지 않은 꽃송이들이 탐스러운 자태로 그녀를 올려다보고 있었다. 다양한 색채의 꽃들을 한데 묶어 놓은 모양새가 재희의 복잡한 속내를 대변해 주는 것도 같았다. 근호는 그냥 친구가 아니라는 어젯밤 재희의 말이 점점 무거운 의미로 다가왔다.

근호는 죽은 물고기처럼 방바닥에 드러누워 무력감에 허덕이고 있었다. 온종일 누워만 있다 보니 머리가 천근만근 무거워지면서 땅속 깊은 어딘가에 매여진 느낌도 들었다. 방 안에 어스름이 밀려오자 근호는 허기를 견디지 못해 일어났다.

입에 넣을 만한 것이라곤 책상 위의 양주밖에 보이지 않았다. 그 옆에 먹다 남은 육포에는 곰팡이가 검푸른 반점(斑點)같이 군데군데 피어올라 차마 보기에도 역겨웠다. 비위가 상해 고개를 돌린다는 것이 하필이면 한나의 초상화 쪽이었다.

눈을 감아 봤자 그녀의 환영(幻影)만 더 또렷이 보일 뿐이었다. 홧김에 근호는 양주병을 집어 들고 벌컥벌컥 들이켰다. 시뻘건 쇳물이 흘러내려와 내장을 죄다 녹여 버리나 싶더니 알코올이 온몸으로 스며들어 정신을 혼미하게 했다. 뇌까지 점령한 술기운이 머릿속에 한바탕 정전을 일으켜 아픈 기억을 떠올리려는 뇌세포들을 일거에 진압해 버렸다.

그 쾌감을 못 잊어 양주병을 다시 입에 물었을 때였다. 밖에서 우박 떨어지는 소리 같은 것이 얼핏 들리더니 누군가 방문을 활짝 열어젖혔다. 재희였다. 땀범벅이 된 얼굴에 온갖 불편한 감정들을 버무려 놓은 듯한 표정으로 근호를 노려보고 있었다.

근호는 재희와 눈이 마주친 즉시 외면해 버렸다. 쇠도 녹어버릴 것 같은 서슬에 근호 몸이 달팽이처럼 오므라들고 있었다. 어딘지 낯설어 보이는 재희 얼굴이 예전에 그를 처음 만났을 때와 흡사한 느낌이었다.

슬금슬금 근호에게 다가온 재희는 다짜고짜 양주병을 빼앗아 단숨에 들이켜고 빈 병을 책상 위에 덜컥 내려놓았다. 둔탁한 소리가 어스레한 방안에 울려 퍼지는 동안 한나의 초상화가 이리저리 흔들리다 멈춰 섰다.

근호는 재희가 한나에게 무엇을 들고 왔을지 추정해 봤다. 그녀의 마음을 얻으려 한 것쯤은 파악했으리라 짐작됐지만 굳이 용서를 구할 생각은 없었다. 잘못한 건 잘못했어도 나름 떳떳한 면도 적지 않아 덤덤하게 재희의 처분만 기다리기로 했다.

좋은 일을 매개로 한나와 재회했더라면 아무리 그녀에게 마음을 빼앗겼던들 재희에게 알리지 않고는 못 배겼을 터였다. 자신이 곤경에 처한 것만은 결코 알리고 싶지 않은 근호였기에 죄책감은 뒷전으로 밀려날 수밖에 없었다. 재희에 대한 보호본능이 가치판단의 근간(根幹)인 만큼 시계의 추를 돌려놓은들 결정이 달라질 리도 없었다.

재희는 하나의 초상화를 집어 들어 빈 양주병 옆으로 슬그머니 옮겨 놓았다. 마침내 그의 마음속에 산재(散在)해 있던 온갖 감정들이 동시다발적으로 성대(聲帶)를 울렸다.

"왜 바른대로 말 안 했어?"

"……."

해명을 해 주고 싶은 심정이야 오죽하랴마는 근호는 그 깊은 사연을 언어로 구현해 낼 재간이 없었다. 어떤 달변가도 그의 속사정을 대변해 줄 수는 없을 듯싶었다.

"왜 숨겼냐고 묻잖아!"

재희의 목소리 톤이 높아짐에 따라 근호가 받는 압박감은 기하급수적으로 커졌다. 급한 대로 사과부터 해 놓고 재희의 반응을 살필까 하다가 생각을 바꿨다. 차라리 어떤 대답을 원하는지 되물어 보는 편이 사태 수습에 이로울 것 같았다.

"네가 내 입장이었으면 어떻게 했겠니?"

근호는 아예 불까지 환하게 켜 놓고 또박또박 말했다. 너 같으면 나를 너의 시련 속으로 끌어들였겠냐고 따져 물은 것이었다.

예기치 못한 반문(反問)에 응수가 궁해진 재희는 고개만 절래절래 흔들다 근호의 팔뚝 쪽으로 시선을 빼앗겼다. 주근깨처럼 점점이 박힌 주사 바늘 자국들이 형광등 불빛 아래 유난히 도드라져 보였다. 그 깨알 같은 흉터들이 하나하나 주사 바늘로 되솟아 눈 속을 파고드는 것도 같았다. 재희는 소리 없이 신음하다 죄인처럼 고개를 늘어뜨렸다.

재희는 흉터의 잔상을 망막에 새긴 채 근호를 등지고 돌아섰다. 잠깐 사이에 그의 뒷모습이 몰라보게 초라해져 있었다. 등줄기를 따라 길게 드리워진 그늘이 오랜 군(軍) 생활로 다져진 어깨선을 볼품없어 보이게 했다. 근호는 재희 등에 깔린 그림자의 모체가 친구를 의심한 자신에 대한 분노임을 직감했다.

"재희야, 난 괜찮아."

"……."

"정말이야! 나 이제 아무렇지도 않아."

재희는 어깨가 두 배로 더 늘어진 채 멈춰 섰다. 근호는 순간 뜨끔했다. 위로라고 해 준 말이 외려 자괴감만 키워준 걸 깨달았다. 상처의 회복을 역설(力說)한 것이 역설(逆說)적으로 짝사랑의 아픔이 그만큼 컸었다고 실토한 셈이 됐다.

재희는 근호 쪽으로 반쯤만 돌아서서 혼잣말처럼 응수했다.

"어젯밤에 네가 거짓말만 안 했어도 난 그냥 잠수나 탔을 거야."

근호는 재희가 던져 주고 간 말을 두고두고 되새김질 해 봤다. 요컨대 재희는 근호가 한나에게 구애한 걸 따지러 온 게 아니었다. 그는 근호의 감정이 은폐된 것에 분노했고, 진실을 알았다면 한나를 포기할 수도 있었음을 피력하고 간 것이었다.

근호의 심장에서 신선한 피가 줄기차게 솟아나 온몸으로 스며들고 있었다. 재희가 가져다준 심적 포만감을 에너지원으로 고차원적 사색의 세계에 접어든 근호는 심오한 깨달음의 경지를 향해 훨훨 날아가고 있었다.

마침내 근호는 진정한 우정의 의미를 규정할 수 있게 됐다. 그것은 분명 남녀 간의 사랑보다 한 차원 높은 수준의 면모를 지니고 있었다. 근호의 논리는 사랑을 최고 가치로 꼽는 세태(世態)에 일침을 가하기에 충분했다.

사랑이란 본디 저속한 토대에서 싹트는 법이다. 성관계가 담보되지 못하는 사랑이 과연 무르익을 수 있을까. 결실은 고사하고 발아(發芽) 가능성부터 다시 따져 봐야 할 터였다.

근호 역시 한나에게 느낀 성적(性的) 매력이 사랑의 씨앗이었음을 부인할 수 없었다. 사랑의 지향점이 동물적 쾌락에 있는 것과 달리 재희와의 우정에는 그 어떤 전제도 필요치 않았다. 그렇듯 완벽히 정제된 결정체가 우정이라면 온갖 탐욕이 난무하는 인간 세상에서 으뜸 덕목으로 숭상 받아야 마땅했다.

세상에서 가장 고귀한 걸 가졌다고 확신한 근호는 마침내 정신적 질곡(桎梏)에서 벗어났다. 그동안 운동선수의 본분을 망각했던 것이 무엇보다 뼈아팠다.

재희는 침대에 벌렁 드러누워 입장을 바꿔 놓고 생각해 보라는 근호 말을 요리조리 곱씹어 보고 있었다. 짝사랑에 빠질 리 없는 그이기에 뭐라고 대답한들 유치하게만 느껴졌다. 가정이 틀린 명제는 무조건 참이라는 논리학의 법칙과 같은 맥락이었다.

또래들보다 빨리 이성에 눈을 뜬 재희는 남녀 간의 사랑에 대해 일찌감치 연구를 끝내고 나름의 행동 지침까지 마련해 두고 있었다. 그의 분석에 따르면, 성격과 취향이 다른 남녀가 만나 동시에 호감을 갖기란 어려우며, 한쪽이 화학적으로 자극을 못 받으면 상대편이 아무리 구애를 한들 허사이기 일쑤였다.

재희 눈에는 자신을 진지하게 생각해 주지 않는 여성에게 무작정 순정을 바치는 것이 도박판에 뛰어드는 것과 다름없어 보였다. 사랑에 관한 그의 냉철한 가치관이 숱한 연애경험을 통해 얻어진 건 아니었다. 그것은 일종의 자가면역(自家免疫)적 색채를 띠고 있었으며, 유달리 병약했던 모친에게 온전히 사랑을 받지 못한 데 따른 반작용적 성격이 짙었다.

근호는 재희처럼 현명하지 못했다. 운동선수답게 '하면 된다'라는 신념이 확고한 그였기에 여자의 마음을 얻는 것 역시 노력 여하에 달려 있는 줄 알고 있었다.

언젠가 근호는 단체미팅에서 이미 다른 남학생이랑 눈이 맞은 여학생에게 호감을 품은 적이 있었다. 재희는 벌써 눈치 채고 관심을 끊은 여학생이었다. 재희의 만류에도 아랑곳없이 근호는 틈만 나면 여대 기숙사 주변을 배회하다 오곤 했다.

근호에게 사랑의 열병 증세가 나타나자 재희는 즉시 극약처방을 내렸다. 근호의 동향(同鄕) 친구로부터 그의 모친이 신촌 대학가 어디에서 하숙집을 운영하더란 소릴 들었다며 연막작전을 펼친 것이었다. 그 바람에 십여 일을 매일같이 신촌 주택가를 헤매고 다니느라 근호는 자연스레 짝사랑의 굴레에서 벗어났다.

지금 근호의 증세는 그때보다 더 심각해 보였다. 그렇지 않고서야 그의 삶 자체였던 권투를 하루아침에 그만두고 생체 실험까지 감행할 순 없었다. 남몰래 하나의 초상화를 그려 놓고, 잠 못 드는 밤을 양주로 지새울 정도면 이미 손을 쓰기엔 늦었는지도 알 수 없었다.

그렇게 모든 걸 내던지고도 사랑을 얻지 못했다면 상실감 또한 상상을 초월할 터였다. 상사병이란 원래 백신도 치료약도 없는 난치병이라 두고 두고 환자에게 고통을 주면서 먹성 좋은 애벌레처럼 영혼을 갉아먹는 법이었다. 장차 근호에게 닥쳐올 인고(忍苦)의 시간들이 재희 머릿속에 파노라마처럼 펼쳐졌다.

재희는 한나를 향한 열정이 근호의 절반에도 못 미칠 것 같아 부끄럽기 그지없었다. 두 사람 사이에 그가 끼어들지만 않았다면 근호의 지순한 사랑이 종래엔 그녀 마음을 움직였을 듯도 했다.

근호가 그린 초상화의 주인공이 한나였음을 깨달았을 때 진공상태가 돼 버린 머릿속이 자괴감과 자책감으로 가득 채워지고 있었다. 한 여자를 두고 소중한 친구에게 부끄러운 승자가 되자니 양심에 거리낌이 이만저만 아니었다.

기분이 착잡할 대로 착잡해진 재희는 강민의 치료법을 찾아 골몰할 때 심정으로 돌아가 있었다. 근호를 수렁에서 건져 내고 싶은 욕구가 폭풍처럼 강렬해졌다.

재희는 무심결에 근호의 탄식 소리를 들었다. 벽에 걸린 사진 언저리에서 흘러나온 듯했다. 그 환청에 놀라 허겁지겁 밖으로 뛰쳐나온 재희는 발 닿는 대로 밤길을 거닐다 담배와 라이터를 사들고 무너지듯 벤치에 걸터 앉았다.

군 입대 직전 근호의 닦달에 못 이겨 끊었던 담배를 다시 맛보는 동안 니코틴이 한바탕 뇌진탕을 일으켜 어수선한 머릿속을 포맷해 버렸다. 재희의 코와 입에서 내뿜어진 담배 연기가 아지랑이처럼 너울거리다 새까만

밤공기 속으로 가뭇없이 사라져갔다. 담배연기의 혼돈스런 자취를 멍하
니 쳐다보고 있자니 그 역시 몸 가는 대로 자유롭게 한번 살아 보고 싶었
다. 근호와 한나의 발길이 못 미치는 곳이라면 가능할 것도 같았다. 재희
는 담배 꽁초를 발바닥에 짓뭉개고 일어나 대로를 향해 성큼성큼 걸어 나
갔다.

그날 밤 윤 사장은 얼굴에 독기를 가득 머금고 부하들 앞에서 시위를 벌
이고 있었다. 서로 눈치만 살피는 부하들 표정이 매 맞을 차례를 기다리는
아이들처럼 애처로워 보였다.

"준태야, 체육관 어떻게 됐어?"

"관원모집이 두 달째 안 되고 있으니까 얼마 못 버틸 겁니다."

"언제까지 같은 소리만 할래?"

"다음 주까지는 꼭 완수하겠습니다."

"장미야, 잘 들었지? 다음 주까지 체육관 명의 이전 못하면 애들 월급 주
지 마라."

"사장님, 아무래도 그쪽 일이 만만찮아 보입니다. 저도 힘을 보태겠습니
다."

장미의 당찬 목소리가 일그러질 대로 일그러진 윤 사장 얼굴에 마사지
를 한 것처럼 윤기가 흐르게 했다. 사안이 시급해질 때면 굳이 자기 일이
아니어도 적시(適時)에 조력자 역할을 자청해 온 그녀였다. 여타 부하들

의 안일하고 맹목적인 근태(勤態)에 넌더리가 난 윤 사장에게 장미는 그야 말로 무더위에 청량음료 같은 존재였다. 장미의 존재감이 빛을 발할수록 타성(惰性)에 젖은 부하들은 곱절로 질책을 받아야 했다.

"빨리 나가서 일들 안 하고 뭐 해?"

윤 사장은 소떼처럼 우르르 몰려 나가는 부하들을 떨떠름하게 쳐다보다 아차하며 민석과 성동을 불러 세웠다.

"걘 언제 데려올 거야?"

"글피까지는 제 발로 찾아오도록 조치하겠습니다."

"돈만 달랑 갖고 오는 건 아니겠지?"

"금융권에서 대출이 안 되는 걸 누차 확인했고, 다른 사채업자들한테도 우리 고객이라고 단단히 일러 뒀습니다."

"너희 둘은 걔만 데려오면 밥값 다 한 거니까 잘 좀 부탁한다."

부하 둘을 마저 내보낸 윤 사장은 담뱃불을 붙여 물며 기대에 부풀었다. 부하들과는 별도로 나름 필살기까지 마련해 둔 터라 그럭저럭 안심이 됐다. 그의 가슴이 사춘기 소년의 심장이라도 이식받은 양 거세게 펌프질하고 있었다.

윤 사장은 전등불을 모두 꺼 놓고 혼자 로맨틱한 무드에 흠뻑 젖었다. 그의 입에서 뿜어져 나온 담배 연기가 아귀의 혓바닥처럼 팔랑팔랑 천장으로 피어올랐다. 그 연기를 따라 상상의 나라에 들어선 윤 사장은 벌써 호텔 방에서 한나를 품고 있었다.

몽유병 환자처럼 눈을 멀거니 뜨고 밤길을 활보한 지 십여 분만에 목적지가 재희 눈앞에 모습을 드러냈다. 물 좋기로 소문이 자자한 나이트클럽이었다. 열 번째쯤 요동친 휴대폰 화면엔 어김없이 하트 무늬 다섯 개가 빨갛게 새겨져 있었다. 하나의 전화를 외면하는 것이 처음엔 꺼림직했다가 서너 번째부터 무덤덤해지더니 이젠 아예 진동조차 감지되지 않았다.

재희는 나이트클럽 입구 쪽으로 터벅터벅 다가가다 흠칫 멈춰 서서 건물을 올려다보며 생각에 잠겼다. 원래 이곳은 한나네 책방이 있던 자리였다. 까맣게 잊고 있었던 그 기억이 이제야 떠올라 발목을 잡은 것이었다. 오늘 일이 한나에게 발각되면 어떤 사단이 벌어질지 가늠하느라 재희 머릿속이 온통 분주해졌다.

재희는 맞은편 건물 벽에 기대고 앉아 담배를 꺼내 물었다. 내적 갈등이 극에 달한 순간 근호와 한나가 의식의 저편에 나타나 시소를 타기 시작했다. 처음에 오르락내리락 하던 시소가 서서히 근호 쪽으로 기울어 가더니 담배 꽁초가 바닥에 하얗게 널브러졌을 땐 한나가 아무리 용을 써도 내려오지 않았다.

재희는 돌격대처럼 벌떡 일어나 나이트클럽으로 내달렸다. 휴대폰이 또다시 진동하자 아예 전원을 꾹 눌러 버리고 요란스런 음악 소리만 쫓아 들어갔다.

하얀 얼굴에 다부진 체격의 웨이터가 재희 앞으로 달려 나와 이마가 바닥에 닿도록 인사하고 홀 쪽으로 안내했다. 눈동자가 어둠에 적응함에 따라 홀 안에 다닥다닥 붙어 있는 테이블과 사람들의 윤곽이 점차 또렷해졌다. 스테이지에서는 남녀 수십 명이 저마다 맹렬하게 몸을 흔들어 대고 있었다. 플래시가 터지듯 주기적으로 강렬해지는 조명이 스테이지를 금빛으로 물들이며 연신 화려한 스틸 컷을 찍어 댔다.

그곳을 지나치면서 보니 춤추는 사람들 모습이 마치 물에 빠져 허우적거리는 것 같기도 했다. 혹시 아는 사람이 있지는 않을까 염려하면서도 재희는 꾸역꾸역 웨이터의 꽁무니만 쫓아갔다.

웨이터는 눈에 잘 안 띄는 가장자리 쪽 테이블을 권했다. 혼자 온 걸 감안했을 터였다. 마침 시끌벅적하던 댄스 음악이 멈추고 잔잔한 블루스 멜로디가 흘러나와 재희 마음도 덩달아 여유를 찾았다.

"형님, 양주로 주문해 주시면 특별히 잘 모셔드리겠습니다."

"좋아요. 제일 센 걸로 갖다 주세요."

"감사합니다! 퀸카 급으로 부킹 책임지겠습니다."

"말로만?"

"아닙니다. 형님 정도 수준이면 문제없습니다."

이 말은 그저 인사치레가 아니었다. 오늘밤 재희의 외모는 그곳 남자들 중 단연 돋보였다. 평소 모습으로도 아쉬울 게 없는 그가 한나와의 언약식을 위해 전문 코디네이터를 찾아 한껏 치장(治粧)하고 온 터라 비주얼로 치면 스타급 연예인 못지않았다. 한나를 위해 기울인 정성이 엄한 데서 효험(效驗)을 발휘할 판이었다.

누군가 나이트클럽 한쪽 구석에서 재희를 줄곧 예의주시하고 있었다. 민석이었다. 재희의 출현을 확인한 즉시 그는 휴대폰을 꺼내 들었다.

"놈이 제 발로 찾아왔어. 빨리 와서 좀 도와줘라."

장미를 호출한 민석은 곧장 재희의 담당 웨이터를 불러 놓고 이런저런 지시를 내리기 시작했다. 웨이터의 시선이 간헐적으로 재희 쪽을 힐끔거렸다. 재희는 건너편 테이블의 여자 손님에게 한눈파는 데만 여념이 없었다.

쏜살같이 DJ에게 달려가 민석의 지시사항을 전달한 웨이터는 주섬주섬 술과 안주를 챙겨 들고 재희 테이블로 돌아왔다.

"저쪽 테이블에 하얀 티셔츠 입은 여자 분이 마음에 드시나 보죠?"

"네. 딱 제 스타일이에요."

"좀 있으면 우리 업소 특별 이벤트 시간이라……. 끝나고 바로 소개해 드릴게요."

재희는 사근사근했던 웨이터가 은근 능청스러워진 것이 못마땅해 부킹 약속을 어길 셈이냐고 따지려다 특별 이벤트가 뭔지 궁금해지기도 해서 일단 기다려 보기로 했다. 웨이터가 자리를 뜨자마자 DJ의 카랑카랑한 목소리가 홀 안에 울려 퍼졌다.

"오늘의 특별 이벤트 시간입니다. 댄싱퀸 이장미 양이 여러분들을 위해 멋진 무대를 준비했습니다."

DJ의 소개와 함께 한줄기 조명이 무대에서 출입구 쪽으로 황금빛 터널을 뚫었다. 노란 불빛 속에 관능적인 자태를 드러낸 장미는 모든 이의 시선을 빨아들이며 사뿐사뿐 무대로 걸어 나왔다. 타이트한 핫팬츠와 티셔츠에 도드라진 몸매가 어떤 수학적 함수나 컴퓨터 그래픽으로도 재현할 수 없을 만큼 매끄러운 곡선을 그려 냈다.

장미가 무대에 올라 관객들에게 허리를 굽힘과 동시에 빠른 템포의 댄스 음악이 쏟아져 나왔다. 재희의 두 눈이 자석 앞의 쇠붙이처럼 장미의 몸동작에 끌려 다니고 있었다.

그 시각 근호는 맥주를 사 들고 체육관으로 재희를 찾아가고 있었다. 휴대폰까지 꺼 버릴 만큼 심난한 그를 무슨 말로 달래 줘야 할지 고민에 고민을 거듭했지만 그저 그런 미사여구들만 머릿속을 맴돌 뿐이었다. 이번 일로 재희 마음에 앙금이라도 생길세라 근호는 수중에 있는 천만 원을 그를 위해 모두 써 버릴 참이었다.

딴 생각을 하느라 체육관을 그냥 지나칠 뻔하다 아차하며 멈춰 선 순간 근호는 출입문 앞을 서성이는 한나를 발견하고 화들짝 놀라 얼른 가로수 뒤에 숨었다.

한나는 휴대폰 화면을 만지작거리다 귀에 갖다 대는 동작만 로봇처럼 반복하고 있었다. 상대방 휴대폰이 꺼져 있음을 알리는 기계음이 근호 귀에 선하게 들려왔다. 체육관 이층 왼쪽 방의 불 꺼진 창이 근호한테만 재희의 부재를 귀띔해 주고 있었다. 두 사람 사이에 또 끼어들어서는 안 될 것 같아 근호는 모른 척 숨어만 있었다.

그러기를 얼마나 지났을까. 한나는 출입문 앞으로 바짝 다가서서 노크하는 자세를 취하고 있었다. 앞으로 나갈 듯 말 듯 머뭇거리던 그녀의 손이 끝내 힘없이 내려오고 말았다. 아쉬움만 한아름 짊어지고 돌아서 가는 한나의 뒷모습이 근호 가슴을 저미게 했다.

집으로 되돌아온 근호는 자책감에 겨워 애먼 방 벽에다 주먹질만 해 댔다. 눈 먼 사랑이 막다른 결말에 이른 지금 정성을 담아 그렸던 초상화와 고독을 함께하던 양주가 한꺼번에 아픔으로 여울져 왔다.

근호는 남은 양주병들을 싱크대로 가져가 마지막 한 방울까지 털어 냈다. 알코올 냄새가 후각을 유린하고 내장까지 울렁이게 하는 통에 감정이 격해질 대로 격해진 근호는 초상화에 불을 붙여 싱크대에 던져 넣었다. 불이 바닥에 배인 알코올에까지 옮겨 붙으면서 거세진 화염이 게걸스레 그림을 집어 삼켰다. 매콤한 연기가 눈에 따가웠다. 수도꼭지를 있는 대로 틀어 마지막 한 점의 재까지 씻어 내리고서야 근호는 흥분을 가라앉힐 수 있었다.

우아하면서도 정열적인 장미의 춤이 관능미까지 뽐내며 블랙홀처럼 모든 이의 시선을 빨아들이고 있었다. 재희는 문득 근호가 이 자리에 있다면 어떤 반응을 보일지 궁금해졌다. 장미가 아무리 매력적이어도 모성(母性)을 기대하기 어려워 보이는 만큼 한나처럼 그의 마음을 사로잡진 못할 듯 싶었다.

재희는 신들린 듯한 장미의 춤동작 중에 팔놀림에 특히 주목했다. 이따금씩 팔이 시야에서 사라졌다 다시 나타날 때면 고난도의 마술을 감상한 느낌도 들었다. 속도로 치자면 나름 최고로 여기던 근호의 주먹보다 장미의 팔 스윙이 조금이나마 빨라 보였다.

장미의 무대가 끝나자 곳곳에서 환호성이 터졌다. 감동의 여운이 가시기도 전에 DJ의 멘트가 장황하게 이어졌다.

"오늘의 두 번째 이벤트입니다. 남자 손님들께 댄싱퀸에게 데이트 신청 기회를 드리겠습니다. 과연 어느 분이 행운을 차지할까요? 각자 자리에서 손만 들어 주시면 장미 양이 직접 한 분을 선택하도록 하겠습니다. 자, 데이트 신청하실 분은 지금 바로 손을 들어 주세요."

남자 중에 손을 들지 않은 이는 아무도 없었다. 앳된 얼굴의 청년부터 중년의 신사까지 모두 한마음이었다. 아내나 여자친구의 존재도 망각할 만큼 미인에게 홀려 버리는 남자의 속성이 죄악이라면 조물주를 탓할 수밖에 없을 터였다.

재희는 술병을 움켜쥐고 씁쓸히 웃고 있었다. 근호라면 절대 손을 안 들었으리라 확신했지만 자신은 한나와 아무 일 없었더라도 손을 들지 않고는 못 배겼을 성싶었다.

홧김에 양주를 병째 들이켜는 동안 재희는 여자의 발자국 소리가 점점 가까워 오는 것을 감지했다. 서스펜스 영화의 한 장면을 기대하고 정면을 응시한 순간 장미가 우두커니 서서 그를 내려다보고 있었다. 어딘가 겸연쩍어 하는 그녀의 표정이 앞에 앉아도 되겠냐고 묻는 것 같아 재희는 살짝 뒤로 물러앉았다. 한번쯤 수줍은 척은 할 법도 하련만 장미는 무대에 올라갈 때처럼 스스럼없이 다가와 사뿐히 마주앉았다. 다른 남자들의 탄식 소리가 재희 귓가로 모여들어 우레와 같이 증폭되고 있었다.

가까이서 본 장미의 얼굴은 한 번도 웃어 본 적이 없는 사람의 것 같았다. 짙은 속눈썹에 그림자 진 눈동자와 한 일자로 길게 다물어진 입술이 은장도를 품은 청상과부 이미지도 그려냈다. 군살 한 점 없는 몸에 사색을 즐기는 듯한 인상이 얼핏 근호와도 닮아 보였다. 그가 지금 장미 옆에 나란히 앉아 있다면 누구나 오누이로 간주하지 않을까 싶었다.

낯선 여자에게 품었던 일말의 경계심이 근호 생각과 함께 봄눈처럼 증발해 버렸다. 분위기가 어색하던 차에 흥겨운 댄스 음악이 쏟아지자 재희와 장미는 스스럼없이 마주보고 일어나 무대로 나갔다.

민석은 재희와 장미의 일거수일투족을 실시간으로 준태에게 보고하고 있었다. 마주보며 격렬하게 춤을 추다가 자리로 돌아와 흥겹게 술잔을 부딪치고 다시 무대로 나가 블루스 춤에 탐닉하는 두 사람 모습이 고급 카메라의 메모리 스틱에 낱낱이 기록됐다.

자정 무렵부터 장미는 몹시 피곤해했다. 점점 흐트러져 가는 그녀 모습이 재희로 하여금 묘한 기대감으로 설레게 했다.

나이트클럽을 나온 장미는 만취한 사람처럼 뒤뚱거리며 집에 데려다 달라고 졸라 댔다. 행인들 중에 낯익은 얼굴도 더러 눈에 띄었지만 재희는 개의치 않고 장미와 팔짱을 낀 채 휘황찬란한 유흥가를 활보했다.

"오빠는 잘생기고 잘 놀고 매너도 너무 좋으니까 계속 봤으면 좋겠다."

농담으로 받아넘기기엔 어조가 너무 진지했다. 대화 중에 장미가 장난삼아 팔을 살짝 끌어당겼을 때 느껴진 손아귀 힘이 재희를 아연 질색케 했다. 하체의 중심이 순식간에 무너져 거의 자빠질 뻔하다 간신히 버텨 낸 재희였다. 이런 강인함이 장미의 또 다른 매력 포인트로 재희 마음에 신선하게 와닿았다.

유흥가 이면도로의 끝자락에 접어들자 장미는 숨을 헐떡이다 몇 걸음 못 가 멈춰 섰다. 오른편 골목으로 제법 호텔 같은 모텔들이 줄줄이 늘어서 있었다.

"오빠, 나 너무 힘들어. 저기 들어가서 좀 쉬었다 가자."

장미의 손가락이 모텔촌을 가리킨 순간 재희 머릿속에 한줄기 섬광이 번뜩였다. 그것은 나이트클럽에서 그녀의 선택을 받았을 때보다 한결 진한 색채를 띠고 있었다. 헤픈 여자일지도 모른다는 경각심이 일어나긴 했지만 볼수록 치명적인 장미의 매력 앞에 속절없이 무릎을 꿇고 말았다. 재희는 못 이기는 척 장미를 따라 모텔촌으로 들어갔다.

널따란 마당에 윤기 나는 자갈을 수북이 깔아 놓은 그곳은 유흥가에서도 단연 눈에 띄는 고급 모텔이었다. 잰걸음으로 줄곧 앞서가던 장미는 출입문을 예닐곱 발짝 남겨 두고 느닷없이 털썩 주저앉았다.

"속도 안 좋고 머리가 너무 아파서 도저히 못 가겠어. 나 좀 부축해 줘."

나이트클럽에서 춤에 시달린 데다 독한 양주까지 마셨으니 어련할까 하면서 장미를 일으켜 놓고 보니 아니나 다를까 그녀의 몸이 물먹은 풍선처럼 자꾸만 아래로 늘어지는 통에 도무지 움직일 수가 없었다.

덜컥 겁이 난 재희는 얼른 방으로 데려가 응급처치부터 해야 할 것 같아 장미를 끌고 가다시피 부축해 갔다. 출입문 위쪽에 설치된 CCTV 카메라가 보초병처럼 두 사람을 내려다보는 가운데 장미의 빨간 하이힐이 앞서가는 재희를 따라 자갈밭에 쟁기질을 하고 있었다.

뒤뚱뒤뚱 펭귄 걸음으로 어렵사리 출입문을 밀고 들어서자 장미는 소풍 나온 아이처럼 생기를 되찾더니 대뜸 카운터에 맥주부터 주문했다.

"잠깐 탈진했었나 봐. 목 좀 축이면 괜찮아질 거야."

여차하면 구급차를 부르려고 했는데 장미 스스로 진단과 처방까지 알아서 해 주니 재희로서는 그저 감지덕지였다.

동그란 침대가 가운데 덩그러니 놓이고 한쪽 벽면이 거울로 도배된 그

객실은 어딜 봐도 남녀 커플의 은밀한 사생활을 위한 장소로밖에 쓸모가 없어 보였다. 화사한 천장등과 벽면 보조등의 은은한 빛이 잘 어우러져 한껏 로맨틱한 분위기를 자아내고 있었다.

군데군데 비치된 보조 도구와 일회용품 포장지들이 아찔하게 재희 눈을 자극하며 얼굴까지 화끈거리게 했다. 방 분위기가 그렇게 선정(煽情)적인데도 장미는 별 대수롭지도 않다는 듯 냉장고에서 생수병을 꺼내 벌컥벌컥 들이켜고 다짜고짜 재희에게 역정을 냈다.

"오빠 땀 냄새 쩐다. 빨리 좀 씻고 와!"

재희가 도망치듯 욕실로 뛰어 들어간 다음부터 장미의 손발이 쉴 새 없이 바빠졌다. 맥주병 마개를 따고 가방에서 조그만 약병을 꺼낸 장미는 알약 다섯 개를 손바닥에 털어 내 모두 맥주병 속에 집어넣었다. 알약들이 일제히 방울방울 기포(氣泡)를 뿜어내며 빠르게 녹아 들어갔다.

장미는 알약이 모두 용해된 걸 거듭 확인하고 준태에게 준비완료를 알렸다. 욕실에서 요란하던 물소리가 잠잠해지자 장미는 부랴부랴 술잔을 테이블에 가져다 놓고 성인잡지의 표지모델 같은 포즈로 앉아 재희를 맞이했다. 재희는 목욕가운만 엉성하게 걸친 채 멋쩍게 걸어 나왔다.

"오빠, 이리 와서 시원하게 맥주 한잔 해."

재희는 흔쾌히 건배에 응했다. 장미는 잔을 입에 대는 둥 마는 둥 하면서 곁눈질로 재희를 흘겨보고 있었다. 한 잔을 더 청하는 재희에게 남은 맥주를 죄다 부어 주고는 슬슬 긴장하기 시작했다. 두 번째 잔마저 게 눈 감추듯 비워지자 장미는 차마 그냥 앉아 있을 수 없었다.

"나도 좀 씻고 올께."

장미는 욕실에 들어서자마자 샤워기를 있는 대로 틀어 놓고 좌변기 덮개 위에 걸터앉아 분주히 휴대폰을 눌러 댔다. 이제 내 역할은 다 끝났으니 빨리 교대해 달라는 요청에 준태는 중요한 임무가 하나 남았다며 조금만 더 도와 달라 사정했다. 마지막 임무를 전달받은 장미는 모멸감으로 격분해 휴대폰을 패대기쳐 버리려다 확실한 증거를 확보해야 한다느니 조직의 명운이 걸린 일이라느니 하는 따위의 하소연을 위로삼아 근근이 참아 냈다.

준태가 오기로 한 시각에서 십 분 가까이 지나서야 장미는 욕실 문을 빠끔히 열고 나왔다. 낯익은 중년의 여자 한 명이 준태와 나란히 침대에 걸터앉아 있었다. 퇴폐업소 이십여 년 경력의 내공으로 남자 몸을 장난감보다 더 잘 다루는 까닭에 뭇 직업여성들 사이에서 장인(匠人)이라 불리는 이였다.

준태는 테이블에 엎어져 있는 재희를 침대로 끌어다 반듯하게 눕혀 놓았다.

"몇 개 먹었어?"

아직도 미심쩍어하는 준태에게 보란 듯이 장미는 오른손을 활짝 펼쳐 보였다. 준태가 마음 놓고 재희의 가운을 풀어 헤치고 속옷까지 벗겨 내리자 장미는 기겁을 하며 도망치듯 욕실로 되들어갔다.

십여 분 후 준태가 슬그머니 욕실로 들어와 조그만 지퍼백을 건네주고 갔다. 하얀 점액질의 분비물이 너저분하게 담겨 있었다. 자존심이 뿌리째 뽑혀 나간 와중에 장미는 배란일이 넉넉히 지났음에 안도하며 핫팬츠의 지퍼를 내렸다.

◆

　근호는 미명(未明)이 푸르스름하게 지펴진 꼭두새벽에 눈을 떴다. 온갖 잡념들로 혼탁했던 머릿속이 밤새 말끔히 헹궈져 있었다. 세상 천지에 흔하디흔한 사랑이지만 그것이 노력만으로 얻을 수 있는 물건이 아님을 깨닫고 보니 이제야 어른이 된 듯 어깨가 으쓱해졌다. 오르지 못할 나무를 쳐다보는 것도 모자라, 기를 쓰고 오르려 했던 지난날들이 생각할수록 후회스러웠다.

　한낱 신기루 같은 사랑과는 극히 대조적인 것이 권투였다. 근호는 프로복서가 된 뒤로 네 번의 시합을 거치는 동안 점점 더 강한 상대를 쓰러뜨리며 더 많은 파이트머니를 받아 왔다. 노력의 대가로 물질적 보상은 물론 더 나은 기회까지 제공해 주는 권투야말로 일생의 업으로 삼아야 할 듯싶었다.

　강민을 다치게 하고 운동을 그만둘 당시엔 배 못 타는 어부의 심정이었던 근호가 한나에게 집착하고부터는 그런 상실감마저 상실하면서 정신적 식물인간이 돼 버렸다. 한나가 마음속에 우상(偶像)으로 군림하며 백치(白癡) 삶을 강요한 셈이었다. 우상숭배가 과거완료형으로 끝난 지금 근호는 불치병을 이겨낸 사람처럼 삶의 의욕으로 충만해 있었다.

　창으로 흘러든 여명(黎明)이 방 안의 물건들을 차츰차츰 제 모양으로 그려 내는 동안 어디선가 신선한 새날의 문이 열리는 소리가 은은하게 들려왔다. 선수시절 아침훈련 할 때의 생체리듬이 되살아남과 동시에 종창의 초췌한 얼굴이 떠올라 눈물에 어렸다. 세계 챔피언의 꿈은 혼자만의 것이 아니라 재희 가족의 생계와도 직결된 것임을 상기한 근호는 스프링처럼 자리를 박차고 일어났다.

시원한 산바람이 아침 운동 코스로 돌아온 근호를 살갑게 맞이해 주고 있었다. 몰라보게 우거진 수풀의 초록빛 갈채 소리가 근호의 로드워크에 활력을 불어넣었다.

동녘 하늘에서는 수줍은 태양이 산봉우리에 숨어 머리끝만 빠끔히 내놓고 나오기를 망설이다 그나마 누가 볼세라 주홍빛 노을을 보호색인양 사방에 뿌려 놓고 있었다. 당장은 힘겨워도 종래엔 높이 솟아오를 저 태양처럼 근호는 모든 역경을 이겨내고 반드시 세계 챔피언가 되리라 다짐했다.

근호는 운명이 사람에게 미치는 힘의 크기를 체감하고 있었다. 유명 프로복서 출신의 아버지에게 글자보다 권투를 먼저 배웠다면 사실상 진로는 정해진 셈이었다. 종창을 따라 상경했을 때 권투를 계속하지 않은 것이 생애 최대 회환으로 남을 듯싶었다. 공부나 사랑을 핑계로 운동을 등한시한 것 역시 운명을 거스른 반역 행위에 지나지 않았다.

근호는 오월 하늘 아래 초록빛으로 타오르는 나무들처럼 넘쳐나는 에너지를 주체할 수 없었다. 허공으로 주먹을 뻗어 가며 가파른 산길을 전력 질주하는데도 힘이 남아났다. 신들린 사람처럼 산마루까지 뛰어오른 근호는 하늘을 향해 목이 터지도록 부르짖었다. 아버지를 외쳐대는 소리가 파란 하늘을 와장창 깨트릴 듯 폭발음을 일으키고 있었다.

권투를 다시 시작하고 종창의 스케줄에 따라 지옥 훈련을 겪어 본 다음에야 근호는 옛날에 아버지가 펀치력이나 테크닉보다 더 가르치려 했던 것이 무엇인지 깨달았다. 아버지의 조기교육 취지는 권태로운 반복 훈련과 피로 누적에 대한 인내적 달관(達觀)에 있었다. 현역 선수들에게도 버거운 훈련량을 신출내기였던 근호가 거뜬히 소화한 것은 어릴 적부터 그렇게 단련돼 있었기 때문으로밖에 볼 수 없었다. 프로선수들을 능가하는 기본기와 훈련 적응력에 스스로 감탄하면서부터 아버지의 고함소리가 그리운 메아리로 되들려온 것이었다.

지름길을 따라 하산하는 동안 근호는 한국 타이틀 매치를 포기하지 않겠다는 종창의 말이 자꾸 떠올라 고민에 빠졌다. 남은 십여 일 동안 10회전을 뛸 수 있는 몸을 만들기란 불가능한 만큼 초반에 승부를 걸 수밖에 없었다. 1회전부터 공격 일변도로 난타전을 벌이며 3회전 안에 결판을 내기로 방침을 굳혔다.

근호는 시합 때의 난타전 상황을 머릿속에 그려 보다 순발력 증강의 필요성을 절감하고 즉시 전력 질주를 시작했다. 먹이를 쫓는 맹수처럼 대로변을 내달리는 근호 옆으로 경찰차 두 대가 사이렌 소리를 내지르며 지나갔다.

재희와 장미가 투숙했던 모텔 마당에 아침 햇살이 따사로이 내려앉자 각양각색의 자갈들이 한데 어울려 빛의 향연을 펼치고 있었다. 마당 안쪽에 나란히 주차된 경찰차 두 대가 잔치를 훼방 놓듯 빨간 경광등을 연신 깜빡거리고 있었다. 아직 햇살이 닿지 못해 어스름한 출입문 쪽에서 재희가 수갑을 차고 형사들에게 끌려 나왔다.

경찰서로 압송된 재희는 어리둥절한 표정으로 주구장창 모른다는 대답만 되풀이하고 있었다. 시원하게 벗겨진 형사의 머리를 멀뚱멀뚱 쳐다보고 있자니 그 위에서 미끄럼을 타고 놀다 붙들려 온 듯도 했다. 움직일수록 수갑이 조여지는 통에 맘 놓고 거세게 항변할 수도 없었다.

"언제까지 우길래?"

"걔가 먼저 모텔에 가자고 해서 따라 들어간 것뿐이라니까요."

"억지로 끌고 들어간 거잖아? 헌병대 가서 덜 맞고 싶으면 빨리 자백해."

"맹세코 아닙니다."

"이래도 우길래?"

형사는 아예 모니터를 재희 쪽으로 돌려놓고 흐릿한 동영상 하나를 재생시켰다. 재희가 장미를 잡아끌고 모텔 출입문으로 향하는 장면이 CCTV 화면에 고스란히 담겨 있었다.

"이건 얘가 부축해 달라고 해서……."

"4년 전에도 성추행 건으로 기소유예 받은 적 있지?"

형사는 해명할 기회도 주지 않고 더 세차게 추궁했다. 어디서부터 항변해야 할지 몰라 답답한 와중에 여순경이 급히 달려와 형사에게 팩스 한 장을 내밀었다.

"피해자 몸에서 나온 정자 DNA가 용의자 것과 일치합니다."

형사는 더 이상 아무것도 묻지 않고 서둘러 사건 조서를 마무리 지었다. 눈빛도 몸짓도 자신에 차 있었다.

"미성년자 성폭행은 살인죄나 마찬가진데 반성도 안 하면 어떡하겠다는 거야?"

"절대 성폭행 한 적 없습니다. 걔랑 대질 좀 시켜 주세요."

"내일 헌병대 가서도 그렇게 버텨 봐라."

형사는 유치장으로 끌려 나가는 재희를 경멸스레 쏘아보고 있었다. 꼼짝 못할 증거를 거푸 들이미는 데도 끝까지 시치미를 떼는 작태(作態)가 안쓰럽기까지 했다.

◆

급보를 듣고 설마하며 경찰서를 찾았다가 유치장에서 재희와 대면한 순간 종창은 망연자실해 그 자리에 주저앉고 말았다. 재희는 쇠창살을 움켜쥐고 울분에 떨어야 했다.

"아버지, 저 오해받고 들어왔어요. 금방 나갈 거니까 걱정 말고 집에 가계세요."

"헌병대 가기 전에는 나와야……."

종창은 의연해지려 안간힘을 쓰느라 말도 맺지 못했다. 굳이 해명을 않더라도 재희의 결백을 못 믿는 바 아니지만 군인 신분이라 방어 기회나 제대로 주어질지 의문이었다. 내일까지 석방되려면 한시가 급한 터라 종창은 아쉬운 대로 재희의 어깨만 두드려 주고 면회실을 나왔다.

종창은 일찌감치 근호에게 의지하고 있었다. 이 냉혹한 세상에 재희의 결백을 믿어 줄 사람이 또 있다는 것만으로도 적잖이 위안이 됐다. 재희 주변을 누구보다 잘 아는 근호라면 누명을 벗겨 줄 단서도 금방 찾을 것 같아 얼른 전화를 걸어 너만 믿는다고 신신당부했다.

종창은 이번 사태가 거대한 음모의 연속선상에 있는 느낌을 떨칠 수 없었다. 많은 체육관원들이 일시에 빠져나간 것도 그렇거니와 재희가 중죄인의 누명을 덮어 쓴 것 역시 극히 이례적인 사건이니 말이었다.

아주 작은 확률값 둘을 곱하면 0이나 마찬가지여서 우연한 사건이 계속 일어나기란 불가능한 법이었다. 이는 도박꾼이 절대 돈을 딸 수 없는 원리이기도 하다. 두 우연이 동시에 혹은 연속해서 발생했다면 서로 무관한 게 아니라 종속 관계임을 암시하는 것이었다. 마침내 종창은 그에게 닥친 불운의 연속을 누군가의 기획에 의한 필연으로 규정했다.

경찰서를 나올 때부터 줄곧 누군가 뒤따라오는 걸 알면서도 종창은 그다지 개의치 않았다. 미행하는 자가 굳이 몸을 숨기려는 기색을 드러내지 않은 까닭이었다. 상대가 거리를 좁혀 오는 것과 부응해 보폭을 줄이자니 귀에 익은 묵직한 목소리가 어깨를 짚어 왔다.

"관장님, 저 좀 잠깐만 보실래요?"

준태의 부름에 종창은 주먹부터 거머쥐었다. 재희에게 누명을 씌운 자들의 정체가 백일하에 드러난 순간이었다.

"걱정 많이 되시죠? 체육관만 넘겨주시면 저희가 다 해결해 드리겠습니다. 성폭행은 피해자가 합의만 해 주면 무죄거든요. 제가 피해자를 아주 잘 압니다."

그들이 재희를 곤경에 빠뜨린 것이 체육관을 뺏기 위한 사전공작으로 밝혀지고 보니 종창 스스로 빌미를 제공한 것 같아 억장이 무너졌다.

"미성년자 성폭행은 가중처벌까지 받는 거 아시죠?"

준태의 협박이 도를 넘어 기어이 종창의 걸음을 멈추게 했다. 그의 인내심은 이미 통제선 밖을 기웃거리고 있었다.

"계속 버티시면 아드님이 헌병대에 끌려갑니다. 거긴 사람 잡는……."

종창의 주먹이 번갯불처럼 준태 안면을 강타했다. 무방비 상태로 큰 펀치를 허용한 준태는 하마터면 차도로 나가떨어질 뻔하다 가로수 덕분에

용케 버텨 냈다. 반격 채비를 갖출 새도 없이 준태의 몸통과 안면으로 소나기 펀치가 날아들었다. 스피드는 여전했지만 세월 따라 무뎌진 종창의 주먹인지라 준태 같은 거한(巨漢)에겐 어지간히 견딜 만했다. 종창의 공격 패턴까지 간파한 준태는 큰 주먹만 피해 가며 요령껏 맞아 주고 있었다.

상대가 때리다 지칠 때까지 꾸역꾸역 맞아 준 보람도 없이 준태는 날 죽이기 전에는 체육관에 한 발짝도 못 들어온다는 으름장이나 들어야 했다. 나름 치밀하게 계획한 승부수가 수포로 돌아가고 보니 난감해 어쩔 줄 몰랐다. 윤 사장에게 보고할 일이 꿈만 같았다.

종창은 불구대천의 원수를 실컷 두들겨 패고도 속이 후련해지기는커녕 기분만 더 우울해졌다. 복서에게 헌법보다 상위에 군림하는 불문율(不文律)을 어긴 죄의식이 아들 걱정만큼이나 그의 가슴을 옥죄고 있었다.

두 번씩이나 민간인에게 주먹을 휘두른 죄과를 어떻게 치러야 할지 종창은 알 수 없었다. 지난번엔 상대가 현행범이란 이유로 용서를 받았다지만 이번엔 저항의지도 없는 상대를 일방적으로 폭행했으니 법정 최고형을 선고받아도 할 말이 없었다.

체육관을 뺏길 수도 재희를 그냥 내버려 둘 수도 없는 판국에 아무것도 할 수 없으니 답답하다 못해 차라리 마음이 홀가분해졌다. 무의식중에 종창은 점점 대범해지고 있었다.

성지 순례자처럼 느릿느릿 체육관 부근까지 걸어온 종창은 나름 비장의 타개책을 강구해 놓고 큰길 건너편의 법무사 간판을 주시하고 있었다. 당장 결행하기로 했다.

모처럼 아침을 든든하게 먹고 체육관에 나가려다 종창의 전화를 받은 근호는 허둥지둥 외출복으로 되갈아입고 있었다. 어저께 유독 어두웠던 재희 얼굴에서 이상한 낌새를 감지하고도 한나를 의식해 그냥 지나쳐 버린 것이 두고두고 마음에 걸렸다. 재희가 군인 신분임을 상기한 근호는 제 풀에 안달이 나 황급히 문을 박차고 나갔다.

면회 올 걸 예상이나 했다는 듯 재희는 무덤덤하게 창살 쪽으로 걸어 나와 근호 앞에 마주섰다. 당당하진 못하지만 딱히 주눅 들지도 않은 표정이 제법 달관자다운 풍모를 드러내고 있었다.

밤새 핼쑥해진 재희 얼굴을 애처로이 바라보는 동안 근호는 자신이 창살 안에서 재희의 면회를 받는 듯한 착각에 휩싸였다. 자책감을 견디다 못해 재희의 시련을 대신해 주고 싶은 심정이 무심결에 자기최면을 걸어 버린 것이었다.

속죄와 참회의 시간이 무거운 침묵 사이로 흘러가는 동안 근호의 마음 깊은 곳에서 한 떨기 백합이 피어나 그윽하게 향기를 흩날리고 있었다. 재희에게 극진한 보살핌을 받았다는 기쁨이 씨앗이 돼서 거둬낸 수확이었다. 유토피아의 세계에서나 존재할 절대 기쁨을 맛본 만큼 정신적 부채가 딸려 와 근호 얼굴에 비장감이 서리게 했다.

면회시간이 절반이나 지나서야 근호는 쇠창살을 움켜쥐고 재희를 다그치기 시작했다.

"왜 그랬어?"

"……."

"내가 괜찮다고 했잖아?"

"난 괜찮을 수가 없었어!"

근호의 닦달에 덩달아 감정이 격해지면서 재희 가슴에 응어리져 있던 말이 시원스레 쏟아져 나왔다. 근호에겐 더 이상 아무 말도 필요치 않다. 재희를 수렁에 빠뜨린 자들을 찾아내 응징하는 것만이 지상과제로 남게 됐다.

근호는 재희의 몰골을 요리조리 뜯어보며 범인의 흔적을 찾아 나섰다. 윤기가 흐르던 양쪽 볼이 멍든 것처럼 거무데데해지고 턱 언저리와 목덜미 곳곳에 검붉은 반점(斑點)이 돋아나 있었다. 재희의 몸이 한바탕 격랑(激浪)에 휩쓸렸음에 의심의 여지가 없었다.

"어젯밤에 무슨 일이 있었는지 기억나는 대로 다 말해 봐."

근호 휴대폰에서 음성녹음 앱이 실행됨과 동시에 재희는 나이트클럽에서 장미를 만난 장면부터 털어놓기 시작했다.

윤 사장은 풀이 죽을 대로 죽은 준태 앞을 하이에나처럼 어슬렁거리고 있었다. 두 사람을 번갈아 응시하는 사무라이 표정이 지뢰밭에 들어온 듯 좌불안석이었다.

"내 밑에서 일한 지 얼마나 됐나?"

"올해 딱 십 년째입니다."

"그렇게 믿고 키워 줬는데, 일을 그따위로밖에 못해?"

"아들이 잘못돼도 체육관은 못 넘긴다니까 어떻게 해 볼 도리가 없었습니다."

한 번만 기회를 더 달라 애원해도 모자랄 판에 푸념이나 늘어놓으니 윤 사장은 격분하다 못해 재떨이를 덥석 집어 들고 준태의 머리를 겨냥했다. 사태가 이쯤 되자 사무라이는 아껴 뒀던 카드를 빼들고 전면에 나섰다.

"사장님, 진정하십시오. 저한테 복안이 있습니다."

윤 사장은 이심전심 어감만으로 사무라이의 의중을 읽어 냈다. 정상적인 방법으로 체육관을 인수하긴 어렵다고 보고 특단의 대책을 강구하던 터에 사무라이가 알아서 나서주니 내심 대견하기 그지없었다. 재떨이를 내려놓고 소파에 정좌(正坐)한 윤 사장은 두 심복들에게도 자리를 권하며 부연 설명을 재촉했다.

"이종창 관장이 오늘 하루 종일 법무사를 들락날락 했습니다. 우리가 체육관을 담보로 잡을까 봐 미리 상속해 두려는 게 분명합니다."

"그래서?"

"두 부자 놈 모두 없애는 게 좋을 것 같습니다."

윤 사장 얼굴에 당황한 기색이 역력했다. 종창의 아들까지 거론할 줄은 예상 못한 까닭이었다. 내친김에 후환(後患)마저 없애려는 사무라이의 치밀함과 대범함에 전율도 느껴졌다.

조직의 역량을 감안하면 사람 둘을 제거하는 정도야 대수도 아니겠지만 윤 사장은 한 수 앞을 더 내다보고 있었다. 일가족 몰살이라는 사건 특성상 사회적 관심사로 부각될 공산이 커 보였다. 나이가 오십 줄을 넘어서고부터 윤 사장은 확실성과 안전성이 상충할 경우 대개 후자에 우선순위를 두곤 했다.

"이종창과 제일 가까운 친척이 누구지?"

"이대(二代)째 외아들 집안입니다."

"그럼 체육관을 따로 빼돌릴 데도 없으니까 아들까지 건드리진 마라. 그런 애송이는 일주일만 괴롭히면 나가떨어지게 돼 있어."

"듣고 보니 그 편이 훨씬 안전하겠네요. 제가 아직 많이 배워야겠습니다."

"뒤탈 없이 잘 처리할 수 있겠나?"

"여부가 있겠습니까. 준태하고 똑똑한 애들 두 명만 더 붙여 주시면 됩니다."

윤 사장은 준태를 응시하며 고개를 끄덕여 보였다. 새로 부여받은 임무의 무게감 때문인 듯 준태는 폭력배답지 않게 몸을 바짝 움츠리고 있었다.

윤 사장은 체육관 인수에 박차를 가함과 동시에 한나에게도 총공세를 펼치고 있었다. 한나에게 집착하고부터 이른바 쉬운 여자들은 일절 멀리해 온 그였기에 독이 오를 대로 올라 있었다. 오늘밤 최후의 일전을 앞둔 윤 사장은 작전 점검차 민석과 성동을 호출했다.

어스레해진 퇴근길 버스에서 내려 마트로 향하는 한나 발걸음이 더없이 무거워 보였다. 재희가 미성년자 성폭행 혐의로 경찰서에 구금돼 있다는 소식을 전해 들은 까닭이었다. 경찰 조사에 착오가 있었으리라 추정하고 당장 면회를 갈까 하다가 행여 사실이면 어쩌나 하는 노파심에 발만 동동

구르고 있었다. 오늘이 마침 부모님 기일(忌日)이라 재희 생각만 하고 있을 수도 없었다.

마트 맨 안쪽 정육 코너에서 고기를 주문해 놓고 휴대폰을 만지작거리는 강민의 모습이 한나의 심기를 들었다 났다 했다. 음식재료가 가득 담긴 장바구니를 옆에 둔 건 대견스러웠지만 몸에 꽉 끼는 반바지와 민소매 차림이 여간 눈에 거슬리는 게 아니었다.

"옷차림이 그게 뭐니? 오늘 무슨 날인지 몰라?"

"누나, 제사 한 번만 빠지면 안 될까? 알바 자리 좋은 데 구했는데 오늘부터 나오래."

"무슨 알반데?"

"외국인 전용 카지노야. 시급(時給) 만 원이나 준대."

"열두 시까지도 못 들어와?"

"새벽에라야 올 것 같아."

부모님 제사조차 제대로 못 모시는 현실이 서글프긴 해도 생계가 우선이니 어쩔 도리가 없었다. 강민이 권투를 다시 할까 봐 가슴 졸이던 터에 다른 일자리를 구했다니 그것만으로도 한나에겐 감지덕지였다.

한나는 혼자 장바구니를 끌고 집으로 가다 근호의 전화를 받았다. 그의 체중 실린 목소리가 울려 나오자 바람마저 잦아드는 듯했다.

"재희한테 문제 생긴 거 알고 있지? 미안해, 다 나 때문이야."

"어떻게 된 건데?"

"재희는 절대 나쁜 짓 안 했으니까 안심해도 돼. 누군가 꾸민 짓이야."

"어떻게 알았어?"

"재희가 그랬어. 나한텐 거짓말 못하거든."

재희의 결백과 연관된 물증을 아직 확보하진 못했지만 근호는 적어도 한나를 안심시킬 만큼의 심증은 굳히고 있었다.

"이것만은 꼭 알아 둬. 재희한테 여자는 절대 너 하나뿐이야."

한나의 모든 시름을 일거에 날려 보낸 한마디였다. 두 친구의 각별한 관계상 재희가 한 말과 달리 들리지 않았다.

한나는 근호에게 뭔가 가르침을 받고 있는 기분이었다. 자신을 외면해 버린 여자에게 사랑의 메신저 노릇까지 마다하지 않는 그를 가까이서 지켜보자니 불가(佛家)에서 말하는 해탈(解脫)의 경지란 바로 이런 모습이 아닐까 싶었다.

"근호야, 너한테 정말 미안했어."

"난 더 미안해."

진심 어린 근호의 사과였지만 대상이 누군지는 명확치 않았다. 재희가 나 때문에 방황하고 있으니 제발 버리지는 말아 달라 애원하고도 싶었다.

한나는 근호와 통화하고 생기를 되찾아 노래까지 흥얼거리며 집 앞에 다다랐다. 장바구니를 내려놓고 번호키를 누르는데 등 뒤에서 인기척이 들리나 싶더니 익숙한 남자 목소리가 가슴을 철렁 내려앉게 했다.

"뭘 이렇게 많이 샀어? 돈 없다는 거 다 거짓말이었네."

민석과 성동의 출현을 인지한 즉시 한나는 문 앞을 막아섰다. 이제부터는 물어뜯고 싸워서라도 이들이 집 안에 발을 못 들이게 할 참이었다.

"제가 그쪽 사장님 직접 만나 볼 테니까 더 이상 오지 마세요."

"많이 컸네. 안 그래도 사장님이 지금 좀 보자시니까 같이 가자."

한나는 마침 잘됐다고 생각했다. 이참에 윤 사장 면전에다 채무 변제 외의 다른 요구에는 일체 응하지 않으리라 선포해 버리기로 했다.

한나의 용기는 오기(傲氣)의 발로가 아니었다. 동물 복제 연구 능력이 정상급에 이르러서는 채무액 자체가 별반 크게 여겨지지도 않았다.

민석과 성동을 따라 룸살롱 복도에 들어선 한나는 윤 사장에게 해 주고 싶었던 말을 하나하나 곱씹어 보다 속이 메스꺼워 그만둬 버렸다. 처음 맡아 보는 불쾌한 냄새가 머리까지 어지럽게 하는 통에 한나는 문득 이곳 공기의 구성 성분이 궁금해졌다. 니코틴, 알코올, 화장품, 갖가지 향수 입자들이 속속 감지됨에 따라 복도 양편에 늘어선 방에서 어떤 풍경이 펼쳐질지 어렴풋이 그려졌다. 하수구처럼 눅눅하고 칙칙한 공기가 화려한 내부 인테리어와 극명하게 대조를 이루는 꼴이 마치 이곳을 드나드는 사람들의 내면과 겉모습의 괴리(乖離)를 그대로 보여 주는 것 같아 한나는 실소(失笑)를 참지 못했다.

복도 끄트머리의 큰 방 앞에 이르자 건장한 사내 네댓이 마중을 나왔다. 차림새로 보나 행동거지로 보나 모두 같은 규격으로 조립한 로봇 같았다.

사내들을 따라 들어가 윤 사장과 눈이 마주친 순간 한나는 얼떨결에 머리부터 조아렸다. 인사 따윈 안 하기로 작정하고 왔지만 위압감을 이겨 내는 것이 생각처럼 쉽지 않았다. 악한(惡漢)에게 인사한 걸 자책하느라 한나는 고개도 다시 못 들고 묵념하듯 서 있었다.

민석의 닦달에 못 이기는 척 윤 사장과 마주앉은 한나는 시선을 테이블 가운데 던져 놓고 미동도 하지 않았다. 가당찮은 말이 한마디라도 나오면 즉각 반격에 나설 태세였다.

여왕벌처럼 도도해 보이는 한나 모습이 윤 사장의 야욕에 기름을 붓고 있었다. 돈다발이나 협박 따위의 상용(常用) 수단이 안 통할 것 같은 여자가 그에게는 생소한 만큼 한층 구미가 당긴 것이었다. 윤 사장은 필살기를 터트리기에 앞서 탐색전부터 개시했다.

"특별히 사정 좀 봐주겠다는데 아직도 생각 중이라며?"

"무슨 사정을 말씀하시는지요? 동생이랑 열심히 일해서 빚은 꼭 다 갚을 겁니다."

어느 정도 저항은 예상했었지만 기계음 같은 한나 말투에서 멸시와 조롱이 진득하게 우러나오자 윤 사장은 금방 표정이 일그러졌다. 불편해진 심기를 추스를 새도 없이 한나의 공세가 이어졌다.

"채무자한테도 기본권은 있습니다. 무단 주거침입에 폭행까지 당해 가며 참고 살았지만 앞으로는 법적으로 대응하겠습니다."

한나의 서슬이 절정에 달한 지금이 히든카드를 꺼낼 절호의 타이밍으로 포착됐다. 윤 사장의 지시를 받은 민석이 한나 앞으로 성큼 다가와 알따란 브로슈어 하나를 내려놓고 갔다. 얼핏 고급 음식점의 메뉴판 같기도 했다.

"사거리 쪽에 호스트바를 하나 오픈했는데 반응이 아주 좋더라."

"그게 저랑 무슨 상관이죠?"

"그 브로슈어 한번 훑어 봐. 널 여기까지 부른 이유를 알게 될 테니까."

한나는 표지를 넘기자마자 소스라치게 놀라며 책자를 덮어 버렸다. 커다란 키의 미소년이 짧디 짧은 팬티로 급소만 겨우 가린 사진이 뇌리에 잔상으로 남아 있었다.

"예술 작품으로 생각하고 계속 감상해 봐. 네가 꼭 봐야 할 부분이 있어."

한나는 성희롱을 당하는 것 같아 분노가 치밀었지만 이왕 여기까지 온 바에야 진흙탕 싸움까지 감수하기로 하고 다시 책자를 집어 들었다. 면전에서 태연하게 이런 사진도 볼 수 있을 만큼 상대방을 하찮게 여긴다며 놀려 주고 싶은 심리도 용기를 내는 데 한몫 거들었다.

만화책을 넘기듯 자연스럽던 한나의 고운 손이 대여섯 페이지쯤에서 사시나무처럼 떨리기 시작했다. 눈을 뚫고 들어온 사진 한 장이 머릿속에 회오리바람을 일으키는 동안 지금껏 모든 역경을 이기게 해 준 버팀목이 토막토막 잘려 나가고 있었다. 벌겋게 상기된 얼굴로 윤 사장을 노려본 한나였지만 떨리는 입술 사이로 치아가 부딪히는 소리만 들릴 듯 말 듯 새어 나왔다.

테이블 위에 펼쳐진 사진 속에서 강민이 제법 멋진 몸매를 선보이며 활짝 웃고 있었다. 몸에 꽉 끼는 삼각팬티 끝에 음경의 윤곽이 도드라져 보였다. 한나는 기어코 울음을 터트리며 밖으로 뛰어나갔다.

한나의 흐트러진 뒷모습을 바라보는 윤 사장 입가에 야트막하게 웃음이 패였다. 백 마디 유혹이나 협박보다 충격적인 장면 하나가 인간의 내면을 무너뜨리는 데 효과적이란 그의 지론(持論)은 이번에도 여지없이 들어맞았다. 고개를 치켜든 채 자아도취에 빠진 윤 사장 모습이 송곳니로 독을 주입해 놓고 먹이의 맥박이 멎기만 기다리는 코브라를 연상케 했다.

근호는 재희를 면회하고 와서 어두컴컴해질 때까지 컴퓨터와 씨름했다.

재희에게 유리한 증거들을 차곡차곡 모으다 보니 인터넷이 지식과 정보의 보고(寶庫)라는 세간의 찬사가 피부로 감촉됐다. 재희의 무죄입증에 자신이 생긴 근호는 동화속 보물선의 선장처럼 포만감에 취해 있었다.

재희 기억에 따르면 어젯밤 그가 마신 술은 양주 반병과 맥주 두 잔으로 성인 남자의 평균 주량 정도였다. 학과의 대표 주당이었던 재희가 그 정도로 필름이 끊어졌다면 누가 들어도 설득력이 없었다. 재희의 필름은 저절로 끊긴 게 아니라 누군가에 의해 강제로 끊겼을 공산이 컸다.

밤새 재희 몸에 생긴 변화들 역시 가해(加害)의 결과물이 틀림없었다. 목과 턱 언저리에 돋아난 반점들과 곰팡이가 슨 듯 푸르댕댕한 얼굴은 전형적인 약물 남용 증상임을 알려 주는 인터넷 기사가 수백 건에 달했다.

근호가 추리한 사건의 전말(顚末)은 대략 이러했다. 어젯밤 나이트클럽에서 어떤 여자가 의도적으로 재희에게 접근해 몰래 약을 먹이고 한바탕 성폭행 코스프레를 벌인 것이었다. 꽃뱀 일당의 덫에 걸려들긴 했지만 이제 누명을 벗는 건 시간문제일 뿐이었다. 도핑테스트 한 번이면 충분할 테니 말이었다. 긴장이 풀리기가 무섭게 졸음이 쏟아져 왔다.

밤늦은 시각 준태는 사무라이의 지시에 따라 부하 둘을 데리고 체육관 주위가 훤히 내려다보이는 건물 옥상에서 종창이 나타나기만 기다리고 있었다. 제아무리 지하 세계에서 잔뼈가 굵은 준태라도 임무를 위해 살인도 불사하는 사무라이의 강단(剛斷) 앞에 몸을 낮추지 않을 수 없었다. 늦깎

이로 들어와 상전 행세를 하던 그가 늘 못마땅했었지만 오늘부로 군말 없이 따르기로 했다.

임무수행 중에 피치 못해 사람을 해친 적은 더러 있어도 오늘처럼 작정하고 나선 건 처음이라 준태는 적잖이 긴장하고 있었다. 오늘만큼은 한물 간 중년의 사내 한 명이 다른 조직의 행동 대장들보다 버거운 상대였다.

준태는 담배연기를 뼛속 깊숙이 들이마셨다 내뿜으며 오늘 임무의 의미를 되새겨 봤다. 체육관 자리에 새로 들어선 유흥주점이 날마다 문전성시를 이루면서 조직의 위상이 드높아질 터였다. 조직의 운세까지 들먹이자니 공포나 죄책감 정도는 사소한 장애물 같기도 했다. 준태 마음속에 남아 있던 일말의 양심이 담배꽁초와 함께 발바닥 밑에서 짓뭉개졌다.

종창은 자정 무렵에야 술에 취해 비틀거리며 체육관 앞에 나타났다. 부하들에게 작전명령을 하달한 준태는 무장 해제된 적의 모습을 내려다보며 회심의 미소를 짓고 있었다.

종창은 달빛이 희뿌옇게 새어든 체육관을 구석구석 둘러보다 라커룸 앞에 주저앉아 흐느끼기 시작했다. 오늘은 그의 생애 가장 바빴던 하루였다. 체육관 등기 이전에 필요한 서류를 구비하느라 진종일 집과 주민 센터와 법무사를 들락날락 했다.

막상 체육관을 근호 명의(名義)로 옮겨 놓고 보니 너무 큰 짐을 떠맡긴 것 같아 저승의 친구 볼 낯이 없어졌다. 먼저 간 친구에게 원망을 들으려니 맘 편히 죽을 수도 없었다.

종창은 흐느적흐느적 관장실로 들어와 불을 켜고 유서(遺書)를 꺼내 책상 위에 펼쳐 놓았다. 등기이전 신청을 해 놓고 돌아오는 길에 골목 술집에서 소주를 벗 삼아 작성한 것이었다. 유서 위로 눈물이 떨어져 얼룩이 사방으로 번져 갔다.

종창은 유서 말미에 훗날 체육관을 처분하거든 재희와 근호 둘이 반반씩 나눠 가지라 일러두고 다시 라커룸 쪽으로 나왔다. 그렇게나마 친구 볼 면목을 세워 놓고서야 종창은 줄넘기로 올가미를 엮고 의자에 올라서서 천장에 매달았다.

밖에서 종창의 동태를 예의주시하던 준태는 포커 패라도 잡은 것처럼 쾌재를 부르고 있었다.

"잘하면 손 안 대고 코 풀겠네."

종창은 올가미에 목을 걸고 뒷발질로 의자를 밀어내려다 멈칫했다. 유서에 중요한 내용을 또 빠트린 까닭이었다. 늘 재희에게 해 주고 싶었던 말이 저승길로 들어서기 직전에야 떠오른 것은 무슨 연유인지 알 수 없었다.

이대로 죽는다면 으레 공원묘지의 아내 옆에 매장되겠지만 그것은 종창이 원하는 장례 절차가 아니었다. 화장(火葬) 후에 골분(骨粉)을 아내의 봉분에다 골고루 뿌려 주는 것이 그가 진정 바라는 바였다. 친정 부모에게 버림을 받으면서까지 권투선수에게 시집왔다가 짧은 생을 마감한 아내를 다음 생애엔 꼭 상전으로 받들 요량이었다. 이 애틋한 사연이 세상 사람들의 입에 두루 회자됐으면 하는 마음 간절했다.

아내를 떠올리면서 종창의 심경에 미묘한 변화가 생겼다. 이대로 죽었다간 하나뿐인 자식이 전과자가 되도록 내버려 뒀다며 저승의 아내에게 문전박대를 당할 것 같았다. 어떻게든 재희를 장가보내 반듯하게 살도록 해 놓고 가야 아내의 원성은 안 들을 성싶었다. 그제야 종창은 뒤꿈치를 들고 올가미에서 목을 빼냈다.

경솔했던 자신을 꾸짖으며 의자에서 내려오려 발을 막 들었을 때였다. 특수공작원 복장의 사내들이 득달같이 달려 들어와 종창의 두 팔을 등 뒤로 꺾어 제압했다. 준태는 저항하는 종창의 목덜미를 잡아채 올가미에 되걸어 놓고 의자를 멀찌감치 밀어냈다.

종창의 몸이 미역줄기처럼 늘어지자 준태는 관장실로 들어가 유서를 챙겨 들고 나왔다. 도둑고양이마냥 슬금슬금 밖으로 나온 그들은 만능 열쇠로 출입문을 잠가 놓고 CCTV 사각지대(死角地帶)를 따라 어둠 속으로 유유히 사라져 갔다.

강민은 새벽녘에야 어슬렁어슬렁 귀가했다. 번호키를 살며시 누르고 빠끔히 들여다본 집 안에 어제 샀던 식자재들이 장바구니에 그대로 담긴 채 방치돼 있었다. 불길한 예감에 강민은 격투 준비부터 하고 문을 열어젖혔다.

안으로 들어서자마자 왼쪽 뺨에서 번갯불이 번뜩였다. 어찌나 모질게 후려쳤던지 한나의 손이 더 아플 지경이었다.

"나가! 당장 나가서 죽어 버려!"

한나의 절규는 비명에 가까웠다. 호스트바에서 일한 게 탄로 났음을 직감한 강민은 이대로 줄행랑칠까 하다가 누나의 화만 더 키울 것 같아 체념해 버렸다.

"나가라니까! 난 너 같은 동생 둔 적 없어!"

한나는 강민의 팔을 잡아끌다 제풀에 지쳐 주저앉고는 아무 물건이나 손에 잡히는 대로 집어던졌다. 누나가 이성을 잃은 모습을 처음 본 강민이지만 그다지 충격적이진 않았다. 예전에 빚쟁이에게 서점을 뺏기고 길바닥에 주저앉아 울부짖던 모친의 모습이 그대로 겹쳐 보인 까닭이었다.

◈

근호는 아침 일찍부터 경찰서 앞을 서성이다 업무시작과 동시에 면회를 신청하고 한달음에 유치장까지 달려왔다. 재희 앞으로 불쑥 내민 그의 손에 박카스 병이 쥐어져 있었다.

"여기다 오줌 좀 싸 줘."

"무슨 뚱딴지같은 소리야?"

"그젯밤에 걔들이 너한테 약 먹인 게 분명하니까 검사 한번 해 보자."

재희 눈이 모처럼 번뜩였다. 장미가 목이 마르다며 맥주를 주문해 놓고 정작 자신은 한 모금도 안 마신 것이 이제야 꼼수로 복기(復期)됐다. 여태 그 생각을 왜 못했는지 갈수록 부아가 치밀었다.

시간을 더 지체하다간 도핑테스트에서 음성 반응이 나올지도 몰랐다. 근호가 바짝 다가와 감시자의 시선을 차단한 틈에 재희는 얼른 병마개를 열고 바지 지퍼를 내렸다.

따끈따끈해진 병을 넘겨받은 근호는 주먹을 불끈 쥐어 보이고 황급히 돌아섰다. 한줄기 회오리바람처럼 달려 나가는 근호 모습이 재희 눈에 일당백의 기마병 같았다.

쓰나미처럼 강력계 사무실로 들이닥친 근호였지만 담당 형사가 웬 걸그룹풍 미소녀와 대화 중이라 별수 없이 차례를 기다려야 했다. 근호와 장미는 피차 타인으로 그렇게 처음 마주쳤다. 문 앞에서 안절부절 설레발을 치던 근호는 장미가 일어서기가 무섭게 형사 앞으로 달려와 책상머리에 박카스 병을 턱하니 내려놓았다.

"뭐야?"

"이재희의 소변입니다. 재희한테 약물중독으로 의심되는 증상이 여러 군데 있습니다. 도핑테스트 꼭 해 봐야 합니다."

"피해자가 방금 고소를 취하했어. 오늘 중으로 풀려날 거야."

근호는 앞서 형사를 찾아온 미소녀가 재희를 유혹한 범인임을 직감하고 즉각 추격에 나섰다. 오줌 병을 가져가라는 형사의 호통도 들리지 않았다.

로켓포처럼 경찰서를 튀어나온 근호는 고함까지 질러 가며 멀찌감치 앞서가는 장미를 전속력으로 뒤쫓았다.

"어이 꽃뱀, 나 좀 잠깐만 봐!"

장미가 걸음을 재촉해 대로에 들어서자 고급 승용차 한 대가 그녀 앞에서 급정거했다. 장미는 멀리서 헐레벌떡 전력 질주해 오는 근호를 흘깃 한 번 쳐다보고 사뿐히 승용차에 올라탔다.

상대가 작정하고 도망치니 따라잡을 재간이 없었다. 추격을 포기한 근호는 홧김에 휴대폰을 꺼내 승용차 번호판을 클로즈업 해 놓고 셔터를 눌러 댔다.

승용차 운전석의 곱슬머리는 근호를 본 다음부터 그에게서 눈을 떼지 못하고 있었다. 장미가 승차한 후에도 사이드미러 속의 근호 모습만 물끄러미 바라보던 곱슬머리는 뒤차의 앙칼진 경적 소리를 듣고서야 마지못해 가속 페달을 밟았다.

　근호는 장미의 수려한 미모 속에 음산한 기운이 서려 있는 것을 능히 감지했다. 그것은 고향 숲에서 더러 보던 화려한 색채의 독버섯 냄새와 흡사했다. 언젠가 딸기 모양의 버섯에 끌려 입에 넣고 혼수상태까지 갔다가 마침 근처를 지나던 약초꾼 덕에 구사일생으로 살아난 근호였다.

제 3 부

결투

꽃뱀 일당이 왜 갑자기 고소를 취하했는지 의아하긴 해도 재회만 풀려나면 그만이라 생각하고 근호는 곧장 체육관으로 발길을 돌렸다. 그의 마음은 벌써 한국 타이틀 매치에 가 있었다. 달포 만에 운동하는 사람답지 않게 몸도 마음도 날아갈 듯 가뿐한 지금 근호는 행인들에게 멋진 섀도복싱을 선보이며 체육관까지 달려왔다.

종창만 생각하면 가슴이 미어지던 것이 오늘은 효자가 된 기분이었다. 실의에 빠져 있을 그에게 속히 낭보를 전해 주고파 출입문을 힘껏 잡아당겼지만 왠지 꿈쩍도 하지 않았다. 고개를 갸웃거리며 올려다 본 교회당 벽시계가 11시 언저리를 가리키고 있었다.

창문 틈으로 들여다본 관내엔 적막만 무겁게 감도는 가운데 반쯤 열린 관장실 문이 주인의 존재를 알려 주고 있었다. 얼마나 의기소침했으면 가게 문까지 걸어 잠갔을까 싶었다.

"사범님! 재회 잘못한 거 없어서 오늘 나온대요."

목청껏 소리치고 문을 두드려 봐도 안에서 아무 반응이 없자 근호는 지레 불안해졌다.

"사범님! 저 시합 나갈게요!"

두 배는 더 크게 외쳐도 도통 응답이 없었다. 불길한 예감에 문을 부수고 들어갈까 하는 찰나 언젠가 체육관 간판과 벽 사이에 여분의 열쇠를 숨겨 뒀던 기억이 떠올랐다. 근호는 시커먼 먼지 더미를 헤집고 기어이 그것을 찾아냈다.

부리나케 관내로 달려 들어온 근호는 한쪽 벽 모서리에 대걸레가 세워진 걸 보고 안도의 한숨을 내쉬었다. 북어처럼 바짝 마른 꼴로 아직 주인이 일과를 시작하지도 않았다며 수군대고 있었다. 어쩌다 과음을 하면 종칠은 이튿날 오후에야 나타나곤 했었다.

무슨 운동부터 시작할지 망설이는 틈에 샌드백이 불쑥 눈길을 끌었다. 새침했던 며칠 전과 달리 해맑은 얼굴로 살갑게 손짓하고 있었다. 제풀에 신이 나서 시합 때처럼 샌드백을 두들기자니 천장에 걸린 이음쇠가 연신 삐거덕 소리를 냈다. 샌드백이 얼마나 오랫동안 방치됐는지 짐작케 하는 대목이었다. 관내가 적막해서 유난히 크게 들리는 쇳소리에 신경이 거슬린 나머지 근호는 그만 흥미를 잃어버렸다. 티셔츠에 배인 땀이 마르면서 한기가 느껴졌다.

샌드백을 등지고 몇 걸음 못 가 링 앞에서 또 감회에 젖었다. 마지막 시합 당시 관중들의 함성소리가 쩌렁쩌렁 되울려오는 통에 강민과 스파링했던 기억이 얼씬도 하지 못했다. 근호는 두 손으로 로프를 움켜쥐고 링 위로 뛰어오르고 싶은 충동을 억누르며 다짐에 다짐을 거듭했다. 아버지와 스승의 뒤를 잇는 투혼의 복서가 되리라고. 또한 입술을 깨물며 맹세했다. 반드시 그들의 한을 풀어드리리라고.

가슴가득 투지를 불태우며 라커룸 쪽으로 돌아선 순간 근호는 차에 치인 사람처럼 벌렁 뒤로 자빠졌다. 권투의 신이라도 이만큼 강한 펀치의 소유자는 아닐 성싶었다. 방금 시신경을 유린했던 장면이 왠지 허상이 아닐 것 같아 근호는 차마 고개를 다시 들 수 없었다.

머리를 감싸 쥐고 마룻바닥만 멍하니 내려다보고 있자니 신경과민으로 착시현상이 일어난 듯도 했지만 억측(臆測)일 뿐이었다. 설마하며 다시 고개를 든 근호 눈앞에 앞서 목격했던 장면이 한층 선명하고 처참하게 펼쳐져 있었다. 올가미에 목이 걸린 채 허공에 떠 있는 종창의 모습이 근호의 망막에 불도장처럼 새겨졌다. 경악과 절망과 슬픔을 위시(爲始)한 온갖 감정들이 한꺼번에 대정맥으로 합류해 심장을 터트릴 듯 설움이 북받치게 했다. 근호의 외마디 절규가 폭발음처럼 체육관을 뒤흔들었다.

경찰 버스와 순찰차가 나란히 주차된 태양체육관 앞 이면도로에 순경들이 근엄한 표정으로 꼿꼿이 서서 삼삼오오 모여든 사람들의 접근을 통제하고 있었다. 무리 중에 카메라를 든 기자도 더러 눈에 띄었다. 왕년에 동양챔피언을 지내고 범국민적 성원 속에 세계 정상을 노크했던 인기 복서가 급사한 만큼 일부 언론의 관심을 끈 모양이었다.

근호의 신고를 받고 출동한 형사는 버스 안에 마련된 임시 수사본부와 체육관을 분주히 오가며 현장 조사를 지휘하고 있었다. 종창이 한때 우상이기도 했거니와 그의 이력을 잘 아는 경찰서장이 특별지시까지 하달한 터라 형사는 남다른 각오로 사건 해결에 임했다.

최초 발견자인 근호에게 혐의가 없음을 확신한 형사는 술집주인과 법무사를 참고인으로 불러 놓고 번갈아 신문(訊問)하고 있었다.

"어제 초저녁부터 혼자 술을 마셨어요. 편지 같은 걸 쓰면서 울기도 했습니다."

"채무 상속을 어떻게 피하는지 꼬치꼬치 캐묻더니만 저 건물 명의를 아들 친구 앞으로 옮겨 달라 했습죠."

"빚이 얼마나 됐나요?"

"원금만 2억 가까이 되고 사채라서 이자가 무섭게 늘고 있었어요."

이 대목에서 형사의 서슬이 급격히 무뎌졌다. 투지 넘치던 그의 얼굴에 체념의 그림자가 덧씌워지고 있었다. 참고인들이 모두 돌아가자 체육관에서 순경 하나가 달려 나와 현장 상황을 보고했다.

"외부 침입 흔적은 없고, 사망자와 목격자 외에 다른 지문도 안 나왔습니다."

"모두 철수시키고 국과수에 부검 신청해."

형사 목소리에 위엄은 여전했지만 구색일 뿐 타살 가능성은 거의 배제돼 있었다. 예전에 최고 인기를 구가(謳歌)하던 권투가 소외 종목으로 전락하는 통에 유명 지도자들조차 생계를 위협받는 현실이 착잡하기만 했다.

종창의 시신이 들것에 실려 나와 구급차로 옮겨지는 동안 형사는 자세를 정중히 고쳐 잡고 있었다. 그 언젠가 먼 이국땅에서 치른 세계 타이틀 매치에서 시종 우세한 경기를 펼치고도 편파(偏頗) 판정의 희생양이 되서는 링 바닥에 주저앉아 서럽게 울던 종창의 모습이 형사 뇌리에 오래도록 머물렀다.

근호는 점심 무렵부터 경찰서 앞을 전전(轉轉)하다 오후 늦게야 재희와 재회했다. 재희의 눈두덩이 벌에 쏘인 것처럼 부어올라 비보(悲報)를 접해도 벌써 접한 것 같았다.

재희를 마중해 돌아오는 내내 근호는 교도소로 끌려가는 심정이었다. 한나에게 집착하느라 종창의 손을 뿌리쳤던 자신이 생각할수록 미워졌다. 종창에게 친아들 못지않게 보살핌을 받은 기억들이 새록새록 떠올라 차마 재희를 위로할 엄두도 나지 않았다.

"재희야, 미안해. 다 나 때문이야."

"너도 자살하셨다고 생각해?"

"타살 증거가 하나도 안 나왔다니까……."

"증거? 나한테 아무 말도 안 남기셨거든. 그보다 확실한 증거는 없어."

"아직 조사 중이니까 좀 더 지켜보자."

"난 경찰들 안 믿어."

흰자위가 불그죽죽하게 충혈된 재희의 눈망울이지만 초점만큼은 어느 때보다 또렷했다. 재희가 분을 못 이겨 돌발행동이라도 할세라 근호의 근심만 깊어갔다.

오렌지 빛 석양을 등지고 나란히 걸어가는 두 친구 모습이 대해(大海)를 표류하는 조각배마냥 처량해 보였다. 그들의 늘어진 어깨위로 저녁 찬바람이 구슬피 스쳐 지나가고 있었다.

◆

윤 사장은 준태와 사무라이를 앞에 앉혀 놓고 그들이 갖다 준 서류를 조목조목 훑어보고 있었다. 종창의 유서와 체육관 등기이전신청서 사본이었다. 윤 사장 표정이 구겨질 대로 구겨지는 것과 정비례로 점점 사색이 돼 가던 준태 얼굴에 기어이 종이뭉치가 날아들었다.

"박근호란 놈이 누군지 여태 몰랐어?"

"관장 제자 중에 한 놈인데 체육관을 그쪽으로 빼돌릴 줄은 꿈에도 몰랐습니다."

"그래서? 이제 와서 포기하자고?"

준태의 말문이 막히자 윤 사장은 습관인양 재떨이부터 덥석 집어 들었다. 진화에 나선 사무라이 표정에도 냉기가 가득 서려 있었다.

"사장님, 진정하시지요. 아직 끝난 게 아닙니다."

차분하면서도 단호한 어조가 준태부터 구해 놓고 보자는 투로 들리지는 않아 윤 사장은 못 이기는 척 재떨이를 내려놓았다.

"등기이전을 신청해도 소유권이 넘어가는 데 며칠은 걸리니까 그 전에 법무사를 족쳐서 취소시키면 됩니다. 그런데……."

"계속 해 봐."

"이종창의 제자들이 또 나서면 어차피 어렵습니다. 도와줄 대상이 없게끔 이참에 아들놈까지 없애는 게 어떨까 합니다."

"이번에도 문제없겠나?"

의문문 형식을 빌린 명령문이었다. 또 한 번의 인명살상 지시가 서릿발처럼 방 안의 공기 입자들을 숨죽이게 했다.

관장 사후(死後)에 체육관이 상속되는 대로 재희를 압박해 뺏으려던 계획이 무산돼서는 윤 사장의 대응도 안정 궤도를 이탈할 수밖에 없었다. 사람이 한계 상황으로 몰릴수록 피붙이와 재산에 집착하는 모습만 봐온 윤 사장이라 종창이 체육관을 제자에게 증여하는 것을 보고 허를 찔린 기분이었지만 그렇다고 물러설 생각은 추호도 없었다. 그 간에 들어간 노력과 비용 관계상 살인도 서슴지 않을 만큼 독이 올라 있었다.

윤 사장이 총동원령을 내리고 자리를 뜨자 사무라이와 준태는 즉시 머리를 맞댔다. 재희로 하여금 섣부른 복수극을 펼치도록 유인할 퍼즐 조각들이 하나둘 맞춰지고 있었다.

밤늦도록 아버지의 우편물과 통화 내역을 조사한 보람도 없이 재희는 범죄의 흔적을 찾아내지 못했다. 윤 사장 일당의 채무 독촉장과 문자메시지에는 의외로 상투적이고 의례적인 문구들뿐이었다. 그것을 위선으로 간주할 만한 근거는 어디에도 없었다. 체육관 운영난으로 인고의 나날을 보내던 아버지의 자취만 다큐 영화처럼 뇌리에 남아 있었다.

여타 유품에서도 특이점을 발견하지 못한 재희는 점차 자살 가능성에 무게를 두기 시작했다. 유치장에서 본 아버지의 넋 나간 모습이 자꾸 떠올라 심증을 굳히게 했다. 그젯밤에 장미의 유혹을 뿌리치지 못한 죄책감이 갈수록 뼈에 사무쳤다.

재희는 새벽녘까지 아버지 침대에 엎드려 흐느끼다 거실로 나와 가족사진을 품고 설핏 잠이 들었다. 슬며시 눈만 감았다 뜬 것 같은데 날은 벌써 밝아 있었다.

아버지 없는 세상의 첫 아침을 맞은 지금 재희는 영혼을 잃어버린 채 육신만 지구 한 모퉁이에 대롱대롱 매달려 있는 기분이었다. 이대로 다시 잠들었다 깨어나면 방황하던 영혼이 돌아오는 길에 아버지를 찾아다 줄 듯도 했다.

세 끼나 거른 배속에서 아귀들이 뛰쳐나와 재희를 흔들어 깨웠다. 창가에 어린 햇살의 강도(強度)로 어림잡은 시각을 벽시계가 그대로 가리키면서 잠결에 품었던 꿈을 단숨에 허물어 버렸다. 몽상을 떨쳐 내고 다시 본 현실 세계는 아무리 부정하려야 절망스러웠던 어제의 연속일 뿐이었다.

주인을 잃고도 표정 하나 안 변하는 물건들이 지지리도 야속해 보이는 가운데 소파 앞 테이블만 울상을 짓고 있었다. 그 위에 늘 놓여 있던 만년필이 사라진 까닭이었다. 연애시절 엄마에게 받은 선물이라며 너스레를 떨던 아버지 모습이 떠올라 눈시울을 적시게 했다.

재희는 만년필의 행방을 점쳐 보다 놀란 사람처럼 체육관으로 뛰어 내려갔다. 아버지의 유일무이한 필기구가 없어진 만큼 집 밖 어딘가에서 유서를 썼으리라 직감한 것이었다. 경찰들이 샅샅이 조사하고도 못 찾은 유서가 그의 눈에 띌 리 만무했지만 관장실 책상 위에서 만년필이 발견되자 심장이 다시 요동치기 시작했다.

누군가 아버지를 제지하지 않고서야 집밖으로 나온 만년필이 아무것도 못했을 리 없었다. 재희 머릿속에 온갖 시나리오들이 한꺼번에 떠올라 어지럽게 뒤엉켰다가 점차 하나로 수렴해 가고 있었다. 아버지는 윤 사장 일당이 원치 않는 무언가를 기록으로 남기려다 살해당했을 공산이 커 보였다.

재희는 마그마처럼 솟구치는 울분을 억누를 길 없어 무작정 거리로 뛰어나왔다. 행인들이 바쁘게 오가는 가운데 플라타너스 잎사귀들이 소소한 봄바람을 잡아타며 휘파람을 불어 대고 있었다. 아버지의 죽음을 아는지 모르는지 마냥 평온하기만 한 봄날이었다.

허기진 육체에 슬픔과 분노가 겹겹이 쌓여 가는 와중에 재희는 낯선 번호에서 보내온 문자메시지를 받았다. 등기우편이 곧 배달될 테니 수령하라는 것이었다.

채무 독촉장의 수신자가 재희로 바뀐 것부터가 심상치 않았다. 발신인은 체육관을 담보로 설정해 주지 않으면 운동기구와 가재도구까지 모두 압수하겠다는 입장을 피력했다. 체육관 강탈의 마각(馬脚)을 노골적으로 드러낸 오늘 서신은 판에 박힌 어구로 채무 변제만 재촉하던 종전 것들과는 문체(文體)부터 차원이 달랐다.

그저께까지 하루가 멀다 하고 아버지 앞으로 날아오던 우편물이 어제 갑자기 멈췄다가 오늘 다시 아들 명의로 송달됐다면 그것은 채권자 스스로 범인임을 드러낸 것과 진배없었다. 아버지를 향한 회유와 협박이 일체 먹혀들지 않으니 급기야 그를 살해하고 만만한 상속자를 새로운 표적으로 삼았을 터였다. 윤 사장 일당의 교활함과 잔혹함에 치를 뜨는 동안 재희의 분노는 하늘에 닿을 듯 증폭되고 있었다.

근호는 스승을 잃은 슬픔과 자책감으로 전전반측(輾轉反側)하며 재희를 어떻게 다독여 줄지 밤새 고심을 거듭하고 있었다. 날은 벌써 밝아왔지만 서글픈 현실만 거미줄처럼 사방에 둘러쳐졌을 뿐 탈출구는 어디에도 보이지 않았다.

당장은 장례가 우선이라 근호는 한나에게 종창의 타계를 알리고 도움을 청했다. 느닷없는 비보에 어리둥절한 한나였지만 재희에게 직접 연락받지 못해 서운한 기색을 감추진 못했다. 그끄제 밤의 일탈(逸脫)을 뉘우치느라 한나에게 부고(訃告)조차 전하지 못한 재희의 심정이 마디마디 헤아려졌다. 원인 제공자로서 책임을 통감한 근호는 즉시 재희에게 전화를 걸어 전 재산 천만 원을 모두 장례비에 보태겠다며 한껏 몸을 낮췄다.

재희의 기분은 아직 장례를 논할 단계가 아닌 듯 보였다. 경찰을 냉소하고 윤 사장 일당을 성토하는 그의 목소리가 어제보다 한층 격앙돼 있었다. 감정만 앞세우던 어제와 달리 오늘 재희의 주장은 제법 논리정연하고 설득력도 있었다. 이런저런 정황증거에 물증까지 제시하는데 근호 역시 그들이 종창을 살해했으리라 의심치 않을 수 없었다.

근호는 몸서리를 치며 분노하면서도 한편으론 무력감에 한탄해야 했다. 그들을 단죄하려면 한바탕 몸싸움이 불가피할진대 도무지 승산이 없어 보이는 까닭이었다. 그렇다고 마냥 두고 보고만 있을 수도 없었다. 체육관이 상속되면 윤 사장 일당은 종창에게 그랬던 것보다 더 악랄하게 재희를 괴롭힐 테니 무슨 대책이든 세워야 했다.

민석과 성동이 조직의 주력 행동 대원임을 상기한 순간 한줄기 희망이 보였다. 몇 분 정도의 시차를 두고 한 명씩 상대할 수만 있다면 근호는 그들을 모두 때려눕힐 자신이 있었다. 제 아무리 베테랑 폭력배라도 발차기가 여의치 않을 만큼의 거리만 유지하면 복싱 기술로 거뜬히 제압할 수 있으리라 확신했다.

근호의 달콤한 상상은 오래가지 못했다. 그들을 따로 떨어뜨려 놓을 수도 없겠거니와 한 명씩 번갈아 상대하기란 더더욱 불가능해 보였다. 생각할수록 헛된 망상(妄想)일 뿐이었다. 차라리 종창의 지인들을 찾아다니며 도움을 청하는 편이 나을 듯싶었다.

점심 무렵 강민은 서리 맞은 풀포기마냥 어깨를 늘어뜨리고 비실비실 체육관으로 걸어가고 있었다. 한나가 출근하자마자 민석과 성동에게 불려 나간 그는 여태 갖은 폭행과 협박에 시달리다 돌아오는 길이었다. 혼자만 나오라기에 이제 누나는 안 건드리려나보다 싶어 안심하고 나갔건만 오늘 강민이 받은 내면의 상처는 어느 때보다 깊고 쓰라렸다.

호스트바를 그만두면 누나를 유흥업소에 넘기겠다고 으르는 통에 강민은 난생 처음 살의(殺意)를 느낄 만큼 분노했다. 마음 같아선 그들 아지트에 총기 난사라도 해 버리고 싶지만 그마저 여의치 않으니 지푸라기라도 잡자는 심정으로 재희를 찾아 나선 것이었다.

애초에 근호를 구세주로 점찍었다가 누나와의 일이 마음에 걸려 생각을 바꿨다. 사안이 사안이니 만큼 누나의 연인되는 사람과 대책을 궁리할 수밖에 없었다. 재희를 앞세운다면 절친인 근호역시 따라 나서리란 계산도 깔려 있었다.

한나가 윤 사장 일당에게 어떤 고초를 겪고 있는지 생생하게 전해 듣는 동안 재희는 불굴의 투사로 거듭나고 있었다. 아버지를 잃은 슬픔은 물론 성폭행범 누명을 썼던 억울함과 한나를 향한 죄책감까지 모두 분노의 용광로로 녹아들어 갔다. 그들을 응징하지 않고는 삶에 의미를 부여할 수도 없게 됐다.

두 사람은 즉석에서 복수를 기치(旗幟)로 의기투합했다. 내일을 거사일로 정하고 작전을 지시해가며 대로까지 강민을 배웅 나온 재희는 한나의 것을 쏙 빼닮은 그의 뒷모습이 까마득히 멀어질 때까지 그끄제 밤의 탈선(脫線)을 참회하며 각오를 다졌다.

재희는 아버지 유품들을 정리하다 경찰서의 전화를 받았다. 부검을 끝낸 시신을 인수해 가란 것이었다. 줄 따위에 의한 목조임 외에 다른 외상이 발견되지 않아 자살로 결론 내려진 직후였다.

재희는 단숨에 경찰서를 찾았다. 빛바랜 만년필을 꺼내 보이며 그것이 집 밖에서 발견된 의미를 역설하고, 협박성 우편물까지 들이밀며 재수사를 호소했지만 끝내 받아들여지지 않았다.

공무집행 방해로 입건하겠다는 호통을 듣고서야 재희는 문을 박차고 나왔다. 이왕이면 쉬운 쪽으로 결론지으려는 경찰들의 안일한 태도에 넌더리가 나고 진저리가 쳐졌다. 세상에 억울한 사람이 많은 것은 수사관이 범죄자보다 게으르기 때문으로 보였다. 허망한 현실에 냉소하는 동안 재희 가슴에 가득하던 분노가 조각조각 부서졌다가 승부욕으로 재조립되고 있었다. 윤 사장 일당을 응징하는 것이 이제는 복수혈전을 넘어 세상의 부조리와 싸우는 성전(聖戰)으로 격상됐다.

재희가 종창의 시신을 찾아오는 동안 근호는 어설프게나마 체육관에 빈소를 마련했다. 영정사진 속에서 환하게 웃고 있는 종창의 모습이 마지막 날의 아버지와 그렇게 닮아 보일 수 없었다. 그들의 생전에 세계 챔피언의 한을 풀어 주지 못한 것이 천추의 한으로 남았다.

부고를 돌리지도 음식을 준비하지도 못했지만 밤늦게까지 조문객들의 발길이 끊이지 않았다. 산골에 은둔하다 일찌감치 세상을 떠난 아버지와 달리 서울에서 오랫동안 후진을 양성해 온 종창이었기에 장례식장의 공기 역시 아버지 때와는 사뭇 달랐다.

어떤 문상객은 오래도록 꿇어앉아 흐느끼다 가고 더러는 바닥을 내리치며 통곡하기도 했다. 누군가 사후에 진정 슬퍼해 줄 사람이 가족 외에 한 명이라도 있다면 그 사람 인생은 성공작이라는 말이 생각나는 대목이었다. 종창의 인생이야말로 하등 남부러울 것이 없었다.

이튿날 아침 공원묘지로 발인(發靷)이 시작됐다. 아내의 봉분 옆에 마련된 구덩이에 관이 내려지자 재희와 근호는 제풀에 주저앉아 흐느끼기 시작했다. 멀찍이서 이들을 지켜보던 한나와 강민의 눈시울도 덩달아 뜨거워졌다.

눈을 감고 종창의 명복을 비는 동안 근호는 소리 없이 흘러나오는 재희의 절규를 들을 수 있었다. 재희 몸이 복수심으로 달궈지면서 주위의 공기 분자들이 일사불란하게 대류현상을 일으키고 있었다. 꽉 깨물어진 그의 입술이 바위라도 물어뜯을 기세였다.

"죽어도 용서 안 할 거야."

재희 말투가 단호하다 못해 등골을 오싹하게 했다. 근호의 걱정스런 시선이 재희에게 반작용을 불러일으키며 용기만 키워주고 있었다. 어쭙잖은 복수심 하나로 폭력배들과 맞붙으려 할 만큼 이성을 잃은 재희 모습이 근호 가슴을 미어지게 했다.

"재희야……."

"그놈들 죄상을 낱낱이 밝혀낼 테니까 두고 봐."

"걔들은 우리가 감당할 수 있는 상대가 아냐. 조금만 더 시간을 갖고 생각해 보자."

"난 이미 죽을 각오까지 했어. 오늘 밤에 쟤랑 같이 놈들한테 갈 거야."

재희의 엄지손가락이 가리키는 쪽을 따라 뒤를 돌아본 순간 멀찍이서 이쪽을 응시하는 강민의 모습이 시야에 걸쳤다. 제대를 앞둔 군인과 스무 살 애송이가 작당해 전문 폭력배들을 응징하려는 모양새가 여간 우스꽝스럽지 않았다.

"넌 지금 군인 신분이야. 글피까지 복귀해야 하는 거 몰라?"

"그러니까 오늘 가려는 거야."

옥신각신하는 사이에 봉분이 완성되자 두 친구는 나란히 큰절을 두 번 올리고 일어났다. 재희는 뒷일을 잘 부탁한다고만 해 놓고 바람처럼 돌아서 갔다. 시퍼렇게 날이 선 그의 눈빛에 현기증을 느낀 나머지 근호는 두통환자처럼 이마를 짚고서야 엉거주춤 뒤를 돌아봤다. 강민이 한나의 손을 뿌리치며 재희와 합세하고 있었다.

어림없는 걸음으로 야생마 같은 사내들을 쫓아가는 한나 모습이 차마 보기에도 애처로웠다. 숨만 헐떡이다 언덕배기에 주저앉아 재희와 강민을 번갈아 불러 댔지만 그들은 뒤도 안 돌아보고 스키선수처럼 내리막길을 질주해 갔다.

근호는 한나 옆으로 어슬렁어슬렁 다가와 언덕 아래를 내려다봤다. 재희와 강민을 태운 오토바이가 묘지 어귀에서 찻길을 따라 까마득히 멀어져 가고 있었다.

"따라가서 말리든가 아님 도와주든가 어떻게 좀 해 봐."

근호의 방관자적 태도가 몹시도 못마땅했던 한나는 기어코 분통을 터뜨렸다. 한나의 투정이 은근히 근호 기분을 우쭐하게 했다. 그녀와의 사이에 철조망을 겹겹이 쳐 놓긴 했어도 뭔가 도울 수 있다는 건 아직도 거부할 수 없는 기쁨이었다.

한나와 나란히 언덕길을 내려가는 동안 봄볕을 먹고 길쑴하게 자라난 풀포기들이 초록빛 행진곡을 합창하고 있었다. 그 싱그러운 풀냄새에 몸을 흠뻑 적시노라니 심장을 둘러싸고 있던 두려움의 장막이 한 꺼풀 두 꺼풀 벗겨져 나갔다.

한나 덕에 두려움은 떨쳐냈지만 재희를 어떻게 도와야할지 막막하긴 매일반이었다. 패배가 뻔한 싸움에 뛰어드는 것은 완력으로라도 막아야 할 터였다. 근호는 미봉책밖에 못 떠올리는 자신이 너무 부끄러워 한나 눈을 피해 어디론가 숨고 싶어졌다.

"어떻게 도와줄지 생각 좀 해 볼게."

하고는 바쁜 사람처럼 앞서 걷기 시작했다. 그늘진 곳의 풀잎들은 아직

이슬을 머금고 있었다. 바지자락으로 스며든 물기가 살갗에 닿을 때마다 아찔하게 냉기가 느껴졌다.

언덕길을 다 내려오고 보니 한나가 바짝 뒤따라와 있었다. 여자 걸음이라고 너무 쉽게 생각했나 하고 보폭을 넓히려는 찰나 한나의 숨 가쁜 목소리가 소매를 잡아끌었다.

"사실은 나랑 강민이도 부모님 빚 때문에 그 사람들한테 계속 시달렸어."

"……."

"강민이를 때리고 협박해 호스트바에서 일하게 했어. 나한테는 몸을 요구하고……. 윤 사장한테 성접대 안 해 주면 유흥업소로 팔아넘기겠대."

자존심의 울타리를 넘은 한나의 하소연이 고스란히 소나기 펀치로 날아와 근호를 충격에 빠트렸다. 길가로 늘어진 버드나무 줄기를 잡고서야 근호는 온전히 서 있을 수 있었다.

강민이 왜 갑자기 재희를 따라 나섰을까 하는 의문이 말끔히 해소됐다. 동생과 연인이 한꺼번에 위험에 처한 만큼 한나가 자존심을 팽개친 것 역시 수긍이 갔다.

근호는 덧자란 나뭇가지 하나를 꺾어다 패대기치고 뒤를 돌아봤다. 양쪽 볼 모두 하얗게 얼룩진 채로 구원(救援)을 호소하는 한나 눈빛이 화창한 봄 햇살 아래 유난히 애처로워 보였다. 더 쳐다보다간 그 눈 속으로 빨려 들어갈 것 같아 근호는 에둘러 냉담한 표정을 지어 보이며 운구차 쪽으로 걸음을 재촉했다. 진공상태가 돼 버린 그의 머릿속에 한나의 간절한 눈빛과 재희의 분노어린 표정만 어지럽게 떠다니고 있었다.

귀경길에 느닷없이 날아온 문자메시지 하나가 근호를 또 한 번 어리둥
절하게 했다. 체육관 등기이전에 따른 증여세를 납부하란 것이었다. 체육
관을 잘 지켜 낸 연후에 재희에게 돌려주라는 종창의 당부가 아버지 목소
리에 실려와 귓전에 메아리쳤다.

윤 사장 일당을 응징하는 것이 고차원 방정식보다 난해(難解)해 보였지
만 한나의 성토와 종창의 유지(遺志)가 촉매제로 작용하면서 제법 그럴싸
한 답안지가 그려지고 있었다. 근호는 오늘 날이 어두워지는 대로 작전을
개시하기로 했다.

윤 사장에게 충성을 맹세하고 싸움 실력을 인정받아 조직의 일원이 되
는 것이 작전의 첫 단추였다. 그 안에서 공을 쌓고 입지를 다져가며 범죄
의 증거들을 차곡차곡 수집해 뒀다가 일시에 폭로함으로써 치명상을 입힐
요량이었다. 그날이 언제일지 종잡을 순 없지만 단단한 조직 체계를 갖춘
그들과 겨루려면 그런 류의 장기적인 전략만이 상책일 듯싶었다.

상조 회사 직원을 따라가 장례비용을 정산하고 나오니 어느덧 해가 기
울고 있었다. 집으로 가는 길에 종창의 복수를 위해 작전상 감수해야 할
고역들이 속속 떠올라 근호 입에서 탄식이 끊이지 않았다.

윤 사장이 진정성을 시험한답시고 어떤 요구를 해올지 걱정이 이만저만
아니었다. 한나 남매는 물론 재희에게까지 냉담해야 할 테지만 그들이 고
통을 당하는 데도 나 몰라라 하기엔 인내력도 연기력도 턱없이 모자라 보
였다.

윤 사장의 신임을 얻는 동안 재희와 한나를 어떻게 보호할지 궁리하다

집 앞까지 이른 근호는 어슴푸레해진 골목 한편에 눈에 익은 오토바이가 세워진 걸 보고 쓸쓸히 웃고 말았다. 아나나 다를까 원룸 빌딩 현관문 옆에 강민이 청승스레 쪼그리고 앉아 있었다.

남의 집 앞까지 찾아온 심정이야 오죽하랴마는 돈키호테마냥 욱 하는 감정하나 못 다스리는 꼴이 권투 선배의 눈엔 영 탐탁지 않았다. 강민을 돌려보낼 구실을 찾느라 근호 머릿속이 벌써부터 분주해졌다.

근호는 강민이 한나의 동생임을 알기 전부터 그를 각별히 생각하고 있었다. 같은 체육관에서 늘 함께 땀 흘리며 꿈을 키워가는 동안 어릴 적 엄마에게 매일같이 생떼를 부리고도 갖지 못했던 동생을 그제야 얻은 듯 기분이 하늘을 날곤 했었다.

근호의 근심어린 시선을 영양분 삼아 웃자란 기대감이 강민으로 하여금 대놓고 넋두리하게 했다.

"누나랑 저랑 그놈들한테 시달리다 못해서 재희 형 따라 복수하러 가려는 거예요."

"싸우지만 않겠다면 나도 따라가 줄게."

강민의 입언저리가 뾰루퉁해졌다. 권투 선수에게 싸움 말고 부탁할 게 뭐가 있겠냐며 되묻는 듯도 했다.

"재희 형이랑 셋이 싸우면 충분히 이길 수 있을 거예요."

근호는 강민의 결연한 표정 뒤에 숨은 공포의 그림자를 한눈에 읽어 냈다. 그것은 아침에 재희 얼굴에서 봤던 것과 같은 색채를 띠고 있었다. 공포감 바탕에 분노만 덧칠한 모양새가 상대방 뒤통수에 욕설이나 퍼붓고 도망치면 딱 어울릴 것 같았다.

"나랑 다시 붙어서 이기면 따라갈게."

승산이 없는 줄 알면서도 근호 도움이 절실한 강민으로서는 재고의 여지가 없었다. 둘은 누가 먼저랄 것도 없이 오토바이에 올라 빈 놀이터로 가서 두 번째 스파링을 시작했다.

근호는 아예 가드도 올리지 않고 덤벼 보란 제스처를 취했다. 강민의 주먹이 쉴 새 없이 뻗어 나왔지만 근호의 위빙과 더킹 동작만 돋보이게 해 줄 뿐이었다. 근호가 간간이 뻗은 잽을 대여섯 차례 허용한 강민은 팔놀림이 현저히 무뎌져 거의 흐느적거리다시피 했다.

한때 태양체육관의 최고 유망주였던 것도 무색하게 강민의 실력은 기술적으로나 체력적으로나 초보자 수준으로 전락해 있었다. 무도(武道)는 닦지 않고 출세나 복수의 일념으로 급조된 실력이란 이처럼 휘발성을 띠기 십상이었다.

헛방만 날리다 지친 와중에 마지막 힘을 모아 휘두른 주먹마저 허공을 가르자 강민은 기진맥진해 주저앉았다.

"윤 사장 똘마니들 중에 나보다 센 애도 있을 텐데 그 실력으로 싸우겠다고?"

"재희 형한테 좋은 계획이 있댔어요."

"어설프게 무기 들고 설치다간 나중에 배상도 못 받아."

"배상 같은 건 바라지도 않아요."

섭섭해 하는 속내를 읽힐세라 강민은 얼른 돌아서서 오토바이에 올라탔다. 누나한테 실연당한 사람에게 염치도 없이 찾아온 자신을 냉소하고도 있었다.

오토바이가 온 동네 떠나갈 듯 굉음을 내지르며 출발한 순간 배기통에서 시커먼 매연이 뿜어져 나와 근호 얼굴을 휘덮고 지나갔다. 티셔츠를 나부끼며 멀어져 가는 강민의 뒷모습이 근호 마음을 점점 무겁게 했다.

사무라이는 성동과 곱슬머리를 앞에 두고 기다란 칼로 손바닥을 톡톡 두드리며 열변을 토하고 있었다. 정면 화이트보드에 남자의 둔부와 하체가 세밀하게 그려진 것이 부하들의 진지한 표정과 잘 어우러져 무릇 해부학 실습 시간 같은 분위기가 연출됐다. 머잖아 심상찮은 지시가 내려질 것을 예감한 곱슬머리와 성동은 말뚝을 박아 놓은 듯 미동도 하지 않았다.

"살인범이 징역을 몇 년이나 사는지 아나?"

"10년 정도라고 들었습니다."

"그게 최소한이고 경우에 따라 사형을 받을 수도 있다."

사무라이는 우물쭈물 대답이 없는 곱슬머리에게 눈총을 줘가며 말을 이어 갔다.

"잘하면 2년만 살고 나올 수도 있는데, 지금부터 비법을 알려줄 테니까 잘 들어라."

하며 화이트보드 쪽으로 돌아서서 칼끝으로 엉덩이 바로 아랫부분을 가리켰다.

"이곳에서 안으로 오륙 센티쯤에 동맥이 지나가니까 근처를 찔러서 살짝만 베면 누구든 과다 출혈로 죽게 돼 있다. 그런데도 대개는 급소가 아니라고 생각하니까 상대의 선제공격만 잘 유도하면 선처를 받을 수 있다."

사무라이는 재킷 안주머니에서 반짝반짝하는 예금통장을 꺼내 흔들어 보이며 한껏 유세를 떨었다.

"여기 2억이 들어 있다. 나도 탐나지만 교육 차원에서 너희 둘 중 한 명한테 양보하마."

하고는 슬금슬금 성동에게 다가와 어깨를 짚었다.

"자네가 믿음직해 보이네."

"맡겨만 주시면 틀림없이 완수하겠습니다."

대학 후배의 목숨을 앗으라는 명령이건만 성동은 한 치도 머뭇거리지 않았다. 의욕이 넘실대는 목소리에 간절함마저 물씬 풍겼다. 조직에 공을 세우고 큰돈까지 벌 기회를 잡은 폭력배에게 후배의 목숨 따위가 대수일리 없었다.

곱슬머리는 사무라이의 작전 설명을 듣고서야 그저께 재희 앞으로 보낸 채무 독촉장에 부친의 타살을 암시한 의도가 파악됐다. 근호의 절친을 이곳으로 유인해 살해하란 지시가 내려진 지금 곱슬머리는 눈알을 아래로 굴리며 사무라이의 시선을 피하는 데 급급했다. 포로병처럼 몸을 잔뜩 웅크린 그의 머리 위로 사무라이의 추상(秋霜)같은 퇴실명령이 떨어졌다.

재희는 장례를 마치고 돌아와 날이 저물 때까지 한 가지 동작에만 몰두하고 있었다. 체육관 한쪽 벽에 동그랗게 표적을 그려놓고 주구장창 골프 공을 던져 댄 통에 널따란 체육관 바닥이 하얀 자갈밭을 방불케 했다. 상체를 뒤로 젖혔다 나오면서 채찍질하는 동작이 수류탄 투척만큼이나 몸에 익은 지금 재희 손에서 대포알처럼 날아간 공은 여지없이 과녁을 맞히고 동화적인 소리를 내며 튕겨 나왔다.

윤 사장 부하들과 싸울 방법을 찾아 고심하던 재희는 군대내 축구시합 중에 한 병사가 골프장에서 날아온 공에 머리를 맞고 절명한 사건을 떠올렸다. 작고 단단한 골프공이 중과부적(衆寡不敵)의 입장에서 비밀병기로 제격일 것 같아 ㄱ 실로 골프샵들을 찾아다니며 돈 있는 대로 사들인 것이었다.

재희는 땀범벅이 된 몸으로 벽에 기대앉아 상념에 젖었다. 참된 노력의 가치는 실력 향상도 향상이지만 그보다 불안감을 자신감으로 승화시키는 데 있다는 아버지의 가르침이 귓전에 생생했다. 천장을 올려다보며 눈물을 삼키는 동안 가스총을 구하느라 인터넷을 누비던 강민이 떨떠름한 표정으로 다가오고 있었다.

"아무리 중간쯤에서 보자고 해도 청계천까지 안 오면 안 팔겠대요."

"한 시간은 걸리겠네. 빨리 움직이자."

"가는 길에 근호 형한테 한 번만 더 부탁해 보면 어떨까요?"

"정 무서우면 같이 안 가도 돼."

"무섭다니요? 형보다 두 배는 더 잘 싸울 건데……."

강민이 정색을 하고 대드는 것이 재희 눈에 여간 대견스럽지 않았다. 눈빛으로 필승의지를 다진 두 사람은 호주머니에 골프공을 한 움큼씩 쑤셔 넣고 나와 오토바이에 올라탔다.

오토바이가 큰길 쪽으로 멀어져 가자 체육관 인근 골목에서 한 사내가 바쁘게 걸어 나왔다. 귀에서 도청 이어폰을 뽑아낸 그는 허둥지둥 휴대폰을 꺼내 들고 준태를 찾았다.

강민을 빈손으로 돌려보낸 근호는 놀이터 그네에 걸터앉아 고뇌의 시간을 보내고 있었다. 윤 사장 수하로 들어가 후일을 도모할지 아니면 재희와 합세해 그들과 사생결단을 벌일지 선택의 기로에서 거의 매초마다 생각이 바뀌고 있었다. 적의 수가 열 명 안팎이면 해 볼 만할 듯도 했지만 재희와 강민의 안전이 염려된 나머지 섣불리 결단을 내리지 못했다.

장고(長考) 끝에 덜 위험한 쪽으로 가닥을 잡았다. 오늘밤 룸살롱 앞에서 재희와 강민을 제지해 돌려보내고 윤 사장 일당을 찾아가 무릎을 꿇기로 했다. 꿈을 접은 권투 선수가 폭력 세계로 굴러온 것이 그들 눈에는 물 흐르듯 자연스럽게 비칠 터였다.

착잡한 마음을 추스르며 골목길로 돌아오니 먼발치의 집 앞에서 웬 사내가 큰 가방을 울러 맨 채 이리저리 서성이고 있었다. 어딘지 눈에 익은 몸짓이었다.

어스름 속에서 윤곽만 흐릿하던 사내 모습이 가까이 다가갈수록 또렷해졌다. 곱슬머리였다. 적개심이 불처럼 일어났다가 이내 통제선 안으로 잦아들었다. 윤 사장 일당에게 철저히 비굴해져야 할 판에 적당한 연습 상대를 만난 것 같아 내심 반갑기도 했다.

"오랜만입니다. 여긴 어쩐 일이세요?"

예상치 못한 존댓말에 놀란 곱슬머리는 근호를 힐끔 한번 쳐다보고 엉거주춤 물러서며 난처해했다. 상대의 저자세가 당황스럽긴 근호 역시 마찬가지였다.

"목숨까지 구해 준 은인인데……. 그동안 너무 미안했다."

곱슬머리는 눈을 있는 대로 내리깔고 더듬더듬 겨우 운을 뗐다. 그의 심리상태가 어지간히도 불안해 보이는 터라 근호는 우선 방으로 데려가 자초지종부터 묻기로 했다.

곱슬머리는 방에 들어서자마자 가발을 벗어던지고 까까머리를 흔들어대며 권투하는 포즈를 취해 보였다. 근호 입에서 절로 탄성이 흘러나왔다. 임상 실험 병원에서 그를 처음 봤을 때부터 유독 관심이 끌렸던 이유가 드러난 순간이었다.

곱슬머리는 근호의 프로무대 세 번째 시합 상대였다. 가발도 가발이거니와 오랫동안 운동을 등한시해 온몸에 군살이 붙은 것도 그를 몰라보는 데 일조했다. 펀치력과 맷집은 물론 스피드까지 두루 갖춘 선수라 치열한 공방전 끝에 최종 라운드에서야 쓰러뜨렸던 기억이 어제 일처럼 뇌리에 생생했다. 앞선 두 번의 시합을 쉽게 이기면서 알게 모르게 교만해져 가던 근호에게 프로무대의 매서움을 일깨워 준 상대이기도 했다.

고향에서 운동과 뱃일을 병행하던 곱슬머리는 희귀병을 앓는 동생의 치료비 마련차 상경했다가 동향(同鄕) 선배인 준태를 만나는 바람에 지하 세계로 발을 들이게 됐다. 불규칙한 일상 속에서도 운동만은 충실히 해 온 그였기에 상경한 지 일 년여 만에 신인왕전을 우승하며 유망주로 급부상했다. 그의 유명세가 조직에는 달갑지 않은 만큼 어둠의 세계와 무사히 등질 수 있는 특혜도 누렸다.

희망찬 새출발이었지만 다음 시합에서 근호에게 패하는 바람에 곱슬머리는 속절없이 윤 사장 수하로 되돌아와야 했다. 이 패배가 그토록 충격적이었던 것은 근호가 시합에서 최선을 다하지도 않은 인상을 남긴 까닭이었다. 더 몰아붙일 수 있는 상황에서 그가 머뭇거렸기에 망정이지 제대로 공격을 받았다면 2회전도 못 버텼을 듯싶었다. 칼날 같은 오른손 스트레이트에 쇠망치 같은 왼손 훅까지 겸비한 근호와 같은 체급인 이상 세계 챔피언의 꿈은 공허한 망상으로밖에 여겨지지 않았다. 그 시합을 계기로 곱슬머리는 더 이상 선수가 아닌 근호의 팬으로 남게 됐다.

임상 실험 병원에서 근호에게 수혈을 받고 살아났다가 뒷골목 폭력배의 모습으로 그와 조우(遭遇)했을 때가 곱슬머리에겐 생애 가장 곤혹스러운 순간이었다. 근호의 지인들을 괴롭힌 데 대한 죄책감에 밤잠을 설친 것도 이때부터였다. 그렇게 시작된 가슴앓이가 열흘 가까이 지속돼 곪아터질 지경에 이르자 곱슬머리는 기상천외한 결심을 하고 즉각 실행에 옮겼다. 아무도 몰래 원양어선을 타러 나선 것이었다.

긴 사설(辭說)을 마친 곱슬머리는 윤 사장 일당의 갖은 악행에 대해서도 스스럼없이 털어놨다. 한나의 양친에 이어 종창 역시 자살로 위장된 죽임을 당했음이 사실로 확인되자 근호의 복수심은 극으로 치달았다. 뿐만 아니었다. 오늘은 재희가 비슷한 수법으로 당할 차례라고 일러 준 대목에서 근호는 경악타 못해 곱슬머리의 멱살을 덥석 거머쥐었다.

근호는 윤 사장 패거리와 몸싸움을 기피했던 자신을 모질게 질책하고 있었다. 그들이 재희를 죽이려는 것을 안 순간 진공상태가 된 머릿속에 좁고 곧은 외줄기 길이 펼쳐졌다. 절벽과 맞닿은 그 길의 끝에서 윤 사장 부하들이 겁쟁이라며 놀려 대고 있었다.

"준태 형하고 칼잡이만 조심하면 네 실력으로 다 이길 수 있을 거야."

근호는 곱슬머리가 머릿속을 훤히 들여다보는 것 같아 기분이 언짢아졌다. 유인작전에 말려드는 듯도 했지만 문간에 삐뚜름하게 서 있는 곱슬머리의 가방이 그런 의심을 단숨에 불식시켰다. 사방이 펑퍼짐하도록 짐을 채운 그 트렁크는 한 쪽 모서리가 찢어져 낡은 슬리퍼가 우스꽝스럽게 삐져나와 있었다.

"난 돌봐야 할 동생이 있어서……."

슬그머니 꽁무니를 빼는 곱슬머리가 그다지 비굴하게 보이진 않았다. 무고한 사람들도 가차 없이 죽임을 당하는 판에 조직을 배신한 자가 어떤 대가를 치를지는 상상도 못 할 터였다. 곱슬머리의 표정이 점점 초조해지고 있었다.

큰길까지 곱슬머리를 배웅하는 동안 근호는 윤 사장 일당이 주로 모이는 시간과 장소는 물론 어떻게 해야 그들의 범죄 증거를 수집할 수 있는지 조목조목 캐물었다. 봇물처럼 쏟아져 나온 곱슬머리의 말을 모두 쓸어 담아 버무려 놓고 보니 그들과 싸워 이길 퍼즐이 얼추 맞춰지는 것도 같았다. 불쑥 커진 자신감이 두려움을 떨쳐낸 순간 근호는 재희에 버금가는 친구를 얻은 기쁨으로 가슴이 벅차올랐다.

곱슬머리와의 대화가 끊어진 틈에 재희와 강민에 대한 걱정이 다시 불거졌다. 그들을 무사히 돌려보낼 방안(方案)이 떠오를락 말락 애만 태우고 있었다.

한발 앞서 대로에 들어선 곱슬머리가 멀찍이서 달려오는 택시를 향해 손을 번쩍 들었을 때였다. 1차로를 질주하던 승합차 한 대가 차선을 급변경해 인도 옆에 정차하더니 때맞춰 도착한 승무원 제복차림의 여자를 태우고 바람처럼 사라져 갔다. 첩보영화의 한 장면 같은 그 광경이 근호의 뇌리에 맴돌며 오늘밤 재희를 돌려보낼 묘책을 떠올리게 했다.

근호는 다짜고짜 곱슬머리의 팔을 잡아끌고 체육관으로 데려가 승합차에 떠밀어 넣었다. 영문을 몰라 어리둥절한 곱슬머리였지만 차 열쇠를 넘거받곤 울컥 감격해 버렸다. 윤 사장 부하들의 추격이 몹시도 두려웠던 터에 이 차로 이동하면 그들의 레이더망에서 무난히 벗어날 것 같아 한결 마음이 놓인 것이었다.

냉혹한 승부사 눈빛의 근호 모습이 곱슬머리로 하여금 권투 시합 때의 그를 떠올리게 했다. 곱슬머리의 눈엔 사무라이의 칼보다 근호 주먹이 더 치명적인 흉기로 보였다. 싸울 곳을 잘 선정해 협공만 피한다면 오늘밤 근호의 손에 윤 사장 조직이 일망타진당할 듯도 했다. 순간 곱슬머리는 그동안의 악행에 면죄부를 받은 것처럼 마음이 편안해졌다.

"몸조심해라."

근호는 대답 대신 차갑게 웃어 보였다. 그의 억지웃음이 천근만근 의미를 함축한 채 갈 길 바쁜 곱슬머리의 발목을 옭아매고 있었다.

"부탁 하나만 들어줘야겠어."

"뭔데?"

그제야 근호는 곱슬머리를 억지로 끌고 와 승합차까지 내준 연유를 털어놓기 시작했다. 그런 그의 모습이 세계 타이틀 매치의 작전을 지시하는 것만큼이나 진지해 보였다.

초저녁부터 룸살롱을 찾은 윤 사장은 자리에 앉자마자 민석과 성동을 불러들였다. 한나 건(件)부터 매듭지으려는 것이었다.

"담판은 잘 됐어?"

"예! 동생만 안 건드리면 오늘부터 사장님 모시겠다고 했습니다."

"좋아, 당장 오성(五星)급 호텔 특실로 예약해. 이건 따로 넣어 두고."

윤 사장 지갑에서 내던져진 수표 두 장이 나비처럼 나풀거리다 테이블 위로 살포시 내려앉았다. 애써 망설이는 척하던 민석과 성동이었지만 밖에서 인기척이 들려오자 날름 한 장씩 집어 들고 머리가 탁자에 닿도록 인사했다. 이윽고 사무라이와 준태가 뛰어 들어와 똑같은 모양으로 허리를 굽혔다.

"그 팀은 문제없나?"

"예, 오늘밤이면 깨끗이 정리될 겁니다."

준태의 호언에도 윤 사장 얼굴엔 미심쩍은 기색이 가시지 않았다. 사무라이의 부연 설명에 윤 사장 안색이 돌아오는 동안 준태의 휴대폰이 요란스레 울렸다.

"아홉 시쯤에 두 놈이 그쪽으로 갈 겁니다. 가스총하고 골프공을 갖고 있습니다."

"알았어. 체육관 근처에 있는 애들 다 데리고 들어와."

룸 분위기가 사뭇 진지해지자 사무라이는 들고 온 손가방의 지퍼를 열고 탁자 위에 펼쳐 보였다. 생선회 칼 네 자루가 은은한 조명발 아래 눈부시게 번뜩이고 있었다. 지원군이 도착하는 대로 재희와 강민을 해칠 예행연습에 들어갈 참이었다.

처지만 한탄하다 하루를 보낸 한나는 휴대폰에서 근호 이름을 찾아 놓고 손가락 끝을 통화 버튼 가까이 가져가다 멈칫했다. 자존심 따윈 팽개친 지 오래였고 근호 역시 외면할 것 같진 않았지만 한나는 망설이고 망설이다 휴대폰을 내려놓고 말았다.

근호가 합세한들 승산이 없긴 매한가지로 보였다. 권투선수가 끼어 있다는 구실로 윤 사장 일당의 전의(戰意)를 부추겨 강민과 재희에게 매만 더 벌어다 줄 판이었다.

동생을 악의 구렁텅이에서 건져내고 봐야겠기에 마지못해 윤 사장 요구에 응해 준 한나였지만 막상 그에게 몸을 맡기자니 차라리 산짐승들에게 산 채로 뜯어 먹히는 편이 나을 듯싶었다. 그들과의 약속시간이 임박할수록 재희의 존재감이 빛을 잃어 가고 있었다. 마지막 마음 둘 곳마저 사라지자 한나의 생각은 극단적인 데까지 넘나들기 시작했다.

올가미로 쓸 만한 것을 찾아 두리번거리다 덥석 집어든 것이 강민의 넥타이였다. 핏줄의 존재가 새삼 애틋하게 다가와 죽음이란 두 글자를 의식 밖으로 서서히 밀어내고 있었다. 내 한 몸 홀가분하자고 아우를 세상에 홀로 남겨 갑절로 고통을 당하게 할 순 없었다.

윤 사장에게 팔려갈 몸이라면 재희와의 관계는 사실상 종말을 고한 것이었다. 그와의 사랑이 결실을 못 맺을 바에야 여자로서의 순결 또한 별다른 가치를 지닐 수 없었다. 재희만 떼 놓고 보면 윤 사장 말처럼 더 이상 빚독촉도 안 당할 뿐더러 강민이 바람난 여자들의 노리개가 되지도 않을 테니 흥정상 크게 밑질 것도 없었다. 재희와 못 다한 사랑을 학구열에 쏟는다면 더 훌륭한 과학자가 될 성도 싶었다.

한나는 머릿속에 접시저울을 띄워 놓고 재희와 과학자의 꿈을 나란히 얹어 놓았다. 꿈 자체만으론 재희의 체중을 당해 낼 수 없었지만 그 위에 강민의 낯 뜨거운 사진을 포개 놓자 저울은 종이 한 장의 무게를 못 이겨 급격히 반대로 기울었다. 그랬다. 재희와의 사랑이 아무리 간절한들 피보다 진할 순 없었다.

한나는 예전과는 전혀 다른 새로운 맛의 눈물을 흘리기 시작했다. 점성(粘性)도 온도도 감촉되지 않는 그 눈물은 한바탕 참극을 벌이지 않고는 그칠 수 없는 것이었다.

한나는 전공책 속에 고이 간직해 온 재희와의 옛 사진을 꺼내들고 화장실로 내달렸다. 순식간이었다. 사진을 발기발기 찢어 변기통에 뿌려 넣고 레버를 내리자 색색깔의 종이 파편들이 빙글빙글 나선을 그리며 구멍 아래로 휩쓸려 내려갔다.

허둥지둥 화장실을 뛰쳐나온 한나는 짤막한 원피스로 갈아입고 거울 앞에 섰다. 이 옷차림에 화장만 두텁게 하고 나가면 지금까지 몸담았던 세상과는 다른 미지의 세계가 활짝 펼쳐져 있을 것 같았다.

화장을 마치고 머리를 풀어 빗을 때쯤 등 뒤에서 휴대폰 진동이 감지됐다. 사실은 그녀가 옷을 갈아입을 때부터 줄곧 울려 댔지만 감정이 극도로 격앙된 탓에 못 듣고 있었다.

액정 화면에는 국제전화임을 암시하는 긴 숫자가 새겨져 있었다. 미국 출장 중인 지도 교수의 전화임을 직감한 한나는 얼른 웃옷부터 찾아 걸쳐 입었다. 휴대폰으로 향하는 그녀의 손이 어설픈 도둑마냥 떨리고 있었다.

"한나니? 왜 이렇게 전화를 안 받아?"

"죄송합니다. 화장실 좀……."

"실험은 잘 하고 있지?"

"네……."

"저번에 우리가 줄기세포 분화유도 기술을 특허 냈던 게 여기서 반응이 아주 좋아. 백만 달러에 사겠다는 회사가 나타났어."

백만 달러란 말이 한나의 동공에 바람을 불어넣어 풍선처럼 부풀어 오르게 했다.

"우리가 임상 실험까지 할 여건은 안 되니까 그 정도에 넘기는 게 좋겠어."

"저는 교수님 결정하시는 대로 따르겠습니다."

"한나 지분이 50%였지?"

"네."

"돈 벌었다고 그만두는 거 아냐?"

"아닙니다! 저는 늙어 죽을 때까지 이 일 할 겁니다."

"좋아, 지금 이메일로 계약서 보내 줄 테니까 전자 서명해서 다시 보내."

"네, 교수님."

한나는 두 손으로 휴대폰을 꼭 움켜쥐고 꿇어앉았다. 절체절명의 순간에 기적 같은 낭보가 날아온 것은 천국의 부모님이 하느님을 감복시킨 결과로밖에 보이지 않았다.

재희 얼굴이 불쑥 다시 떠오른 지금 한나는 무당춤을 추듯 팔다리를 휘저으며 원피스를 벗어 던지고 평상복으로 되갈아입었다. 그의 품에 안겨 밤새도록 울고 싶어졌다.

곱게 빗어 내린 머리를 뒤로 모아 묶고 있자니 금단의 사과를 따 먹은 것 같은 죄책감이 가슴을 짓눌렀다. 재희의 사진 파편들이 어디쯤 있는지 알 수만 있다면 오물 속을 헤집고라도 모조리 찾아내고 싶었다.

한나는 지도 교수가 보내 준 기술 이전 계약서에 서명해서 이메일로 송

부하고 한 부를 따로 출력했다. 재희보다 한 발 앞서 윤 사장을 찾아가 그 것을 들이밀며 모든 채무 관계의 종료를 선언할 참이었다.

집을 나서 룸살롱으로 향하는 길에 강민과 재희에게 거푸 전화를 걸었 지만 아무도 받지 않았다. 벌써 윤 사장 부하들과 싸움을 시작했을세라 안 달이 난 한나는 운동화 끈을 조여 매고 뜀박질을 시작했다.

그때였다. 옆 골목에서 시커먼 그림자 하나가 튀어나와 한나 뒤에서 왼 손으로 목을 감아쥐었다. 비명을 지를 틈도 없이 괴한의 오른손이 그녀의 입을 봉쇄했다. 맹수에게 붙들린 사냥감처럼 발버둥치는 한나 모습이 캄 캄한 골목으로 사라져 갔다.

그 시각 재희와 강민은 골프공과 가스총으로 무장하고 윤 사장의 룸살 롱을 향해 가는 중이었다. 마파람이 강민의 얼굴로 세차게 몰아치며 오토 바이의 속력을 제한하고 있었다. 오토바이가 근호의 집 근처를 지나치는 동안 강민이 혼잣말을 불쑥 내뱉었다.

"근호 형한테 한 번 더 가 봐야 되는데……."

"정 무서우면 넌 그냥 집에 가."

"무서운 게 아니라 빨리 끝내고 싶어서 그런 거예요."

자존심 상한 강민이 홧김에 가속 페달을 힘껏 밟자 오토바이가 굉음을 내지르며 대포알처럼 튀어나갔다.

재희가 도와달란 말을 못하는 것이나 근호가 선뜻 못 나서는 것 모두 실

상은 허울뿐이었다. 피차 서로를 극진히 배려하다 보니 표면상 우유부단
하게 비춰지는 것이었다. 재희가 짐작한 대로라면 근호는 벌써 룸살롱 주
변을 어슬렁거리며 공격 기회만 엿보고 있을 터였다.

룸살롱 건물이 오토바이 쪽으로 성큼성큼 다가오며 긴장감을 고조시키
는 가운데 강민의 바지 주머니에서 휴대폰이 울렸다.

"형, 전화 좀 받아 줘요. 이번 건 누나가 아닌 것 같아요."

강민의 휴대폰에서 협박조의 굵직한 남자 목소리가 흘러나오는 동안 재
희는 한 마디 항변도 못 해 보고 얼굴만 창백해져 갔다. 그 광경을 백미러
로 흘겨본 강민의 얼굴에도 지레 두려운 빛이 감돌았다.

"놈들이에요?"

"빨리 오토바이 돌려!"

"왜요?"

"너희 누나 납치됐으니까 빨리 돌려!"

급한 마음에 재희는 강민을 뒤로 물러 앉히고 직접 오토바이를 몰아가
기 시작했다.

여름을 코앞에 두고 있는데도 이따금씩 서늘한 바람이 옷섶을 파고들어
소름이 돋게 하는 밤이었다. 근호는 골목길 담벼락에 기대앉아 이면도로
맞은편의 룸살롱을 멀뚱히 쳐다보고 있었다. 한낱 욕심을 채우느라 재희
와 한나 가족의 모든 것을 앗아간 자들이 안에 득실거릴 것을 생각하니 번

들번들한 대리석 건물이 드라큘라의 성처럼 음습해 보이기도 했다.

지금쯤 그들은 낚시채비를 드리워 놓고 재희가 제 발로 찾아오기만 기다릴 터였다. 근호는 끓어오르는 분노를 억누를 길 없어 뒤꿈치로 애먼 땅바닥만 찍어 대고 있었다. 저들을 법의 심판대로 올려 보내기에 앞서 종창과 한나에게 가했던 고통부터 돌려주고 싶었다.

밤공기가 살갗에 이슬을 굴릴 듯 차가워지자 근호는 몸을 움츠리며 일어나 휴대폰을 흘깃 들여다봤다. 8시 57분. 아직 곱슬머리에게 아무런 연락도 없는 것이 못내 흐뭇했다. 아홉 시가 넘어도 휴대폰은 울리지 않았다. 곱슬머리에게 맡긴 임무가 완수됐다는 무언의 메시지였다. 근호는 재희에게 회심의 문자메시지를 보내며 각오를 다졌다.

거사를 위한 사전작업이 모두 완료됐음에도 근호는 쉽사리 첫걸음을 내딛지 못했다. 한줄기 오싹한 기억이 뇌리에 맴돌며 마지막 결단을 주저케 하고 있었다. 그것은 어릴 적에 아이스크림의 단맛에 이끌려 아버지 몰래 구멍가게로 향할 때나 학창시절 재희를 괴롭히던 폭력 서클 아이들을 찾아갈 때, 그리고 임상 실험 참가차 병원에 들어설 때도 전해졌던 느낌이었다. 권투시합 때 선제공격을 서두르다 상대의 잽에 걸린 것처럼 뜨끔해지고 나면 어김없이 아버지의 고함 소리가 아련하게 뒤따라왔다.

근호는 까만 밤하늘에 듬성듬성 달라붙은 별들을 하나하나 세어 보며 오늘따라 유난히 크게 들리는 환청이 잦아들기만 기다렸다. 고향 반대편 하늘 어딘가에서 은은하게 반짝이는 작은 별 하나가 유독 시선을 끌었다. 한나의 눈 속 같은 그 별빛을 해바라기처럼 올려다보고 있자니 링 위에서 관중들의 함성을 듣고 있는 듯도 했다. 순간 종창의 얼굴이 공(gong) 소리처럼 떠올라 근호로 하여금 목표물을 향해 내닫게 했다.

룸살롱 출입문은 일부러처럼 활짝 열려져 있었다. 재희를 유인하려는 술책일 테니 보초병도 없을 것 같아 근호는 마음 놓고 문 앞까지 다가갔다. 카운터 왼편에서 안쪽으로 동굴처럼 통로가 뚫린 모양이 곱슬머리가 일러 준 그대로라 별반 낯선 데 같지도 않았다.

카운터 옆에서 빠끔히 들여다본 내부구조 역시 곱슬머리에게 들은 대로였다. 좁다란 복도가 양편으로 작은 룸 여남은 개를 끼고 맨 안쪽 큰 룸과 맞닿아 있었다. 해적 선단(船團)의 대장선을 연상케 하는 그 방에서 드문드문 남자들의 목소리가 새어 나왔다.

어른 둘이 지나가기도 버거울 만큼 비좁은 통로가 근호 마음에 쏙 들었다. 그 가운데쯤에 서 있으면 큰 방에서 사람들이 한꺼번에 몰려나와도 한 명씩 번갈아 상대할 수 있을 것 같았다. 복서에게 껄끄러운 발차기를 구사하거나 몽둥이를 휘두르란 물리적으로 불가능해 보였다. 접근전이 주특기인 근호 입장에서 이런 좁은 공간이야말로 세계 챔피언과의 대결도 두렵지 않은 천혜의 요새였다.

배수진의 각오로 출입문을 걸어 잠그자 찰카닥 하는 쇳소리가 음산한 공기를 뚫고 복도로 흘러들어갔다. 근호는 링에 올라가는 심정으로 소리의 궤적을 따라가기 시작했다.

재희가 오토바이를 몰아가는 동안 강민은 뒤에서 한나의 위치를 실시간으로 파악해 주고 있었다. 인질의 휴대폰을 끄지 않은 납치범의 미숙함이 한편으론 고마웠지만 위치가 한 지점에 고정되고부터는 점점 께름칙해졌다. 도주 중인 범인이 추적에 혼선을 주고자 한나의 휴대폰을 어디론가 던져 버린 느낌이 불쑥 든 것이었다. 여성들을 상대로 잔혹한 범죄를 저지른 사이코패스들이 하나둘 기억에 떠올라 재희로 하여금 폭주족의 면모를 드러내게 했다.

오토바이가 시가지를 벗어나 한적한 교외로 들어서자 왕복 2차선 꼬부랑길이 하늘에 닿을 듯 까마득하게 펼쳐져 있었다. 그 오르막 차로의 끝자락 오른편 어딘가에 휘황찬란한 러브호텔 하나가 멀리서도 눈에 띄었다.

고갯길의 정점에서 오른편으로 샛길이 갈라져 먼 산까지 뻗어 있었다.

"형, 저기에요!"

강민의 손가락이 산 어귀에 우뚝 솟은 러브호텔을 가리켰다. 범인이 왜 이렇게 눈에 띄는 곳에 숨었는지 의아했지만 한나 걱정이 앞서는 통에 재희는 가속 페달을 있는 대로 밟아 모텔을 향해 돌진했다.

강민은 오토바이가 채 정지하기도 전에 뛰어내려 모텔 문을 박차고 들어가더니 주인 노부부에게 누나의 인상착의를 말해 놓고 어디 있냐며 캐물었다. 겁에 질린 노인이 입을 열기가 무섭게 재희와 강민은 장애물 경주를 펼치듯 부리나케 계단을 뛰어 올라갔다.

2층 객실 문은 보란 듯이 열려 있었다. 방 안의 풍경과 마주한 순간 재희는 말문이 막혀 멍하니 서 있기만 했다. 찻잔을 사이에 두고 마주앉아 한가로이 대화를 나누던 한나와 곱슬머리는 재희를 보고도 딱히 놀라는 기색이 없었다. 한나 얼굴이 더없이 편안해 보이는 것이 재희를 더욱 어리둥절하게 했다.

한발 늦게 들이닥친 강민은 다짜고짜 곱슬머리에게 달려들어 멱살을 거머쥐었다.

"강민아, 그러지 마. 좋은 분이야."

누나의 서슬에 놀란 강민은 얼른 재희의 눈치부터 살폈지만 그 역시 호기심어린 표정만 지어 보일 뿐이었다. 모두 말이 없는 동안 재희의 휴대폰이 짧게 울렸다.

'내가 다 알아서 할 테니까 쓸데없이 나서지 말고 귀대 준비나 잘 해라.'

근호의 문자메시지가 재희 눈 속에 알알이 새겨지는 동안 뜨듯한 물방울이 액정 화면 위로 떨어져 무지개 빛깔로 아롱졌다.

재희의 감격은 오래갈 수 없었다. 홀로 윤 사장 일당과 사투를 벌이고 있을 근호 걱정에 그의 표정이 한나를 찾아 나설 때보다 더 초조해졌다.

"당장 근호한테 가 봐야겠어."

제갈량이 출사표를 쓸 때나 나왔을 법한 비장한 목소리였다. 재희의 눈물과 누나의 난감한 표정을 요리조리 끼워 맞춰 보던 강민의 얼굴에 화색이 돌기 시작했다.

"형, 같이 가요!"

근호의 합류를 눈치 채고 한껏 고무된 강민은 한나 팔을 잡아끌며 허둥지둥 재희를 따라나섰다.

좁은 복도를 따라 한 발 두 발 안으로 들어서자니 큰 방에서 사내들의 욕설 섞인 대화가 제법 알아들을 만하게 들려왔다. 민석과 성동의 목소리가 감지되면서 울화가 치밀었지만 근호는 승부사의 호흡으로 꾹 눌러 참았다.

결국 이렇게 싸우고야 말 것을 그동안 무얼 그리 망설였는지 생각할수록 후회스러웠다. 저들이 종창과 체육관원들에게 행패를 부릴 때 가차 없이 응징했어야 옳았다. 체육관 앞 골목에서 시비가 붙었을 때 몸싸움을 피하지만 않았어도 그들이 종창을 만만하게 보진 못했을 성싶었다. 자책감에 몸서리칠수록 손아귀로 힘이 모아졌다.

근호의 한쪽 발이 복도 가운데 쯤 걸쳤을 때였다. 방 안에서 말소리가 뚝 끊어지나 싶더니 문이 활짝 열리면서 건장한 사내들이 봇물처럼 쏟아져 나왔다.

"뭐야? 둘이 온다더니 왜 한 놈밖에 없어?"

"걔들이 아닌 것 같은데?"

"친구놈입니다."

낯익거나 모르는 사내들 예닐곱이 가소로이 한마디씩 내뱉는 동안 근호는 최적의 전투위치를 가늠하고 두 발짝만 더 전진했다.

"나 당신네들 대장 좀 만나러 왔어. 갚아야 할 빚이 너무 많거든."

"간이 얼마나 큰 놈인지 한번 꺼내 봐."

방 안에서 지켜보던 사무라이의 얼음장 같은 한마디였다. 그제야 근호는 무리 중 둘의 손에 칼이 쥐어진 걸 알아챘다. 저들의 칼끝이 재희를 향한 것임을 상기한 순간 근호 심장이 용광로처럼 달궈졌다. 분노가 임계치(臨界値)를 넘어서니 외려 마음이 여유로워졌다.

"십 대 일 싸움에 연장까지 챙겨 왔네. 무슨 건달들이 이렇게 겁쟁이야?"

근호의 조롱은 금방 효과를 봤다. 명령이 떨어지기도 전에 선두에 서 있던 부하 셋이 득달같이 달려들었다. 넓은 데서 협공을 받았다면 꼼짝없이 당했겠지만 일렬로 다가오는 이들 각자는 자세만 봐도 주먹이 어디로 날아올지 훤히 읽히는 것이 근호 눈엔 그저 움직이는 샌드백에 지나지 않았다.

맨 먼저 덤벼든 사내는 거리가 한참 모자라는데도 냅다 팔만 휘둘러 댔다. 근호는 그 어설픈 주먹들을 흘려보내면서 상대의 턱보다는 관자놀이를 조준했다. 시합이 아닌 싸움이니 만큼 상대를 빨리 쓰러뜨리기보다 최대한 치명상을 입힐 요량이었다.

첫 상대가 크게 헛치고 중심이 흐트러진 틈에 근호는 오른손 어퍼컷으로 복부를 가격해 안면을 열어 놓고 오른쪽 관자놀이에 왼손 훅을 정확히 꽂아 넣었다. 맨주먹에 느껴지는 짜릿한 촉감이 붕대를 감고 글러브를 착용했을 때와는 사뭇 달랐다.

앞선 세 명이 실신해 쓰러지는 것을 보고 근호와 맞닥뜨린 민석은 가드만 올려놓고 한 발짝도 전진하지 못했다. 예전에 그에게 맞고 실신했던 기억까지 떠올라 주눅이 들대로 들어 버렸다. 근호가 달려들면 어디든 붙잡고 늘어질 생각뿐이었다.

민석이 번데기처럼 웅크리고만 있자 근호는 팔꿈치부터 가격해 가드를 풀어 놓고 오른손 스트레이트와 왼손 훅에 이어 오른손 어퍼컷까지 연달아 안면에 퍼부었다. 관자놀이에 왼손 훅을 한 번 더 맞은 민석은 허공으로 피를 튀기며 앞으로 고꾸라졌다.

이윽고 칼을 쥔 둘이 승냥이처럼 슬금슬금 다가왔다. 근호는 먼저 칼을 휘두른 사내의 손목을 왼손으로 잡아채 놓고 오른손으로 그의 안면을 피범벅이 될 때까지 연타(連打)했다.

숨 돌릴 겨를도 없이 이번엔 성동의 칼이 목 언저리로 날아왔다. 상체를 젖혀 칼날을 어깨너머로 흘려보내는 동안 상대의 왼 주먹이 뒤따라 나올 기미가 보였다. 근호는 얼른 자세를 낮추며 오른 주먹에 체중을 모두 실었다.

성동의 왼손이 허공을 가름과 동시에 근호의 오른손 스트레이트가 그의 턱을 뒤흔들었다. 비틀거리는 성동의 명치에 왼손 훅이 꽂히자 그의 몸이 앞으로 기울었다. 근호는 다시 한 번 오른손에 힘을 모았다. 쓰러지는 성동의 안면에 어퍼컷이 작렬한 순간 그의 몸이 붕 뜨듯이 솟구쳐 문간에 서 있던 준태 발치까지 나가떨어졌다.

근호는 룸 안팎에서 자신을 주시하던 준태와 사무라이에게 손가락질로 덤벼 보라며 조롱을 퍼부었다. 긴장감이 팽팽하게 감도는 가운데 방 안에서 누군가에게 허겁지겁 문자메시지를 보내는 윤 사장 모습이 근호의 신경을 곤두서게 했다.

준태가 체격에 걸맞게 널찍한 보폭으로 다가오자 근호 역시 한 발짝 앞으로 나갔다. 오늘 싸움의 최대 승부처이니 만큼 기세에서부터 밀릴 생각은 추호도 없었다. 언젠가 길거리에서 준태 주먹을 미리 맛본 것이 근호에겐 그야말로 값진 예방주사였다. 앞서 쓰러뜨린 부하들과 준태를 비슷한 수준으로 봤다간 여지없이 당했을 터였다.

두 사람은 서로를 의식하며 탐색전만 펼칠 뿐 좀처럼 덤벼들지 않았다. 고수(高手)끼리의 대결에서 섣부른 선제공격은 패배의 지름길임을 피차 잘 아는 승부사들이었다.

시간을 끌수록 불리한 근호 쪽에서 서두를 수밖에 없었다. 적절한 공격 루트를 찾지 못해 고심하던 차에 아버지의 두 번째 세계 타이틀 매치가 문득 떠올랐다. 고의로 헛치는 동작을 취해 상대의 성급한 공격을 유도하려는 챔피언의 계략에 말려드는 바람에 아버지는 고비 때마다 카운터펀치를 허용하고 실점하면서 어렵게 얻은 재도전 기회마저 무산시키고 말았었다.

근호는 옛날에 아버지가 당했던 작전을 그대로 재현하기로 마음먹고 준태가 가장 의식하고 있을 왼손 훅을 날리는 척 하다 거둬들이며 그의 반응을 유심히 살펴봤다. 준태의 오른쪽 어깨가 반사적으로 살짝 꿈틀대는 것이 상체를 젖혀 상대의 주먹을 흘려보냄과 동시에 오른손 스트레이트로 반격하려는 의도로 보였다.

작전상 다시 뻗은 왼 주먹이 준태 눈앞을 지나치는 순간 뒤로 젖혀졌던 그의 어깨가 제자리로 돌아오면서 예상대로 오른손이 뻗어 나왔다. 순간 무방비 상태가 된 준태의 오른쪽 안면이 근호에게 목표물로 조준됐다.

옆으로 휘어져 나가던 근호의 왼 주먹이 방향을 급선회해 준태의 안면을 가격했다. 궤적상 위력적인 펀치는 아니었지만 예상치 못한 급습으로 준태를 놀래 주기엔 충분했다. 상대가 당황한 틈에 근호는 표범처럼 달려들며 오른손 스트레이트로 턱을 후려쳤다. 중심을 잃고 비틀거리는 준태의 안면에 왼손 어퍼컷, 오른손 스트레이트, 왼손 훅, 다시 오른손 스트레이트가 연달아 작렬했다. 모두 체중이 실린 펀치였다. 준태는 밑동 잘린 통나무처럼 바닥에 꼬꾸라졌다. 그의 얼굴에서 흘러나온 피가 카펫을 붉게 물들이고 있었다.

아홉 시를 넘기고부터 나이트클럽이 사람들로 북적이자 장미는 여느 때처럼 모든 이의 시선을 빨아들이며 무대에 올라 춤을 추기 시작했다. 매혹적이고 세련된 장미의 몸동작이 모든 이들을 무아지경으로 이끌어 갔다.

흥이 난 관객들이 하나둘 일어나 스테이지로 모여듦에 따라 음악의 템포가 빨라지고 장미의 춤동작도 덩달아 격렬하게 요동쳤다. 잔잔한 물결이 거센 파도로 돌변하듯 장미의 춤도 반전을 거듭하며 극한의 운동에너지를 뿜어내고 있었다.

홀을 가득 메운 사람들이 장미를 따라 맹렬하게 몸을 흔들어댈 때였다. 팔목에서 스마트워치의 진동을 감지한 장미는 DJ를 향해 팔을 빙글빙글 돌려 신호를 보내 놓고 슬금슬금 무대에서 내려왔다. 그 사이에 더 빠르고 경쾌한 댄스 음악이 흘러나와 한바탕 축제의 도가니가 연출됐다.

나이트클럽에서 큰길가로 무엇인가 대포알처럼 튀어나왔다. 장미였다. 무대에서의 튀는 옷차림 그대로 달려 나온 장미는 뒤따라온 직원들을 뿌리치고 전속력으로 인도를 질주해 갔다. 미니스커트가 바람에 날려 속옷이 적나라하게 드러나는 것도 아랑곳하지 않았다.

그 시각 강민은 한나와 재희를 오토바이에 태우고 윤 사장의 룸살롱을 향해 아슬아슬한 곡예운전을 이어 가고 있었다. 강민의 등에 비스듬히 기

댄 한나 얼굴이 엄마 등에 업힌 아이처럼 편안해 보였다. 긴박한 현실과는 동떨어진 그 모습이 실상은 체념적 달관의 소산(所産)일 뿐 한나는 앞뒤로 앉은 두 남자 걱정에 속이 타들어 가고 있었다.

곱슬머리의 납치 행각이 근호의 기획이었음을 알고부터 재희 눈에는 물이 마르지 않았다. 한나가 그들의 연극에 동참한 것을 어떻게 받아들여야 할지 재희는 알 수 없었다. 근호의 무사귀환 여부에 따라 대응 수위가 극과 극으로 갈릴 판이었다.

룸살롱이 가까워 올수록 불안감만 커져갔다. 근호 혼자 싸우러 간 걸 알면서도 위장납치임을 알려 주지 않았다면 아무래도 한나를 용서하긴 어려울 듯싶었다.

"근호가 시킨 짓인지 언제 알았어?"

"……."

"언제 알았냐니까?"

"미안해……. 잘 모르겠어."

재희를 등지고 앉은 한나였지만 그의 표정은 물론 심리 상태까지 넉넉히 살펴 냈다. 당장은 무슨 말로도 그를 달랠 수 없겠기에 근호가 무사하길 바라는 진심이나마 헤아려 줬으면 했다. 재희와 근호의 관계가 친구 이상이라는 건 짐작하고 있었지만 둘을 이은 끈의 강도(剛度)가 어느 정도인지 체감하고는 전율에 떨고 말았다.

세 사람을 태운 오토바이가 룸살롱 인근 대로에 들어서니 차들이 앞으로 빼곡히 늘어서서 거대한 주차장을 방불케 했다. 앞차들 틈을 요리조리 빠져나가다 그마저 힘들어지자 재희는 아예 중앙선을 타고 가자며 닦달했다. 오토바이가 마주 달려오는 차들의 경적소리를 헤집으며 야생마처럼

질주하는 동안 한나가 소스라치게 비명을 질러 댔지만 재희는 들은 체 만
체 강민을 재촉하고 또 재촉했다.

　조직의 최고 주먹인 준태마저 힘 한번 못 써 보고 나가떨어진 마당에 제
아무리 강심장인 사무라이라도 주눅이 들지 않을 수 없었다. 양 손에 칼을
한 자루씩 움켜쥐고 선 꼴이 누가 올 때까지 시간이나 끌자는 속셈으로 보
였다.

　사무라이가 룸 밖으로 나올 기미를 보이지 않자 근호는 슬슬 불안해졌
다. 시간을 더 지체하다간 지원군이 들이닥쳐 오도 가도 못할 것만 같았다.

　근호는 룸 안에 두 사람뿐임을 재차 확인하고 그곳에서 결판을 내기로
마음먹었다. 윤 사장이야 없는 셈치고 일대일 승부라면 상대가 칼잡이라
도 마다할 이유가 없었다.

　칼을 쥐고 방 벽에 바짝 붙어 선 사무라이 옆에 윤 사장이 허겁지겁 휴대
폰을 꺼내 들고 있었다. 코발트빛이 눈부신 그 휴대폰을 본 순간 곱슬머리
의 말이 번뜩 뇌리를 스쳤다. 죽은 사람 명의의 그 대포폰은 윤 사장이 최측
근들과 통화할 때만 사용하는 것이었다. 통화내역을 분석하면 그가 저지른
악행이 속속 드러날 것이기에 어떤 대가를 치르더라도 빼앗아야 할 물건이
었다. 속내를 읽힐세라 근호는 얼른 시선을 돌려 사무라이를 노려봤다.

　사무라이 쪽으로 바짝 다가간 근호는 그의 면상(面上)을 노리는 척하다
지나치곤 윤 사장을 급습해 관자놀이를 강타했다. 윤 사장이 쓰러지면서

떨어뜨린 휴대폰이 데굴데굴 근호 발치까지 굴러왔다.

휴대폰을 집으려다 사무라이의 움직임을 감지하고 즉각 방어자세를 취했지만 그의 두 칼이 벌써 목 앞에 도달해 있었다. 타이밍이 늦은 데다 장신의 상대가 공중에서 공격해 온 터라 제대로 대처하긴 어려웠다. 복서 특유의 방어 본능으로 상체를 흔들어 표적의 위치를 교란시킨 덕분에 칼끝이 양쪽 어깨 언저리에 걸친 것이 그나마 다행이었다.

근호는 칼을 움켜쥔 사무라이의 두 손목을 맞잡고 필사적으로 버텼다. 어깨에서 흘러나온 피가 등줄기와 가슴팍으로 스며들고 있었다. 살을 파이는 고통을 지그시 참고 있자니 아버지에게 극기 훈련을 받던 어릴 적 기억이 아련하게 떠올랐다.

그 시절부터 잘 단련된 손아귀 힘이 사무라이를 압도하는 까닭에 일방적으로 눌리는 자세에서도 반격을 노려볼 수 있었다. 오른손으로 사무라이의 왼손을 제압하는 것쯤은 대수도 아니어서 오른쪽 어깨를 파고든 칼은 금방 뽑혀 나왔다.

근호의 왼손이 사무라이의 오른손을 이겨낸 데는 좀 더 특별한 사연이 있었다. 오른손 못지않게 강하고 빠른 왼손을 갖지 않고는 세계 정상에 오를 수 없다는 아버지의 신념 덕분에 근호는 철저하게 양손잡이로 조련됐다. 왼손으로는 도끼질을 두 배나 더 해야 했고, 집안에서는 아예 오른손 사용을 금지당하기까지 했다.

칼에 찔린 채로 버티고만 있자니 정신이 점점 혼미해졌다. 티셔츠가 까맣게 물들도록 출혈이 계속된 마당에 언제 쓰러질지 알 수 없었다. 근호는 몸 구석구석에 남아 있는 힘줄기를 목과 머리 주변으로 한 올, 한 올 끌어모으며 반격 타이밍을 엿보고 있었다.

사무라이가 칼을 쥔 손에 힘을 가하며 승부를 걸어 오자 근호는 고개를 젖히고 숨을 깊이 들이마셨다. 칼끝이 뼈에 부딪혀 미끌려 나감과 동시에 근호는 이마께로 모아둔 화력을 상대의 입 언저리에 모두 쏟아부었다.

사무라이는 칼을 떨어뜨리고 얼굴을 감싸 쥐며 비틀비틀 뒷걸음질 쳤다. 근호의 반격은 맹렬하고 무자비했다. 좌우 훅으로 사무라이의 복부를 연타한 근호는 왼손으로 목덜미를 잡아 쥐고 오른손으로 스피드백을 치듯 안면을 두들겼다. 상대의 얼굴이 형체를 알아볼 수 없을 만큼 이지러져도 근호의 주먹질은 그칠 줄 몰랐다. 때리고 때리다 지치고서야 근호는 사무라이를 패대기쳐 버리고 방 벽에 기대 가쁜 숨을 토해 냈다.

방바닥에 웅크리고 있던 윤 사장은 근호가 방심한 틈에 휴대폰을 집어 들 기회만 엿보고 있었다. 굼벵이처럼 엉금엉금 기어가 봤지만 그의 손이 휴대폰에 닿기도 전에 근호의 한쪽 발에 짓뭉개졌다. 윤 사장의 옆구리와 가슴께로 근호의 다른 발이 쉼 없이 날아들었다.

근호의 발길질은 오래가지 않았다. 불구대천의 원수이기에 앞서 아버지 뻘의 어른인 그에게 매질을 하자니 죄의식이 불쑥 고개를 내밀었다. 저항 능력이 없는 상대는 공격하지 마라는 스포츠맨십까지 발동해 아예 전의를 상실해 버렸다.

룸살롱이 나치 군대에 유린당한 전쟁터처럼 사내들의 신음소리와 피비린내로 아비규환을 연출하고 있었다. 근호는 윤 사장의 휴대폰을 집어다 바지주머니에 찔러 넣고 방 벽에 기대앉아 만감에 휩싸였다.

정신없이 싸우느라 못 느꼈던 통증이 이제야 양쪽 어깨로 몰려오면서 신음인지 비명인지 알 수 없는 소리가 호흡을 따라 흘러나왔다. 고통이 친구처럼 익숙해지는 동안 근호의 의식을 지배하던 분노와 복수심이 가물가물 허공으로 증발해 가고 있었다. 정체 모를 두려움이 머릿속 빈 공간을 차지하나 싶더니 불현듯 아버지 얼굴이 눈앞에 아른거렸다.

아버지가 죽음을 앞두고 어린 근호에게 마지막으로 당부한 말은 의외로 세계 챔피언이 되라는 게 아니었다. 사경을 헤매는 와중에도 이따금씩 촉촉한 눈망울로 아들을 찾은 그는 '링 밖에서는 절대 싸우지 마라.'라는 말만 주문을 외우듯 되풀이하다 숨을 거두었다. 당시에는 잠꼬대로 흘려들었던 그 말이 지금에야 천근만근의 의미로 가슴에 와 닿았다. 학창시절 재희를 괴롭힌 친구들과 숱하게 싸우면서도 깨닫지 못한 것이었다. 싸움의 주목적이 경고나 항의에 불과할 땐 미처 알지 못했다.

아닌 게 아니라 오늘처럼 복수심으로 무장하고 싸운 적은 일찍이 없었다. 밥 먹고 운동만 하는 프로복서가 이성을 잃고 휘두른 주먹이 흉기 외에 어떤 의미를 지닐 수 있는지 근호는 알 수 없었다. 문득 사무라이의 상태가 염려돼 맥박이라도 짚어 볼까 했지만 백지처럼 하얘진 살갗을 보고 지레 놀라 돌아앉고 말았다.

싸워 이기는 데만 골몰할 땐 간절히 바랐던 바가 현실이 되자마자 비수로 돌변해 목을 겨누고 있었다. 경찰조사부터 재판까지 일련의 과정이 머릿속에 파노라마처럼 펼쳐져 근호의 몸을 한껏 움츠러들게 했다. 당초 윤 사장 일당과의 몸싸움이 꺼려졌던 것이 공멸(共滅)에 대한 우려가 내면에 잠재했기 때문일 성도 싶었다.

근호는 아버지가 눈을 감기 직전에 무얼 그리 근심했는지 이제야 깨달았다. 아들의 장래를 위해 단련해 놓은 주먹이 보호자가 없어지면 외려 파멸을 초래하지는 않을까 노심초사한 것이었다. 아버지의 우려가 현실로 다가온 지금 근호는 헐벗은 아이처럼 쪼그리고 앉아 마냥 떨고만 있었다.

밖에서 간헐적으로 들려오던 사내들의 신음소리가 점점 잦아졌다. 부상자들의 회복을 암시하는 듯한 그 소리에 위안을 얻고서야 근호는 오늘 저지른 죄과가 어느 정도인지 가늠해 볼 수 있었다. 무죄를 바라긴 무리겠지만 흉기를 든 상대에게 선제공격을 당한 만큼 정당방위는 인정될 듯싶었다. 하물며 상대가 선량한 시민들을 갈취하고 살해한 자들이라면 선처를 받을 가능성은 한결 높아질 터였다.

근호는 마약으로 불치병을 치료한 의사를 잣대로 오늘 일을 되돌아봤다. 재희와 한나까지 희생될 뻔한 마당에 무슨 수든 쓰지 않을 수 없었다. 법치국가에서 범죄를 일삼는 파렴치한들을 국가 대신 폭력으로 응징했다면 공과(功過)가 적절히 상쇄돼서 아무 일도 없었던 것으로 간주해 주진 않을까. 소악(小惡)으로 대악(大惡)을 다스린 데 대해 법원이 어떤 판결을 내릴지 벌써부터 궁금해졌다. 근호는 훗날 수갑을 차고 기자들에게 둘러싸이더라도 결코 고개를 숙이지 않으리라 다짐했다.

열 시가 막 지났을 때였다. 덜커덕 하고 룸살롱 출입문이 열리더니 장미가 부리나케 뛰어 들어왔다. 복도에 쓰러진 사내들을 둘러보다 인상이 구겨질 대로 구겨진 그녀는 홧김에 스마트워치를 풀어 패대기쳐 버리고 또 각또각 룸 쪽으로 다가왔다.

바깥에서 인기척이 들리자 근호는 바지주머니 속에 전리품이 잘 있는지부터 점검했다. 몸도 마음도 만신창이가 된 채로 여적(餘敵)을 상대하느니 차라리 죽은 척이나 할까 싶었지만 차마 휴대폰을 도로 뺏길 수는 없겠기에 사무라이의 칼을 모두 주워 들고 엉거주춤 일어섰다. 상대를 적당히 위협해 이곳만 빠져나가고 볼 요량이었다.

매직미러 밖을 내다본 근호는 눈을 의심했다. 아무리 봐도 상대는 여자 한 명뿐인데 칼을 두 개나 들고 선 꼴이 너무 한심해서 얼른 그것들을 뒤로 내던지고 유유히 걸어 나갔다. 여자 얼굴을 알아본 근호는 실소(失笑)를 참지 못했다.

"어이 꽃뱀, 너도 한 팬 줄 진즉부터 알고 있었어."

"이 많은 사람들을 혼자 때려눕히다니……. 정말 대단하시네요."

"칭찬 따윈 듣고 싶지 않으니까 길 좀 비켜 줄래? 보다시피 난 지금 많이 다쳤어."

"저랑 같이 가요. 숨겨 드릴게요."

"웃기지 마. 당장 경찰서 가서 자수할 거야."

"사람들을 이 지경으로 만들어 놓고 무사할 것 같아요?"

"난 네가 더 무서워. 도대체 왜 날 도와주려는 거야?"

"여긴 이제 끝났잖아요. 제가 아는 다른 조직에 가서 같이 일해요."

장미는 근호에게 한 발 더 다가가려다 움찔했다. 방바닥에 길게 드러누운 사무라이에게 시선을 뺏긴 까닭이었다. 첫눈에도 심상치 않았던 그것이 시신임을 이제는 확신했다.

"오빠 실력이면 그 조직에서 잘 감싸 줄 거예요."

이 말은 근호에게 진정 달콤한 유혹이었다. 우물쭈물하는 틈에 장미가 한 발, 두 발 거리를 좁혀 오고 있었다.

화려한 샹들리에 조명 아래 걸어가는 장미의 뒷모습이 보는 이의 넋을 빼놓을 만큼 매력적이었다. 잘록한 허리와 잘 발달된 골반이 타이트한 붉은색 미니스커트에 의해 완벽한 예술품으로 구현돼 있있다.

그렇게도 잘 어울리는 스커트 안에서 무엇인가 장미에게 부자연스런 걸음을 강요하고 있었다. 한쪽 발을 내딛을 때마다 스커트 왼쪽 허리 부분에서 오른쪽 엉덩이까지 비스듬히 꽂힌 칼의 윤곽이 도드라져 보였다. 성동이 근호에게 휘둘렀던 칼이었다.

방바닥에서는 윤 사장이 근호가 팽개친 칼을 움켜쥐고 살금살금 기어 나오고 있었다. 윤 사장과 시선을 주고받은 장미는 한껏 교태를 부리며 근호 쪽으로 사뿐히 다가왔다.

"오빠 같이 매력적인 남자는 정말 못 봤어요."

가까이서 본 장미의 자태는 뭇 남자들의 애간장을 녹일 만큼 매력적이어서 눈 높기로 소문난 재희가 꼼짝없이 당한 것도 수긍이 갔다. 그 일을 몰랐다면 근호 역시 한입에 미끼를 물어 버렸을 성싶었다. 재희를 떠올리면서 팽팽해진 경계심이 또다시 공격 본능을 자극할세라 근호는 얼른 이곳을 벗어나기로 했다.

앞을 막아선 장미를 피해가려 왼발을 막 내딛었을 때였다. 오른발에서 뼈가 쪼개지는 듯한 통증을 느낀 근호는 총 맞은 짐승처럼 신음하며 비틀거렸다. 윤 사장의 칼에 발등이 찍힌 것이었다. 다운만은 당하지 않으려는 복서의 본능이 제때 발동한 덕분에 어설프게나마 왼쪽 발이 체중을 지탱하고 있었다.

반격할 틈도 없이 장미가 칼을 빼 들고 달려들었다. 왼손잡이 특유의 공격 자세였다. 상체의 중심이 앞으로 치우친 폼이 칼끝의 목적지가 명치 쪽임을 짐작케 했다.

근호는 칼날의 궤적을 넉넉히 예상하고 얼른 오른손을 내밀어 방어막을 쳤다. 놀랍게도 거기엔 아무것도 닿지 않았다. 상대의 번개 같은 손놀림에 감탄하는 동안 시뻘건 불덩이가 뱃속으로 들어오는 것이 감촉됐다. 뒤늦게 장미의 손목을 맞잡은 근호 손이 가랑잎처럼 떨리고 있었다.

장미는 칼을 쥔 손에 있는 대로 힘을 가하며 살의를 내비쳤다. 근호의 저항이 거세지자 아예 두 손으로 칼을 움켜잡았다.

고통이 임계점을 지나고부터는 되레 호흡이 안정됐다. 동시에 저승사자 같았던 장미가 만만한 스파링 파트너로 보이기 시작했다. 상대의 스타일이 전형적인 인파이터라 안면 수비가 허술한 만큼 카운터 한 방이면 바로 전세를 뒤집을 것 같았다. 계속되는 출혈로 정신력마저 한계에 이른 와중에 반사 신경만은 꿋꿋이 살아남아 필살기를 터트릴 기회만 노리고 있었다.

장미가 호흡을 가다듬느라 공격이 느슨해진 틈에 벼르고 벼르던 근호의 레프트훅이 그녀의 관자놀이를 강타했다. 어린 시절 손도끼로 박달나무를 두 동강 냈을 때 쾌감을 다시 맛보는 동안 장미의 칼끝이 재차 그의 상복부를 관통했다. 근호와 장미는 서로를 노려보다 동시에 반대 방향으로 쓰러졌다.

◈

윤 사장이 휴대폰을 찾아 허겁지겁 근호 몸을 더듬는 동안 출입문 밖에서 말발굽 소리 같은 것이 들리더니 한 무리의 남녀가 룸살롱으로 쏟아져 들어왔다.

"근호야!"

한달음에 룸까지 들이닥친 재희는 피범벅으로 쓰러진 근호를 발견하고 무너지듯 주저앉아 목 놓아 절규했다. 소파 뒤에 숨어 있던 윤 사장이 살금살금 기어 나와 재희를 급습하려다 뒤따라 들어온 강민의 주먹세례를 받고 혼절해 쓰러졌다.

"빨리 119 불러!"

근호의 상태가 너무 심각해 보인 나머지 재희는 응급처치를 해 볼 엄두도 나지 않았다. 바닥을 온통 핏빛으로 물들이고도 근호 배에서는 출혈이 멈출 조짐이 없었다. 엉겁결에 손으로나마 막아 봤지만 피는 손가락 사이로 계속 새어나왔다.

"근호야, 조금만 참아. 금방 병원에 데려다줄게."

"재희야……"

감정이 북받쳐 말을 잇지 못한 근호는 윤 사장의 휴대폰을 건네주며 고개만 살짝 끄덕여 보였다. 가늘게 뜬 두 눈에 물기가 가득 고여 있었다.

"다 알아들었으니까 아무 말도 하지 말고 그대로 있어."

재희는 근호의 헝클어진 머리칼을 매만지며 회복만 염원할 뿐 응징이나 복수 따위엔 아예 관심도 없었다. 근호 옆으로 바짝 다가앉은 한나 남매의 눈망울도 간절함으로 흠뻑 젖어 있었다.

근호는 꼭 해야 할 말을 힘에 겨워 못하고 있었다. 아버지를 여의고 종창을 따라와 재희와 처음 만날 때의 기억이 아득해져가는 의식 속에서 꿈을 꾸듯 다시 펼쳐졌다. 권투밖에 알지 못했던 외톨이에게 친구를 얻은 기쁨이란 세상을 다 가진 것 못지않았다. 그때의 감격이 되살아나 꺼져 가는 생명의 불씨에 공기를 불어넣고 있었다.

호흡이 점점 가빠졌다. 근호는 모든 생체반응을 정지시키고 오직 한 마디 말을 위해 남은 기운을 끌어모으고 있었다. 울부짖는 재희와 흐느끼는 한나 모습이 가물가물 아지랑이 치는 동안 바짝 마른 입술 사이로 짐승의 신음소리 같은 것이 들릴락 말락 굴러 나왔다.

"재희야……. 나 아버지 옆에다……."

"근호야, 119 금방 올 거야. 힘내 제발."

재희의 애원에도 아랑곳없이 근호의 맥박은 점점 잦아들고 있었다. 어설픈 솜씨로나마 인공호흡을 하려는데 멀리서 사이렌 소리가 들려왔다. 아차하며 주위를 둘러본 재희는 강민과 함께 근호를 받쳐 들고 조심스레 룸살롱을 빠져나갔다.

제4부

남은 이들의 찬가(讚歌)

재희 일행을 태운 구급차가 병원에 도착하자 대기 중이던 인턴과 간호사들이 근호를 이동식 침대에 받아 싣고 부랴부랴 응급실로 데려갔다. 맨 안쪽 중환자용 침대에 근호를 옮겨 눕힌 그들은 서둘러 커튼을 둘러쳐 간이병실부터 마련했다. 급전을 받고 달려온 당직의사가 마중 나온 간호사의 안내를 받으며 커튼 안으로 들어갔다.

간절함과 초조함이 시간 속에 포화(飽和)로 녹아들어간 지 십여 분만에 간호사가 보호자를 호출했다. 조마조마 병실로 들어선 재희 얼굴이 의사의 다리라도 붙잡고 늘어질 듯 울상이었다.

"급소를 여러 군데 찔린 데다 출혈이 너무 심했네요."

환자의 병세가 위중함에도 의사의 표정이나 말투는 불구경이나 하는 것처럼 무덤덤했다. 애매하면 쉬운 쪽으로 결론지으려는 습성이 경찰이나 의사나 매일반인 것 같아 은근히 울화가 치민 재희였다.

"당장 수혈하면 안 되나요? 제가 환자와 같은 B형입니다."

"너무 늦었어요. 이 상태로 맥박이 남아 있는 것도 기적입니다."

"사람이 죽어 가는데 뭐라도 해 봐야 할 거 아닙니까?"

"이미 운명하신 거나 마찬가집니다. 사망진단서 필요하면 언제든지 말씀하세요."

의사 입에서 나온 말들이 음절마다 비수로 날아와 재희 가슴을 난도질

하고 있었다. 혈압이 급강하하면서 눈앞이 캄캄해지더니 하얀 가운을 걸친 의사가 까만 두루마기 차림의 저승사자처럼 보이기도 했다. 야속하게 돌아나가는 의사를 떼쓰는 아이마냥 따라가 봤지만 의사는 뒤도 한번 안 돌아보고 서둘러 응급실을 빠져나갔다.

병상으로 돌아온 재희는 편안히 잠든 듯한 근호 얼굴을 내려다보다 자책감에 몸서리를 쳤다. 순간의 화를 못 참고 복수를 서두르다 최악의 참화를 당한 마당에 오로지 시계의 추를 한나절만 돌려놓고 싶은 마음뿐이었다.

재희 눈에서 뜨거운 물방울이 굴러 나와 근호 이마에 떨어졌을 때였다. 근호의 왼손이 재희의 머리 위로 사뿐히 올라앉더니 귀와 볼을 쓰다듬으며 서서히 내려왔다. 기적을 예감한 듯 재희 얼굴에 화색이 돌았지만 기대는 기대에 불과했다. 재희의 목 언저리에서 부쩍 힘을 잃은 근호의 손이 어깨선을 타고 미끄러지다 급기야 나무토막처럼 침대위로 툭 떨어졌다.

"근호야!"

피를 토하는 듯한 재희의 절규가 지진파처럼 온 병원에 울려 퍼졌다. 그것을 들은 사람이라면 누구나 목소리의 주인이 세상 무엇으로도 위로받을 수 없으리라 공감했을 터였다. 재희는 근호의 가슴팍에 엎드려 언제까지나 서럽게 울고 있었다.

재희 울음소리에 놀란 한나는 엉겁결에 뛰어 들어왔다가 근호의 죽음을 직감하고 망연자실해 어쩔 줄 몰랐다. 재희를 어떻게 달래 줄지 망설이다 아무 말도 못하고 들썩이는 그의 어깨 위에 손만 살포시 얹어 놓았다.

"위장납치라고 귀띔만 해 줬어도 이렇게까진 안 됐을 거야."

"재희야, 난⋯⋯."

"나랑 강민이만 생각했나 본데 나한텐 근호뿐이었어."

한나라고 할 말이 없는 건 아니었다. 납치 직후부터 수시로 휴대폰을 꺼내 들었지만 번번이 곱슬머리에게 제지당하고 말았다. 전문 폭력배들을 상대하는데 어설픈 사람 둘이 더 가 봐야 도움은커녕 근호한테 짐밖에 안 되리란 것이었다. 결과적으로 장미의 존재를 간과한 것이 패착이니 그 책임은 응당 곱슬머리에게 물어야 했다.

근호에겐 안된 일이지만 재희와 강민이 합세했다면 그들 역시 당하고 말았을 것 같아 한나는 내심 곱슬머리의 충고가 고마웠다. 속내를 감추자니 두고두고 곱슬머리만 걸고넘어질 수밖에 없었다.

"그 사람이 근호한테 다 맡겨야 된댔어. 잘 알지도 못하면서……. 이렇게 될 줄 알았으면 기를 쓰고라도 알려 줬지."

"다 끝난 일이야."

실컷 울고 난 뒤의 재희 얼굴이 좀 전과는 전혀 달라 보였다. 부친을 여의었을 때 얼핏 보였던 절망의 그림자가 지금은 흑사병처럼 온 얼굴을 휘덮고 있었다.

"아직 맥박이 남아 있어. 근호랑 둘이 있고 싶으니까 좀 나가 줄래?"

근호의 죽음과 더불어 보잘것없는 존재로 전락하고서야 한나는 두 친구의 우정을 얼마나 과소평가했는지 절감했다. 재희와 근호의 안전을 별개로 본 것이 크나큰 오산이었다. 그릇된 전제에서 나온 최선의 선택이란 언제나 최악의 결과로 귀결되기 십상이었다.

근호 손에 온기가 빠질세라 재희는 두 손 모아 입김을 불어넣고 있었다. 저승 문턱까지 따라가 친구의 발길을 되돌리려는 재희의 몸부림이 다시금 한나의 심금을 울렸다. 당장은 아무것도 해줄 수 없겠기에 한나는 내일을 기약하며 돌아섰다. 장례나 제대로 치를 수 있을지 염려스러웠다.

쫓겨나다시피 응급실을 빠져나온 한나는 강민을 따라 걸으며 재희와 근호의 관계를 재조명해 보고 있었다. 재희가 근호를 배려하느라 언약식 약속까지 저버리며 방황할 때만 해도 두 친구의 우정이 유별나단 정도로 간주했었다. 근호가 재희를 따돌리고 혼자 사지(死地)로 뛰어들었을 땐 그들 사이에 물리적 힘을 초월한 화학적 결합이 작용한다고 확신했다. 이때를 기점으로 둘의 관계는 이란성 쌍둥이 급(級)으로 격상됐다.

이제 와서는 그 마저도 한낱 과소평가로 보였다. 재희를 위해 죽음도 마다하지 않은 근호와 그런 그를 영영 못 보내는 재희를 가까이서 지켜본 후론 혈육지정도 서러워할 만큼의 결합에너지를 산정(算定)하지 않고는 관계를 규명할 재간이 없었다.

피차 어린 가슴에 치명상을 안고 만났던 두 친구는 서로 의지하고 닮아가며 함께 자라는 동안 하나의 영혼으로 합쳐진 게 분명했다. 지금껏 그들은 두 사람으로 살아온 게 아니라 이중성을 가진 하나의 개체로서 단지 공간만 두 곳을 점유했을 뿐이었다.

이런 깨달음이 한나로 하여금 재희와의 사랑이 머무를 수 있는 영역을 가늠케 했다. 그랬다. 그것은 어디까지나 재희와 근호의 관계가 별 탈 없이 유지될 때만 허용된 것이었다. 근호의 죽음에 대한 책임이 일정 부분 한나한테 있다고 보는 마당에 재희가 예전처럼 다정다감한 모습으로 돌아오길 기대할 순 없었다. 재희와의 미래에 대한 불확실성 앞에 한나는 메마른 냇가의 물고기처럼 동요하고 있었다.

한나의 가슴을 옥죄는 것이 또 하나 있었다. 지도 교수에게 낭보를 전해 듣기 직전에 재희를 잊어버리려 했던 기억이 뼈마디마다 가시로 박혀 있었다. 만에 하나 이대로 재희와 헤어진다면 남은 인생은 그를 배신한 죄과(罪過)에 따른 수감(收監)생활에 지나지 않았다.

한나는 근호에게 왜 그토록 무심했는지 스스로도 납득하기 어려웠다. 재희와 함께라면 근호로서도 위험한 선택은 피하리라 짐작했었지만 강민과 재희의 안전을 빌미로 끝내 외면당한 근호였다. 특허 건으로 거액이 생긴 것만 알려 줬어도 굳이 윤 사장 일당과 몸싸움을 벌이진 않았을 터였다.

자책의 시간이 권태롭게 흘러가는 동안 근호가 소외시됐던 까닭이 스멀스멀 기억 속으로 기어들어 왔다. 근호로 인해 재희의 관심을 온전히 못 받는 것 같아 앙갚음을 해 버린 것이었다. 그 하찮은 질투심이 일으킨 나비효과가 이다지도 가혹할 줄은 정녕 몰랐었다.

한나는 참회의 눈물을 삼키며 하늘을 올려다봤다. 동쪽하늘 아득한 곳 어딘가에 초록별 하나가 잔별들 틈에서 유독 밝게 비치고 있었다. 천상에서 보석처럼 반짝이는 그 별 속에 오늘 떠나간 근호의 영혼이 깃든 듯도 했다.

한나는 누군가 어깨를 잡고 흔드는 것 같아 얼른 뒤를 돌아봤다. 응급실에서부터 침묵으로 일관하던 강민이 제법 위압적인 표정으로 방황하는 누이에게 귀가를 종용(慫慂)하고 있었다. 강민의 서슬에 흠칫한 것도 잠시뿐 이대로 가면 재희를 영영 못 볼지도 몰라 한나는 자꾸만 걸음이 더뎌졌다.

근호 일을 생각하면 재희와 관계를 회복하기란 요원해 보였다. 재희를 그리며 사는 것이야 운명으로 받아들이더라도 그를 다른 여자에게 뺏기고는 견뎌 낼 자신이 없었다. 재희의 원성을 누그러뜨릴 묘안을 찾아 고민을 거듭하자니 근호의 맥박이 아직 남아 있다는 말이 무슨 암시라도 전하려는 듯 스테레오로 귓전에 울려 댔다.

강민의 꽁무니만 따라 병원 정문까지 걸어 나온 한나는 똑같은 모양의 택시들이 줄지어 서 있는 걸 보고 고대하던 실험결과를 얻은 것처럼 흥분을 감추지 못했다. 재희에게 희망을 안겨줄 계책이 뇌리에 번뜩 떠오르자 한나는 즉각 응급실 쪽으로 발길을 되돌렸다. 병원 본관의 벽시계가 어느덧 자정을 넘어서고 있었다.

"누나! 왜 또 그래?"

강민의 존재감이 새삼 크게 느껴졌다. 그도 그럴 것이 한나는 당장 그의 도움이 절실했다.

"강민아, 지금부터 내가 하는 말 잘 들어!"

줄곧 패잔병 같았던 한나가 돌연 불굴의 여전사 면모를 과시하고 있었다. 강민은 한나 목소리에 넘실대는 에너지가 모두 재희를 위한 것이리라 확신했다. 말리려야 말릴 수 없을 바엔 차라리 돕는 편이 능사로 보였다. 짤막하게 대화를 나눈 남매는 서로 반대 방향으로 부리나케 내달리기 시작했다.

한달음에 응급실로 되돌아온 한나는 근호 병상의 커튼이 바람에 일렁이

듯 이리저리 흔들리는 걸 의아하게 관찰하고 있었다. 일정한 주기와 진폭으로 움직이는 모양이 얼핏 기계적으로 작동하는 듯 보였지만 가까이 다가갈수록 남자의 거친 호흡 소리도 함께 들렸다.

살금살금 커튼 안으로 들어선 순간 믿기지 않는 광경이 눈앞에 펼쳐져 한나를 아연 질색케 했다. 재희가 침상 위에 쪼그리고 앉아 그럴듯한 솜씨로 심폐소생술을 반복 시행하고 있었다. 땀방울이 빼곡하게 맺힌 목덜미 아래로 티셔츠가 흥건하게 젖은 채 등짝에 바짝 달라붙어 있었다.

끊어져 가는 친구의 생명줄을 한순간이라도 더 붙들어 놓으려는 몸부림이 감동을 넘어 충격파를 일으키는 가운데 한나는 차츰 불안해졌다. 재희가 탈진해 쓰러질세라 얼른 다가가 일손을 멈추게 한 그녀였다.

"도와줄까?"

"……"

"잠깐만 내 얘기 좀 들어 봐."

"근호랑 둘이 있고 싶다는데 왜 또 왔어?"

재희와 마주친 순간 형편없이 이지러진 그의 얼굴이 또 한 번 한나를 경악케 했다. 눈언저리가 움푹 패여 광대뼈가 도드라져 보이는 통에 얼굴 구도가 숫제 망가져 있었다. 누군가 그의 얼굴을 풀어 헤쳤다가 엉성하게 재조립해 놓은 것도 같았다. 근호 없는 세상이 재희에게 어떤 의미로 다가왔는지 일깨워준 대목인 만큼 한나 어깨가 한층 무거워졌다.

"저번에 네가 내 동생 살려 냈으니까 나한테도 기회를 줘 봐."

"무슨 말이야?"

살려 냈다는 말에 재희는 심봉사처럼 눈이 번쩍 뜨였다. 안색까지 훤하게 돌아와 한나의 의욕을 한껏 북돋웠다.

"밖에 나가서 시원한 것 좀 마시면서 얘기하자."

한나가 매점에 들른 사이에 재희는 '살려 낼 기회를 달라.'라는 그녀의 말이 무얼 의미하는지 곰곰이 생각해 봤다. 신이 아닌 다음에야 근호를 살려 내진 못하더라도 이 판국에 듣기 좋으라고 한 말만은 아닌 것 같아 은근히 기대에 부풀었다.

한나가 생명공학 연구실에 근무하는 것을 상기한 순간 새희는 흥분을 감추지 못했다. 초등학교 소풍날 보물찾기 시간에 산속을 서성이다 이상하게 꺾어진 나뭇가지나 삐딱하게 놓인 돌멩이를 발견했을 때 짜릿한 느낌이 그대로 전해졌다.

양손에 음료수 캔을 들고 보호자 대기실로 돌아온 한나는 상기될 대로 상기된 재희 얼굴을 보고 순간 뜨끔했다. 계획이 실패할 수도 있음을 주지시키려 했지만 아무래도 시기를 놓친 것 같았다.

"네가 뭘 계획하고 있는지 맞춰 볼까?"

재희 목소리가 어느 때보다 우렁차게 들렸다. 죽어서도 재희의 기분을 쥐락펴락 하는 근호의 존재감이 다시금 한나를 전율케 했다.

"생물책에서 정자 수명이 이삼 일은 된댔으니까 근호 것도 아직 살아 있겠지?"

"그럴 거야."

"그럼 정자 추출해서 인공수정을 해 볼 수도 있겠네?"

"가능은 하겠지."

재희는 벌써 애 아빠라도 된 것처럼 들떠 있었다. 근호의 자손을 얻어 잘 키운다면 그의 살신성인(殺身成仁)에 대한 보답으로 그만한 게 또 있을까 싶었다.

"빨리 정자부터 채취해 놔야겠어."

"그게 말처럼 쉬운 게 아냐. 배우자는 또 어떻게 구할래?"

재희는 그만 풀이 죽어 버렸다. 그도 그럴 것이 지금이 조선시대도 아닌데 씨받이를 하겠다는 여자가 있을 리 만무했다. 재희의 낙심이 커질세라 한나는 마음에도 없는 말을 불쑥 내뱉었다.

"정 안 되면 나라도 나서야지. 지은 죄가 있으니까."

재희는 선뜻 맞장구를 치지 못했다. 부쩍 어두워진 그의 낯빛이 한나 가슴에 뭉클하게 파도를 일으켰다. 무심코 도박을 접했다가 대박을 맞은 듯 심사(心事)가 넉넉해진 그녀였다.

한나가 인공수정까지 감수하는 것은 속죄라기보다 인신공양에 가까워 보였다. 근호가 홀로 사지에 뛰어든 것과 하등 달라 보이지 않았다. 마지막 남은 소중한 사람마저 잃을 것 같은 불안감이 재희를 엄습(掩襲)해 고개를 젓게 했다.

"아무래도 그건 좀 아닌 것 같아."

하고 푸념하는 재희 목소리가 갈수록 잦아들다가 마지막엔 한숨까지 달고 나왔다. 사막을 헤매다 발견한 물줄기가 신기루였음을 깨달았을 때 심정이 바로 이런 것이려니 했다.

인공수정을 할 생각이라곤 추호도 없었는데 재희가 그렇게 믿어 주니 한나는 거푸 횡재를 한 기분이었다. 본의 아니게 재희를 시험에 들게 했으니 얼른 구원의 손길부터 내밀어야 할 것 같았다.

"배우자 대신 엄마 노릇은 한번 해 볼게."

재희의 식견(識見)으론 이해할 수 없는 비유였지만 구태여 알고 싶지도 않았다. 한나가 어느 정도로 죄책감을 느끼는지 어림잡은 만큼 인공수정만 아니라면 그녀에게 모두 맡기기로 했다.

한나는 전인미답의 산봉우리 앞에 선 산악인의 심정으로 각오를 다지고 있었다. 어느 누구도 못 해 본 일에 도전할 기회를 얻은 것 자체가 영광스럽기도 했다. 재희를 향한 사랑과 넘치는 학구열로 중무장한 그녀이기에 정상(頂上)이 멀어 보이지 않았다.

◈

바깥에서 오토바이 굉음이 병원을 집어삼킬 기세로 몰아쳐 오다 돌연 잠잠해지더니 누군가 응급실로 뛰어 들어왔다. 고개를 돌려볼 새도 없이 강민이 숨을 헐떡이며 두 사람 앞에 나타났다. 양손에 작은 손가방과 아이스박스를 들고 있었다.

"누나, 이거 맞아?"

"응, 내가 지금부터 근호를 다시 태어나게 한번 해 볼 거니까 둘이 많이 도와줘."

다시 태어나게 한다는 말에 귀가 번쩍 뜨이고서야 재희는 한나가 뭘 하려는지 알 것 같았다. 양이나 개 같은 동물을 복제했다는 뉴스가 얼핏 기억나긴 해도 사람을 똑같이 복제한다는 건 영 믿기지 않았다.

"그게 정말 가능하기나 해?"

"사람도 근본은 동물이니까 불가능할 거야 없지."

인간 복제가 과연 가능한지 검증된 바 없지만 한나는 내심 자신감을 갖고 있었다. 아무도 못 해 본 일에 스스럼없이 도전장을 내밀 수 있는 배짱

이란 한나처럼 불굴의 노력으로 탁월한 성취를 이뤄 본 사람만이 가진 특권인지도 몰랐다.

한나는 서둘러 근호의 침상을 찾았다. 샘플의 신선도가 염려된 까닭이었다. 재희와 강민이 수행비서처럼 뒤따라와 그녀의 등 뒤에 서 있었다.

"넌 여기서 아무도 못 들어오게 지키고 있어."

한나는 강민을 망꾼으로 남겨 두고 재희를 앞세워 커튼 안으로 들어섰다. 한나 주문에 따라 재희가 환자복의 단추를 풀어헤치자 복서답게 근육으로 다져진 근호의 상반신이 당당하게 모습을 드러냈다. 어깨 언저리와 명치 쪽에 선명한 칼자국들이 재희 가슴에 똑같은 모양으로 생채기를 내놓았다. 근호 몸에는 아직도 온기가 남아 있었다.

한나 손에 쥐어진 메스가 희멀겋게 번뜩이며 근호의 가슴께를 향하다 멈칫했다. 동물 실험이 일상생활인 그녀였지만 막상 사람 몸에 칼을 대자니 부담감이 이만저만 아니었다.

"얼굴 좀 가려 줘."

재희는 시트를 끌어다 근호 얼굴을 덮어 놓고 멀찍이 물러섰다. 동작 하나하나가 군인답게 절도 있고 신속했다. 재희의 간절한 응원 속에 한나는 쉽사리 평정심을 찾아 하던 일을 계속했다.

근호의 오른쪽 가슴 언저리에 내려앉은 칼날이 한나의 숙련된 손길을 따라 조그맣게 원을 그리며 살을 도려내고 있었다.

"왜 거기야?"

"동물 복제할 때 이 근처 조직이 제일 잘 됐거든."

한나는 적출한 가슴 조직을 핀셋으로 잡아 비닐 팩에 넣고 드라이아이스 박스를 열었다. 흰 연기가 펄펄 솟구치는 박스 안에 비닐 팩을 담고

덮개를 닫는 한나의 손놀림이 마술사처럼 능수능란해 보였다.

"다 됐으니까 옷 입혀도 돼."

긴장을 풀고 다시 본 근호 모습이 또다시 재희의 억장을 무너뜨렸다. 패어진 가슴 부분에 고인 피가 사방으로 넘쳐흘러 차마 보기에도 참혹했다.

한나는 손가방과 드라이아이스 박스를 주섬주섬 챙겨 들고 나가려다 재희가 흐느끼는 소릴 듣고 흠칫 멈춰 섰다. 발목이 옭아매인 기분이었다. 이번 일에 실패하면 재희가 얼마나 좌절할지 상상도 할 수 없어 중압감이 바윗돌처럼 어깨를 짓눌렀다.

한나는 오래잖아 의욕을 되찾았다. 힘들디힘든 연구과정을 숱하게 겪으면서 실패에 대한 두려움을 성취욕으로 피드백 하게끔 단련된 덕분이었다. 정신무장이 끝나고 보니 무엇보다 시간이 촉박했다.

"난 빨리 실험하러 가야 되니까 뒤처리 잘하고 나중에 보자."

비장감 어린 한나 목소리가 들썩이는 재희의 어깨를 보듬어 그녀와 다시 마주보게 했다. 길게 다물어진 입술이 촉촉한 눈망울과 어우러져 얼굴 가득 간절함을 담아내고 있었다. 한나는 떠밀리듯 응급실을 빠져나왔다.

오토바이가 바람을 거슬러 대로를 질주하는 동안 한나는 재희의 마지막 모습을 떠올려 보고 있었다. 근호가 되살아 올 수만 있다면 모든 걸 바치리란 다짐이 손에 잡힐 듯 귓전에 맴돌았다.

복제 인간 근호를 제조하는 것이 지상 과제가 된 지금 한나는 집념과 투지로 심장이 끓어오르고 있었다. 그것은 재희와의 사랑이 지속되기 위한 전제 조건일 뿐만 아니라 근호의 죽음에 대한 죄책감에서 벗어남과 동시에 미증유의 학문적 업적까지 달성하는 것이니만큼 가히 신의 한수라 칭할 만했다. 한 가지 일의 성취가 그토록 멋진 연쇄반응을 일으킬 수 있다면 모든 걸 잃더라도 해 보지 않고는 못 배길 성싶었다.

"좀 더 빨리 못 가?"

한나는 이미 속도위반을 범하고 있는 강민에게 떼를 쓰다시피 재촉했다. 근호의 세포 조직을 담은 드라이아이스 박스가 저온상태로 유지될 수 있는 시간이 얼마 남지 않은 까닭이었다. 남매를 태운 오토바이가 빌딩들을 휩쓸어 버릴 듯 굉음을 내지르며 밤거리를 혜성처럼 질주해 갔다.

모두 잠든 시각 학교 연구실에 도착한 한나는 뒤따라온 강민의 얼굴에 피곤한 기색이 완연한 걸 보고 그만 울컥해 버렸다. 누나의 간병을 받아도 모자랄 판에 심부름꾼 노릇도 마다하지 않는 마음씨가 갸륵하기 그지없었다.

"여긴 이제 됐어. 힘들겠지만 재희한테 가서 조금만 더 도와줘."

"누나, 내가 들은 게 좀 있어서 하는 말인데, 사람 복제하는 거 불법 아냐?"

정곡이 찔려 말문이 막힌 한나였지만 양심에 거리끼는 건 없었다. 사랑과 야망에 눈이 먼 여자라면 한번쯤은 법의 울타리를 넘나들어야 할 듯싶었다.

"재희 형이 누나를 정말로 아낀다면 이런 일은 절대 못 시키지."

"우리가 근호하고 재희한테 빚진 게 많잖아."

"근호 형이야 정말 안됐지만⋯⋯. 그래도 이건 좀 아닌 거 같아."

"내가 왜 이럴 수밖에 없는지 이해할 날이 있을 거야. 재희한테나 얼른

가 봐."

흰 가운을 걸치면서 한나 목소리가 제법 위엄스러워졌다. 죽은 사람을 복제하겠다면 누가 들어도 어처구니없을 테니 동생부터 납득시켜야겠지만 속사정까지 털어놨다간 재희 입장만 난처해질 것 같았다. 강민은 못마땅한 듯 뭔가 주절거리며 문을 박차고 나갔다.

한나는 강민이 근호에게 맞고 쓰러진 날부터 오늘까지 일들을 차근차근 복기해 봤다. 천상에서나 있을 법한 친구관계를 현미경 들여다보듯 낱낱이 목격하고 보니 며칠간 우주여행을 다녀온 느낌도 들었다. 재희와 근호의 우정이 세상 그 어떤 사랑보다 깊고 진실했던 만큼 근호를 되살려 둘의 관계를 이어 준다면 멸종동물을 복원시킨 것처럼 보람될 듯싶었다.

재희처럼 극도로 좌절한 사람에게 사랑이란 그저 한 송이 조화(造花)에 지나지 않았다. 그 하찮은 물건에 향기를 부여하려면 무너진 그의 내면부터 일으켜 세워야 했다. 재희의 치유를 위해서라도 한나에겐 선택의 여지가 없는 셈이었다.

한나는 적출해 온 근호의 가슴조직을 냉동고에 넣어 두고 실험 테이블에 걸터앉아 감회에 젖었다. 전공강의를 듣다가 동물복제 분야에 흥미가 끌려 가출소녀처럼 이 연구실을 찾아온 지 어언 2년이 흘렀다. 남다른 열정과 성실함으로 지도 교수를 매료시킨 한나는 작년 가을부터 연구실의 주요 프로젝트마다 일익(一翼)을 맡아 신들린 듯 존재감을 과시했다. 학계의 최고 난제(難題)인 체세포 복제 성공률을 4할 이상으로 끌어올려 이미 세계최고 수준의 연구자로 성장한 그녀였다.

한나는 올림픽 금메달이나 노벨상 정도의 성취를 이루려면 어떤 과정을 거쳐야 하는지 몸으로 터득하고 있었다. 여타 욕구와 잡념을 모두 떨쳐 내고 날마다 육체의 한계 부근까지 노력한 사람이라면 그보다 더 귀한 물건도 차지할 수 있는 법이었다.

한나의 폭풍성장은 현실 극복의 염원에서 비롯됐다. 윤 사장 일당의 횡포가 거세질수록 성취욕이 기하급수적으로 커진 데다 신변안전상 귀가도 포기한 채 밤새 연구에 매진한 날도 부지기수였다. 사실상 그들이 한나를 성공으로 이끌었다고 봐도 무방했다.

한나는 마라톤 출발선에 선 심정으로 향후 실험 과정들을 하나하나 머릿속에 그려 봤다. 침팬지 복제실험까지 마저 해 봤더라면 하는 아쉬움은 남았지만 토종여우와 마약 탐지견 복제에 성공했던 경험이 영양주사를 맞은 것처럼 마음을 든든하게 했다.

모레 아침이면 학회 참가차 미국 출장을 갔던 지도 교수와 동료들이 모두 돌아오는 만큼 그 전에 근호의 세포핵을 대리모의 난자(卵子)에 치환(置換)시키는 데까지는 마쳐야 했다. 냉동난자 보관실을 향해 가는 한나의 발걸음이 사뭇 비장해 보였다.

늦봄의 짧은 밤이 새기가 무섭게 응급실이 사람들로 북적였다. 근호 침상에 엎드려 야트막하게 잠들었음에도 재희는 별반 피로를 느끼지 못했다. 맞은편에 쪼그리고 잠든 강민의 모습이 볼수록 안쓰러웠다.

재희는 표백제를 발라 놓은 듯 사색(死色)이 완연한 근호 얼굴을 보고도 동요하지 않았다. 눈앞의 시신은 근호의 영혼이 이십여 년 머물다 간 장소

일 뿐, 한나 손으로 옮겨 간 그의 영혼은 머잖아 새로운 육체에 갈아타고 돌아올 테니 외려 부러워해야 할 듯도 싶었다. 슬픔인지 기쁨인지 의미를 알 수 없는 눈물이 방울방울 굴러 떨어졌다.

강민이 부스스 몸을 일으키자 재희는 얼른 옷섶으로 눈물을 훔치고 넌지시 물었다.

"누나 일은 잘될 것 같아?"

"글쎄요. 거긴 걱정 말고 형이나 도와주라던데요."

경황없는 와중에 근호의 장례까지 내다본 한나의 속 깊은 배려가 재희 가슴을 뭉클하게 했다. 근호의 주검을 바라보는 강민의 눈빛이 사뭇 애틋해서 장례를 함께 치를 파트너로 손색이 없어 보였다.

재희는 근호의 장례를 가능한 신속하고 은밀하게 치르기로 했다. 사교적이지 못한 근호의 성격상 부고를 돌린댔자 조문 올 사람도 얼마 안 될 뿐더러 한나의 프로젝트가 성공하기 전엔 그의 죽음을 세상에 알리고 싶지 않았다. 아무 일도 없었던 듯 한나 곁으로 가 근호의 부활 장면을 지켜보고 싶은 마음뿐이었다.

"강민아, 화장터 좀 알아봐 줄래? 빠를수록 좋아."

강민은 흔쾌히 휴대폰을 꺼내 들었다. 밤새 생기를 되찾은 재희 모습이 볼수록 흐뭇했다. 드라마보다 파란만장했던 세 사람 관계가 누나의 활약에 힘입어 마침내 최적(最適)으로 수렴하는 듯 보였다.

재희는 시트를 끌어다 근호 머리끝까지 덮어 놓고 밖으로 달려 나갔다. 어젯밤 근호의 사망진단서를 발급해 주겠다던 의사를 찾아 나선 것이었다.

한나는 밤샘 작업 후에 초췌해진 얼굴로 허공을 응시하고 있었다. 실험 여건이 생각보다 녹록치 않아 초장부터 걱정만 앞섰다.

냉동실에 보관된 난자 여남은 개 중에 근호의 가슴 조직에서 분리한 체세포와 이식(移植) 조건이 부합하는 것은 다섯 개뿐이었다. 이들 난자에 근호의 세포핵을 치환시키는 실험이 최소 두세 번은 성공해야 하는데, 사람 샘플을 처음 다뤄 보는 한나가 그 정도 수율(收率)을 달성하기란 불가능에 가까웠다. 핵치환 난자를 대리모의 자궁에 착상시킬 때 범할 수 있는 시행착오까지 감안하면 세 번 이상 성공시켜야 하는지도 알 수 없었다.

한나는 아무래도 재희에게 자신감을 너무 과하게 내비친 것 같아 좌불안석이었다. 그를 달래는 것이 워낙 급선무여서 전(全) 실험과정이 최적 조건에서 진행되리라 단정한 채 여건상 열악한 부분은 아예 괘념치도 않은 것이었다. 현실 도피적 과대망상이 참화(慘禍)로 이어지는 경우를 과학자 사회에서 흔히 봐 온 한나였기에 실패에 대한 두려움이 유독 크게 느껴졌다. 재희를 잔뜩 기대에 부풀게 해 놓고 정작 근호를 복제해내지 못한다면 차마 그를 다시 볼 수 없을 것 같았다.

다행히 이번에도 학구열이 제때 발동해 시름을 덜어 줬다. 진화학상 최고등 동물인 인간을 복제하는 것은 생명공학 기술의 결정판인 만큼 승부욕 또한 전에 없이 크게 일어났다. 인간 복제가 법적으로 허용될 리 없다면 지금과 같은 기회는 앞으로 영영 없을지도 몰랐다.

한나는 현미경 쪽으로 의자를 바짝 당겨 앉아 샘플을 재물대에 올려놓았다. 난자와 체세포에서 핵을 빼내는 작업까지는 동물 실험처럼 손쉽게 마쳤지만 근호의 세포핵을 난자에 주입하는 과정을 앞두고 신출내기처럼 긴장해 있었다.

체세포 핵을 무핵난자에 이식하는 것 자체도 쉽지 않을 뿐더러 난자 안에서 핵의 위치가 최적화돼야만 후일 대리모의 자궁에 제대로 착상할 수 있기 때문에 실험자는 주의에 주의를 기울여야 했다. 동물 실험에서도 고도의 집중력과 섬세한 손기술이 요구될진대 하물며 사람의 경우라면 한나처럼 숙련된 연구자라도 부담을 갖지 않을 수 없었다.

무핵난자에 체세포 핵을 이식하는 기술이 체계적으로 정립되지 못한 관계로 실험자들은 매번 시행착오를 거듭하며 최적조건을 찾아내야 했다. 손재간도 손재간이지만 무아지경으로 실험에 몰입해야만 성공할 수 있다는 것을 한나는 경험으로 알고 있었다.

현미경 재물대 위에서 크고 동그란 무핵난자가 핵을 유혹하듯 이리저리 꿈틀대고 있었다. 한나는 손끝에 정성을 가득 모아 핵과 난자 사이의 거리를 좁혀 갔다. 두 물체가 맞닿을 때를 기다려 전기 자극으로 도킹을 시도했지만 여의치 않았다. 사람 난자의 표면장력이 유별나게 큰 것을 감지하고 전기 자극을 촉진하다 초보자들이 흔히 하는 실수를 그대로 범하고 말았다. 난자에 역치(閾値) 이상의 힘이 가해지는 바람에 바깥쪽 난황막은 물론 내부 세포막까지 손상되면서 액체상의 내용물이 봇물처럼 쏟아져 나왔다. 한나는 고개를 절레절레 흔들며 자책했다. 이마와 콧잔등에 땀방울이 송골송골 달라붙어 있었다.

두 번째 실험에서는 처음에 비해 8할 정도의 전기 자극만 가했다. 난황막과 세포막이 서서히 함입되면서 핵이 난자에 잡아먹히는 듯한 장면이 연출되자 한나는 핵이 빠져나오지 못하도록 안간힘을 다했다.

십여 분 동안이나 떠받쳐 줘도 핵은 난황막조차 통과하지 못했다. 난자의 상태가 염려돼 자극을 줄인 순간 세포막이 원형(原形)으로 돌아오면서 핵은 총알처럼 튕겨 나갔다.

핵을 떨쳐 낸 난자는 부피가 점점 줄어들며 바람 빠진 공처럼 형편없이 이지러져 버렸다. 난자의 세포막이 훼손된 것이었다. 사람 난자가 외부 핵과의 결합을 꺼리는 정도가 다른 동물의 것과는 차원이 달라 보였다.

두 번의 실패로 얻은 교훈은 물리적인 방법만으론 사람 체세포의 핵을 난자에 이식할 수 없다는 것이었다. 한나는 화학적 방법을 가미(加味)하기로 마음먹고 난자에 약품을 처리해 성공한 사례를 찾아 기억을 더듬었다. 힌트는 의외로 기억 속 가까운 데 있었다.

작년 초겨울 어느 날 한나는 여느 때처럼 토종여우의 체세포 핵을 대리모의 난자에 주입하느라 여념이 없었지만 줄곧 실패만 거듭하고 있었다. 기도하는 심정으로 마지막 난자를 튜브에 담아오던 중에 민석의 협박 전화가 걸려 왔다. 너무 당황하고 수치스러운 나머지 튜브를 공용 테이블에 아무렇게나 던져 놓고 나간 것이 화근이었다.

실험실로 돌아온 한나는 사라진 튜브를 찾느라 한바탕 소동을 벌여야 했다. 다행히 한 남자선배 자리에서 발견되긴 했지만 내용물은 이미 그의 플라스크 속으로 사라지고 없었다.

"남의 샘플을 버퍼에 막 담그면 어떡해요?"

"아, 미안해. 항체 튜브랑 섞여 있어서 내 건 줄 알았어."

"그게 마지막인데……."

"버퍼가 아주 약산성이니까 난자가 망가지진 않았을 거야. 내가 금방 분리해 줄게."

약산성 용액에 들어갔다 나온 난자는 성격이 사뭇 달라져서 주구장창 외면하던 체세포 핵을 언제 그랬냐는 듯 순순히 받아들였다. 약산의 촉매 효과가 토종여우에만 국한된 현상인지 다른 동물에도 적용될 수 있는지 검증을 못 해 본 것이 이제야 후회가 됐다.

토종여우의 무핵난자가 외부 세포핵과 새초롬하게 대치하던 당시 상황이 지금 엇비슷하게 재현되는 걸로 보아 해결의 실마리가 잡히는 것 같았다. 사람의 난자가 정자와 수정(受精)할 때 약산성 조건을 선호하는 점까지 감안하면 돌파구는 거의 찾아진 셈이었다.

한나는 연구노트와 공학용 계산기를 꺼내 이런저런 연산을 수행해 놓고 시약병 두 개와 저울을 가져왔다. 두 물질이 계산된 비율대로 하나씩 물에 녹아들어 감에 따라 즉석에서 약산성 완충용액이 제조됐다.

핵이식 실험을 계속하다 허기를 느낄 때쯤 밖에서 사람들이 와자지껄하며 지나가는 소리가 들려왔다. 이웃 실험실 사람들이 막 점심식사를 마치고 돌아온 이때 현미경에 나타난 상(像)이 한나로 하여금 그들보다 더 포만감을 느끼게 했다. 약산성 용액을 머금은 무핵난자가 난황막을 열어 놓고 근호의 세포핵과 머리를 맞대고 있었다.

하지만 실험은 더 이상 진전되지 못했다. 전기 자극을 아무리 가해 줘도 핵은 난자에게 외면당한 채 바깥에서 서성이고만 있었다. 한갓되이 시간만 지체하다 세포막에 흠집이 생긴 난자는 내용물을 조금씩 흘려보내더니 급기야 빈 깡통처럼 찌그러져버렸다. 한나는 무너지듯 테이블에 엎드린 채 울고 또 울었다.

운구차가 승화원에 도착하자 재희와 강민은 조심스레 근호의 관을 들어 내려 화장장(火葬場)으로 옮겨 갔다. 눈이 시리도록 화창한 날씨가 재희의 멍든 가슴을 포근하게 보듬어 주고 있었다.

화장장에 들어설 때만 해도 의연하던 재희였지만 근호의 관이 화염 속으로 빨려 들어가자 바닥에 털썩 주저앉아 흐느끼기 시작했다. 관이 사라진 자리에 근호가 어릴 적 모습으로 돌아와 해맑게 웃고 있었다. 천진난만한 시골 소년의 얼굴 그대로였다.

입을 꾹 다문 채로 웃고 있는 모습이 멋진 싸움 장면들을 뒤로하고 근호의 마지막 이미지로 남아 눈물에 어렸다. 생전에 그가 그렇게 웃을 때면 언제나 가슴 벅찬 감동의 순간이 동반됐었다.

재희와 근호가 중학생이던 어느 날 학교에서 돌아와 종창이 차려 놓은 밥상 앞에 마주 앉았을 때였다. 덮개를 걷어 냄과 동시에 몇 점 안 되는 고기가 먹성 좋은 사춘기 소년들의 눈길을 단숨에 사로잡았다. 몸에 좋은 거라면 체육관의 유망주부터 먹이고 보는 종창의 기질상 고기반찬은 구경도 힘든 시절이었지만 재희가 젓가락을 들기도 전에 고깃점들이 죄다 그의 밥그릇에 얹어졌다. 어리둥절해하는 재희 얼굴위로 근호의 해맑은 미소가 뿌려졌다.

고교시절 체대 입시를 앞둔 재희와 근호는 체력 단련차 등산을 함께 간 적이 있었다. 가파른 산봉우리를 꾸역꾸역 기어올라 정상에 거의 다다랐을 때 재희는 무심코 아래를 내려다보다 공포에 질려 그 자리에 얼어붙고 말았다. 고소공포증이란 무엇인지 여실히 실감하는 동안 머리위에서 고함 소리가 들려왔다. 먼저 올라간 근호가 한 손으로 나무포기를 붙잡은 채 재희를 향해 다른 손을 길게 내뻗고 있었다. 재희의 손을 낚아채 산마루로 끌어올린 뒤 삼국시대 불상에서나 봤을 법한 미소가 근호 얼굴에 환하게 펼쳐졌다.

화장장으로 들어간 지 두 시간 남짓 만에 근호는 조그만 항아리에 담겨 나왔다. 승화원 직원을 따라 넓디넓은 납골당에 들어선 재희는 빼곡하게 들어선 유골함 한 칸에 근호를 안치하고 명패를 어루만지며 나지막이 읊조렸다.

'근호야, 넌 죽은 게 아냐. 알지? 우린 더 나은 모습으로 다시 만나기 위해 잠깐 헤어지는 것뿐이야. 왜 너만 삶을 불연속적으로 이어 가야 하는지 불만이겠지만 어차피 네 인생 자체가 남들하고는 많이 달랐잖아. 안 그래? 다시 만나면 이번엔 내가 널 영원히 지켜 줄게.'

재희는 죽어서도 영원히 함께하리라 약속하는 것으로 마지막 인사를 대신했다. 먼 훗날 한 줌의 재가 되면 꼭 이 항아리에 같이 담기리라 다짐했다.

해가 기울면서 납골당과 화장장이 송두리째 붉은 안개에 휩싸이나 싶더니 산등성이에서부터 잿빛 어둠이 길게 깔려 내려왔다. 재희는 차마 떨어지지 않는 발걸음을 추슬러 운구차에 올라탔다.

태양체육관 주변은 벌써 어두워져 있었다. 아버지와 근호가 떠나버린 마당에야 모든 것이 볼품없어 보였다. 재희는 새로 태어날 근호를 위해 과거의 근호는 깨끗이 잊기로 마음을 다잡았다. 모든 것이 한나 손에 달린 만큼 이제부터는 오직 그녀만 돕기로 했다.

"너희 누나한테 가져가게 먹을 것 좀 사러 가자."

재희를 따라 마트로 향하는 강민의 표정이 무척이나 밝아 보였다. 근호의 장례를 마친 지 얼마 되지도 않아 한나부터 챙기는 대목에서 그녀를 향한 진심이 느껴진 것이었다.

강민이 아는 한 한나는 결코 무모한 일을 추진할 사람이 아니었다. 어릴 적부터 사리분별이 워낙 명확해서 현실성 없는 일이라면 일체 관심을 가지는 법이 없었다. 그런 그녀가 불법적이고 성공 여부도 불확실한 인간 복제를 감행한 것이 무척 의아했었지만 그것이 무리수가 아니라 묘수였음을 이제는 알 것 같았다.

재희가 한나에게 근호의 죽음에 대한 책임을 추궁하면서 파국으로 치닫던 두 사람 관계가 한나의 기지(奇智)로 회복되는 과정이 강민의 눈에 생생하게 관찰되고 있었다. 실의에 빠진 재희에게 한줄기 희망을 제시해 무너진 내면부터 일으켜 주려는 한나의 노림수가 빛을 발하는 듯 보였다. 이쯤 되면 설령 인간 복제가 실패하더라도 재희의 마음만은 변치 않을 것 같아 적이 마음이 놓인 강민이었다.

얼마나 잤을까. 한나는 얼굴에서 이물감을 느끼고 일어나 싱크대 수도꼭지를 틀었다. 계절이 봄의 끝자락 즈음이라 수돗물의 냉기도 어지간히 견딜 만했다. 땀과 눈물로 얼룩진 얼굴을 말끔히 씻고 나니 실험을 그르친 아픔도 얼마간은 가시는 듯했다.

기울어 가는 해가 실험실 안으로 오렌지 빛 낙조(落照)를 듬뿍 쏟아 주고 있었다. 붉게 물든 테이블 표면이 재희의 애끊는 마음을 그대로 본 떠 놓은 것도 같았다.

창문 틈으로 라일락 향기가 스며들어 와 간질간질 코를 자극하고 있었다. 해가 떨어졌음을 인지한 한나는 전투병처럼 현미경 앞으로 복귀했다. 피로와 허기에 찌들대로 찌든 몸이지만 남아 있는 기운을 끌어모아 이번 실험에 모두 쏟아부을 참이었다.

한나는 난자가 약산성 조건에서도 체세포 핵과 결합하지 못한 이유를 따져 보다 손바닥으로 머리를 내리치며 앞선 실험에서의 경솔(輕率)을 뉘우쳤다. 그녀의 머릿속엔 고등학교 성교육 시간에 시청했던 영상 중에 난자가 맨 먼저 도착한 정자를 외면하고 뒤따라온 두 번째 정자와 수정하는 장면이 또렷이 떠올라 있었다. 한 개의 핵만 가지고 이식을 시도한 것이 난자 고유의 섬세함을 간과한 처사였다.

한나는 무핵난자 옆에 체세포 핵을 무더기로 올려놓고 실험을 재개했다. 네 번째 도전인 만큼 속도감 있게 진행됐지만 핵이 난황막을 통과한 다음부터 머리가 깨질 듯이 아파 오는 바람에 이마를 짚고 한발 물러앉았다. 바짝 마른 입술이 살짝만 건드려도 피를 쏟아낼 것 같았다. 가장 몰입해야 할 시점에 몸이 탈진 상태에 이르고 말았다.

몸을 가누기도 힘든 이때 병원에서 정신 나간 사람처럼 심폐소생술을 해대던 재희 모습이 눈앞에 아른거렸다. 재희의 분신(分身)이 현미경 밑에서 살려 달라 애원하는 소리도 어렴풋이 들려왔다.

한나는 전열을 가다듬고 다시 현미경 앞으로 바짝 붙어 앉았다. 난자에 먼저 접근한 핵을 멀찌감치 밀어내고 그 자리에 다른 핵을 옮겨 놓았다. 난자가 적의(敵意)를 드러내진 않았지만 두 번째 핵을 선뜻 받아들이지도 않았다. 가슴 졸이는 시간이 하염없이 길어지자 한나는 저도 몰래 버럭 고함을 지르고 말았다.

"근호야! 제발 힘 좀 내!"

앙탈도 모자라 한바탕 눈물을 쏟고서야 흥분이 가라앉았다. 어렵사리 용기를 내 다시 현미경을 들여다보는 동안 접안렌즈 주위가 또 다른 맛의 눈물로 얼룩졌다. 근호의 체세포 핵이 무핵난자의 안방을 버젓이 차지한 장면이 빚어낸 감격의 눈물이었다.

천신만고 끝에 터득한 실험과정이 하나라도 잊힐세라 한나는 즉시 재현 (再現) 실험에 착수했다. 핵을 이식받은 난자가 대리모의 자궁에 무사히 착상할지 장담할 수 없는 만큼 마지막 실험은 기필코 성공시켜야 했다.

'인내는 쓰지만 그 열매는 달다.'라는 아리스토텔레스의 명언을 온몸으로 체감한 하루였다. 여세를 몰아 마지막 실험까지 성공시킨 한나는 인간 복제도 거뜬히 해낼 수 있으리란 자신감으로 천상에 올라앉은 기분이었다.

정신적 포만감을 만끽한 것도 잠시뿐 겹겹이 쌓인 피로와 허기가 한꺼번에 몰려오는 바람에 한나는 차가운 실험실 바닥에 쓰러져 눕고 말았다.

이대로 잠이 드나 싶었는데 누군가 어깨를 흔들어 깨웠다. 재희와 강민이 좌우로 마주앉아 걱정스레 내려다보고 있었다.

"괜찮아?"

"누나, 어제부터 아무것도 안 먹었지?"

한나는 초췌해진 얼굴을 재희에게 보이기 싫어 손으로 낯을 가리며 강민 쪽으로 돌아앉았다. 푸르댕댕하게 부르튼 입술 사이로 모기만 한 소리가 겨우 흘러나왔다.

"강민아, 화장실 좀 데려다줘."

아우의 등에 업혀 들어온 네모다란 공간이 한나에겐 엄마 품처럼 아늑했다. 연구를 수행하다 난관에 부딪히거나 윤 사장 부하들이 못 견디게 괴롭힐 때면 굳이 자연의 부름이 없어도 더러 찾아오곤 했었다.

벅차고도 힘겨웠던 지난날들을 돌아볼 틈도 없이 한나는 과거 어느 때보다 더 깊은 번민(煩悶) 속으로 빠져들고 있었다.

근호의 체세포 핵을 난자에 이식하는 데까지는 성공했지만 그것은 어디까지나 첫 관문일 뿐 복제 인간을 탄생시키려면 아직도 갈 길이 험난했다. 대리모를 못 구할 테니 자청할 수밖에 없는데 도무지 용단(勇斷)이 서지 않았다. 내 몸에 타인의 생명이 잉태하길 거부하는 것이 여자의 본능일진대 근호가 아무리 재희의 분신이라 해도 예외일 순 없었다.

한나는 이 문제에 대한 재희의 태도가 가장 우려스러웠다. 그가 어떤 반응을 보이느냐에 따라 인간 복제 프로젝트의 성공여부는 물론 두 사람 관계의 종착역도 정해질 판이었다. 화장실을 나서는 한나의 표정이 결전을 앞둔 장수 못지않았다.

재희는 집에 와서도 잠을 이룰 수 없었다. 막연하게만 알고 있던 대리모의 역할에 대해 상세히 전해 듣고 심사가 꼬일 대로 꼬여 있었다. 대리모와 씨받이는 어감의 차이만 있을 뿐 임무는 거의 같아 보였다.

나를 위해 죽음도 감수한 친구와 그를 핏줄로 품어 줄 연인까지 있으니 세상은 으레 나를 가장 행복한 남자로 추켜세우겠지만 실상은 정반대였다. 나로 인해 나 자신보다 아끼던 친구를 잃고 사랑하는 여인이 원치 않는 임신까지 해야 한다면 지구상에서 나보다 불행한 남자는 없을 터였다.

한나에게 근호의 죽음에 대한 책임을 추궁한 것이 결과적으로 희생을 강요하고 말았다. 한나가 오죽하면 그런 결심까지 했을까 싶어 밤새 자책하고 또 자책했다.

재희는 한나에게 꼭 숨기고 싶은 게 있었다. 한나의 역할이 씨받이에서 대리모로 바뀜에 따라 방관자로 변한 것이 어감의 완화 때문만은 아니었다. 태아가 근호의 유전자를 얼마나 지녔느냐가 주관심사였던 만큼 두고두고 양심의 가책을 받을 성싶었다.

밤샘 고민의 결과 근소한 차로 근호의 손을 들어 줬다. 죽는 날까지 한나를 향한 죄책감이 재희 가슴에 주홍글씨로 남게 됐다.

재희는 날이 밝자마자 운명의 계시를 받은 것처럼 한나 집으로 향했다. 갈림길 골목 어귀에 우두커니 서 있는 가로등이 은근히 시선을 끌며 발길을 멈춰 세웠다. 달 밝은 어느 날 밤 한나를 안고 사랑을 고백할 때 그들을 내려다보던 물건이었다. 그 고백이 진심이었음을 한 번도 증명해 주지 못한 것은 극히 비신사적인 작태로 지탄(指彈)을 받아 마땅했다. 재희는 돌멩이로 그날 밤 그 자리에 동그라미를 크게 새겨 성지(聖地)로 표시하고 휴대폰에 담았다.

문을 열고 들어서자마자 재희는 대뜸 한나 앞에 무릎을 꿇었다. 근호 없는 세상에서는 살아갈 자신이 없으니 그녀가 대리모를 자청해도 만류하지 못하겠다며 용서를 빌었다.

한나는 내심 가슴을 쓸어내리고 있었다. 재희가 근호의 부활에만 혈안이 돼서 그녀의 희생을 당연시 했더라면 어떤 사단이 벌어졌을지 알 수 없었다.

내친김에 재희는 정식으로 청혼했다. 결혼만 허락해 주면 평생 그녀만을 사랑하고 여왕처럼 섬기며 살겠노라고 애원하다시피 했다.

밤새 핼쑥해진 재희 얼굴이 고백의 진정성을 웅변하고 있었다. 그의 눈망울에 가득 고인 간절함을 본 여자라면 누구라도 세상에 태어난 보람을 느낄 만한 순간이었다. 한나는 재희 앞으로 바짝 다가가 그의 손을 잡아 주는 것으로 청혼에 화답했다. 순간 머쓱해진 강민은 슬금슬금 뒷걸음질치며 문밖으로 사라졌다.

한나와 강민 남매는 곧바로 체육관 2층으로 이사하고 재희와 동거를 시작했다. 강민은 벌써 재희를 매형이라 부르며 집안의 허드렛일을 도맡아 하기 시작했다.

윤 사장 일당이 사라진 거리엔 하루가 다르게 생기가 움터났다. 그저께 근호와 싸운 이들 중 셋이나 죽고 나머지도 두개골이 함몰하거나 턱이 부서졌다는 소문이 동네 사람들의 입을 타고 급속도로 퍼져 갔다. 그 소식을 접한 재희는 남몰래 쾌재를 불렀다. 지금 근호가 살아 있다면 사형을 당하거나 못해도 무기징역형에는 처해졌을 것 같아 오싹하기도 했다. 살아 돌아올 수만 있다면 당분간 죽어 있는 편이 여러모로 신상에 이로울 터였다.

오후 늦게부터 아래층 체육관 임대를 요청하는 전화가 빗발쳤지만 재희는 모두 거절했다. 권투 도장과 헬스클럽을 접목해서 운영해 보자는 강민의 발상이 시류와 맞는 것 같아 그에게 맡겨 보기로 했다. 한나 역시 특허 이전료 전액을 체육관에 투자할 참이었다.

강민이 사다 준 케이크를 자르며 새 출발을 다짐한 재희와 한나는 근호

사진이 걸린 방에서 첫날밤을 보냈다.

"그걸 지금 말이라고 지껄이는 거야? 엉?"

지도 교수 특유의 쩌렁쩌렁한 목소리가 유리창도 깨트릴 듯 방 안을 뒤흔들었다. 한나를 노려보는 그의 눈에서 당장이라도 화염이 뿜어져 나올 것 같았다.

오늘까지 꼭 해 놓으라 일러뒀던 실험은 시작도 않고 어렵사리 기증받은 난자를 다섯 개나 소모해 가며 다른 연구를 한 데까지는 한나의 능력상 재량으로 봐줄 수 있었다. 교수가 아연 질색해 버린 까닭은 한나가 법적으로 문제 소지가 있는 요구를 아무 거리낌 없이 해대는 데 있었다. 무례함이 도를 넘어서다 보니 무슨 피치 못할 사정이 있겠거니 하는 추측도 함께 일어나 그나마 분노 수위가 조절은 됐다.

아침 일찍 교수를 배알(拜謁)한 한나는 단독으로 인간 복제 프로젝트를 시작해서 체세포 핵을 난자에 이식하는 과정까지 마쳤다고 실토했다. 교수 얼굴이 사색이 된 것도 아랑곳하지 않고 사정상 대리모 역할을 직접 해야겠다며 착상시술 지원까지 요청했다. 착상에 성공하기 전엔 아무 일도 할 수 없다고 덧붙이자 베테랑 교수의 인내심도 한계를 드러냈다.

한나가 지도 교수에게 무례한 요구를 대놓고 할 수 있었던 것은 연구 실적에 대한 그의 욕심이 유별남을 잘 아는 까닭이었다. 인간 복제 기술로부터 다양한 의학적 응용기술이 파생될 수 있다는 걸 모를 리 없는 교수라면 내심 한나의 도발을 반기는지도 알 수 없었다.

침묵이 길게 이어지는 동안 한나는 시선을 발끝에 떨궈 놓고 숨소리도 내지 못했다. 교수의 시퍼런 서슬에 주눅이 든 때문만은 아니었다. 스승의 머리꼭지에 올라앉은 죄책감이 스스로에게 근신(謹愼)을 강요하고 있었다.

"이러려고 미국 학회에 안 따라온 거야?"

"아닙니다. 제가 친구들한테 크게 잘못한 게 있어서 책임지려고 그랬습니다."

할 말은 다 하면서도 잘못 역시 인정하는 듯한 태도가 얼마간은 교수의 노여움을 누그러뜨렸다. 성냥팔이 소녀처럼 웅크리고 앉은 모습이 부성애를 자극하는 면도 없지 않았다.

한나를 돌려보낸 교수는 환한 얼굴로 창밖을 내다보고 있었다. 제자의 신들린 듯한 연구능력에 경탄(驚歎)하고도 체면상 내색을 못했던 심경(心境)이 이제야 표출됐다.

한나의 기행(奇行)이 누군가를 환생(還生)시키려는 의도로 짐작되면서 교수 머릿속에 성취욕과 죄의식이 한꺼번에 일어나 격투를 벌이기 시작했다. 내적 갈등이 절정에 이르렀을 때 태업(怠業)도 불사하겠다는 한나 말이 문득 떠올라 승부의 추를 급격히 기울여 놨다.

교수 입장에선 체세포 복제 분야의 첨단 기술자가 연구를 그만두는 건 막고 봐야 했다. 매일같이 성과를 재촉하는 정부기관의 성화 속에 부와 명예를 가져다 줄 특허 기술 확보를 위해 한나의 존재는 가히 절대적이었다. 한번쯤 학자로서의 양심을 거스르더라도 그녀의 입장을 옹호해 준다면 사기진작의 효과는 물론 훗날 더 큰 보답이 따를 성도 싶었다. 교수는 즉시 전화기를 들고 인간 복제 프로젝트의 속행(續行)을 지시했다.

대장정을 앞둔 한나는 주변 정리부터 서둘렀다. 재희와 함께 양가 부모의 산소를 찾아 성묘하고 돌아오는 길에 예식장에 들러 결혼식까지 예약했다. 한 달 뒤 재희가 제대하는 바로 다음 주였다. 더위가 시작될 무렵이라 하객들에게 실례가 될 테니 날짜를 가을로 잡자는 것이 한나의 의견이었지만 재희는 기어코 고집을 꺾지 않았다. 다분히 근호를 의식한 처사였다. 생전의 그는 해마다 초여름만 되면 생기가 발랄해져 주변 사람들에게도 살갑게 대하곤 했었다.

체육관으로 돌아온 두 사람은 경찰서의 출두요청을 받고 참고인 신분으로 조사를 받았다. 근호가 뺏어다 준 휴대폰을 증거물로 제출하고 윤 사장 일당의 만행을 낱낱이 폭로한 보람도 없이 근호는 계획적으로 살인과 폭행을 저지른 흉악범으로 기록되고 말았다. 법은 권투 선수였던 근호의 신분을 문제 삼아 일체의 관용도 베풀지 않았다.

근호의 죽음을 바라보는 민초들의 시선은 사뭇 달랐다. 악덕 사채업자 일당을 일망타진한 그의 활약상이 어느 무명 일간지에 소개되고 하루 만에 범국민적 관심사로 부각됐다. 영화 제작사들이 앞다퉈 달려들고 해외 언론의 입방아에도 오르내렸다. 약삭빠른 정치인들은 고리사채금지법 제정을 부르짖기도 했다.

이튿날 아침 재희는 군복차림으로 집을 나섰다. 휴가 마지막 날인 만큼 납골당으로 가서 근호 곁에 머물다 귀대할 생각이었다. 이마에 입 맞추고 돌아서 가는 재희 모습이 한나를 마냥 흐뭇하게 했다. 손수 다림질해서 입혀 준 군복이 그렇게 잘 어울려 보일 수 없었다.

지도 교수의 전화를 받고부터 한나 얼굴에 어슴푸레 그늘이 져 있었다. 오늘 중으로 그의 부인이 운영하는 산부인과에서 근호의 체세포 핵을 이식한 배아(胚芽)를 착상시키자는 것이었다. 재희와의 행복을 위해 거쳐야 할 관문이자 생명의 은인에 대한 보답인 줄 알면서도 거부감이 질식할 듯 밀려오는 것을 어찌할 수 없었다. 마지막 보루였던 학구열마저 여자의 본능 앞에 점점 식어 가고 있었다.

책임감과 거부감의 갈등 속을 방황하는 동안 훈훈한 뉴스기사 하나가 떠올라 한나 마음속에 북극성으로 자리 잡았다. 산부인과 간호사의 실수로 아이가 바뀐 것을 십여 년이 지나서야 알게 됐을 때 양가 부모 모두 낳은 쪽이 아니라 기른 쪽을 선택한 사연이었다. 마침내 한나는 깨달았다. 부모와 자식의 관계는 주고받은 유전자의 양이 아니라 함께 나눈 시간의 길이로 맺어지는 것이었다.

오늘 잉태할 아이가 우리 부부의 손에 양육될 것이 명백할진대 어떤 유전자를 지녔느냐는 하등 문제될 게 없었다. 재희와 이틀 밤을 함께 보내고 얻은 아이라면 나름 핏줄로서의 자격 또한 갖춘 셈이었다. 결심이 흔들릴세라 한나는 외출준비를 서둘렀다.

이듬해 오월 한나는 건강한 사내아이를 출산했다. 그녀와 재희의 유전자를 절반씩 물려받은 아이였다. 아이를 안고 감격해하는 재희 모습이 한나의 눈시울을 적시게 했다. 그를 향한 감사와 속죄의 마음이 눈물에 녹아

들어 뜨겁게 흘러내리고 있었다.

작년 이맘때 지도 교수 부부는 근호 유전자를 이식한 배아를 하나의 자궁에 착상시키느라 악전고투를 거듭하고 있었다. 타 생명체에 대한 거부반응이야 늘 있기 마련이지만 한나 경우에는 유별나서 기존 대응책들이 하나도 먹히지 않았다.

재료공학자들에게 최신 나노입자 기술까지 지원받아 가까스로 착상에 성공한 지 열흘째 되던 날 지도 교수는 당일 발표된 논문들을 훑어보다 소스라치게 놀랐다. 대리모의 거부반응이 심한 경우엔 배아가 암세포로 돌변할 가능성이 저명 학술지에 보고된 것이었다.

즉시 한나를 불러 놓고 조직검사를 해 본 결과 논문의 내용이 그대로 재현됐다. 그 논문이 며칠만 늦게 나왔어도 한나는 금명간 이 세상 사람이 아닐 공산이 컸다.

차마 재희에게 알릴 수 없어 속만 태우다 자연임신이 되고 나서 임신 주수가 예상보다 모자라는 것을 의아하게 여긴 그가 계속 추궁하는 통에 한나는 모두 실토할 수밖에 없었다.

재희는 또 방황하기 시작했다. 학교를 다니는 둥 마는 둥 하면서 틈만 나면 납골당으로 가 하루 종일 울다 오곤 했다. 밤새 혼자 술을 마시다 쓰러진 그를 강민이 겨우 찾아내 업어 온 날도 부지기수였다.

재희가 가정을 팽개쳐도 한나는 한마디 원망도 못한 채 또 다른 자책감으로 괴로워하고 있었다. 애초에 한나 자신의 난자로 배아를 만들었다면 무난히 착상했으리라 확신한 까닭이었다.

시계의 추를 그때로 돌려놔도 달라질 건 없었다. 한나가 느끼는 자책감이란 더 이상의 호의를 베풀 수 없는 안타까움일 뿐 결코 후회와 결부된

성질의 것이 아니었다.

한나의 아랫배가 풍선처럼 부풀어 오르면서 재희는 점차 안정을 찾아 갔다. 부모로서의 책임감이 발동하기도 했지만 그보다는 한나의 정성 어린 교화(敎化)가 일궈 낸 결실이었다.

근호 유전자를 그대로 물려받은 아이가 태어나더라도 그 유전자가 온전히 지켜지는 건 아니었다. 특정인의 유전자는 대(代)를 거듭할수록 배우자에 의해 절반씩 희석되므로 손자손녀까지만 내려가도 2할 5푼밖에 남아 있을 수 없다. 반면 혈연적으로 무관한 아이라도 개별 유전자의 발현 양상에 따라 얼마든지 특정인과 비슷한 성체(成體)로 자라날 수 있다.

어느 누구도 좋은 유전자만 가질 순 없는 만큼 현명한 부모일수록 후세에 어떤 유전자를 물려주느냐보다 좋은 형질을 발현시키는 데 관심을 두는 법이었다. 재희의 표정이 자못 진지해지자 한나는 근호를 향한 그리움을 부성애와 모성애에 녹여 뱃속의 아이를 그처럼 강인하고 정의로운 사나이로 키우자고 호소했다. 우리 아이는 근호의 아들이기도 하다는 말에 비로소 웃음을 되찾은 재희는 손가락으로 한나 배에다 두 글자를 적었다. 아이의 이름이 근호와 재희를 합쳐 '근재'라고 지어진 순간이었다.

십여 년의 세월이 유수같이 흘러가는 동안 재희는 체육교사가 되고, 한나는 지도 교수의 자리를 이어받으며 세 아이의 부모가 됐다. 강민이 경영을 도맡은 체육관은 날로 번창해서 복서 지망생들과 건강을 관리하려는 사람들로 문전성시를 이루고 있었다.

할아버지를 닮아서인지 근호 유전자가 재희의 마음을 통해 전달돼서인지는 알 수 없지만 근재는 유년기부터 권투에 남다른 소질을 발휘하며 외삼촌을 기대에 부풀게 했다. 강민의 지도아래 연일 맹훈련을 소화하고 때로는 유명 트레이너의 특별지도까지 받아 가며 나날이 성장한 근재는 중학교 2학년 때부터 본격적으로 공식 시합에 출전했다.

발군의 스피드와 프로 수준의 테크닉까지 겸비한 근재였지만 펀치력이 정상급에 못 미치는 것이 강민의 마지막 고민으로 남아 있었다. 이를 전해 들은 재희는 근호의 어릴 적 경험을 참고삼아 매일 오른손으로는 오백 번, 왼손으로는 천 번 이상의 도끼질을 시키도록 조언했다. 그렇게 펀치력까지 보완한 근재는 이듬해 소년체전부터 두각을 나타내기 시작했다. 체육관 한쪽 벽에 그가 받아온 트로피가 차곡차곡 쌓여 갔다.

재희와 한나는 TV를 통해서도 아들의 시합을 관전한 적이 없었다. 자식이 얻어맞는 광경을 차마 보고 있을 수도 없거니와 강민이 조카를 그림자처럼 따라다니며 뒷바라지하는 만큼 전폭적으로 믿고 맡겨 놓았다.

근재가 고등학생이 되고 성인대회에 출전하면서부터 재희는 근심이 부쩍 깊어졌다. 어느 날 이마께가 찢어지고 한쪽 눈두덩이 퉁퉁 부어오른 꼴로 돌아온 아들을 본 뒤로 밤잠을 설치기 일쑤였다. 어릴 적에 체육관을 기웃거리기만 해도 호통을 치던 아버지 마음이 이제야 헤아려졌다.

해가 또 바뀌고 벚꽃이 한창일 무렵 한나는 늦둥이 넷째를 출산했다. 노산(老産)이라 회복이 더디다 보니 재희는 매일 일찍 귀가해 산모와 아이를 돌봐야 했다. 근래엔 근재의 시합까지 잦아져서 퇴근길 발자국마다 시름을 새겨 놓은 재희였다.

젖병에 분유를 따뜻이 채워 한나와 아기 앞으로 막 다가앉았을 때 거실 쪽에서 전화벨이 울리나 싶더니 학원 숙제를 하던 셋째가 수화기를 들고 안방으로 뛰어 들어왔다.

"지금 TV 한번 켜 보세요."

강민의 목소리가 한껏 상기돼 있었다. 아주 중요한 시합이 있다는 날이 아마도 오늘인 것 같은데 다행히 근재가 이긴 모양이었다. 아들의 이름이 세상에 알려지는 순간임을 직감했지만 시합관전 자체를 오랫동안 금기시해 오던 터라 재희는 선뜻 리모컨을 집어 들지 못하고 한나의 눈치만 살피고 있었다.

"누나랑 매형 마음은 잘 알지만 그래도 한 번만 봐 보세요."

막내들 특유의 투정 어린 말투였다. 전화기에서 새어나온 소릴 들은 한나는 다 나은 사람처럼 사뿐히 일어나 앉더니 재희 편으로 고개를 끄덕여 보였다.

"오늘 스포츠뉴스 첫 소식입니다. 권투 신동으로 불리는 고등학교 2학년 학생이 세계 선수권 대표 선발전에서 연일 이변을 일으키더니 급기야 우승까지 차지하며 권투계를 흥분시키고 있습니다. 지난 올림픽 은메달리스트와의 결승전 주요 장면 함께 보시겠습니다."

이어진 화면에서 근육질 몸매의 사나이와 유연한 몸놀림의 앳된 소년이 치열하게 난타전을 벌이고 있었다. 왼손잡이 상대가 뻗은 왼손 스트레이트와 오른손 훅을 위빙과 더킹으로 흘려보내며 거리를 좁힌 근재는 상대의 빈 안면에 좌우 콤비네이션을 가볍게 적중시켰다. 상대가 반격차 뻗은 왼손 어퍼컷이 허공을 가른 순간 근재의 오른손 스트레이트가 다시 그의 턱을 흔들었다. 정타를 허용하고 엉거주춤 물러서는 상대의 안면에 근재의 체중 실린 레프트훅이 전광석화처럼 작렬했다. 결정타였다. 주심은 쓰러진 상대에게 카운트를 할 생각도 않고 곧바로 근재의 승리를 선언했다.

조마조마 근재의 파이팅을 독려하던 강민의 입에서 환호성이 터져 나옴과 동시에 한줄기 오싹한 기억이 떠올라 그의 몸을 얼어붙게 했다. 근재의 펀치가 상대의 관자놀이에 꽂히는 장면이 뇌리를 떠나지 못하는 지금 강민은 그 주먹을 직접 맞은 것처럼 정신이 아득해졌다. 그랬다. 오늘 근재의 결정타는 옛날에 강민을 실신시켰던 근호의 레프트훅과 똑같은 것이었다.

두 줄기 굵은 눈물이 재희의 볼을 타고 끊임없이 흘러내리고 있었다. 오늘 그가 본 근재의 모습은 완벽하게 부활해서 돌아온 근호가 틀림없었다. 엄밀히 말하면 정확히는 아니었다. 부모와 삼촌의 사랑까지 듬뿍 받고 자란 근재라면 예전의 근호보다 정서적으로 월등히 안정됐을 테니 말이었다.

이튿날 오후 늦게 수업을 마치고 체육실을 정리하던 재희는 음악실에서 들려오는 귀에 익은 피아노 전주(前奏)에 이끌려 일손을 멈추고 밖으로 나왔다. 해마다 이맘때면 그를 한바탕 감상(感傷)에 젖게 하는 바로 그 노래였다. '봄의 교향악이 울려 퍼지는……' 하고 시작하는 노랫말이 사춘기 학생들의 싱그러운 목소리를 타고 귓전으로 넘날아오자 재희는 본능에 이끌리듯 음악실 앞 잔디밭까지 터벅터벅 걸어갔다.

벚나무 그늘 아래 팔베개를 접고 누워 학생들의 낭랑한 노랫소리에 취한 재희는 높푸른 봄하늘을 백지 삼아 긴 편지를 쓰기 시작했다. 근호가 날마다 고대하고 있었을 테지만 목이 메어 와 한 자도 적을 수 없었던 것을 이제는 술술 써 내려 갈 수 있게 됐다. 까마득하게 펼쳐진 하늘조차 그 많은 사연을 담아내기엔 턱없이 비좁았다.

해가 넘어가면서 급속도로 차가워진 공기가 이슬이 돼서 등줄기를 적셔 오는 통에 재희는 몸을 움츠리며 일어나 무릎을 껴안았다. 편지 말미에 이제는 마지막 부탁을 들어주겠노라고 적은 직후였다. 여태 납골당에 안치해 둔 근호의 유해를 부친의 산소 곁으로 옮겨 주기로 한 것이었다. 다가올 초여름 아카시아 꽃이 만개하면 나지막이 봉분을 쌓아 주고 작은 비석도 하나 세워 줄 참이었다. 그 비석엔 재희 자신의 이름도 함께 새기기로 했다.

어둑어둑해진 교정을 벗어나는 재희 발걸음이 꽤나 바빠 보였다. 근재에게 급히 할 말이 생기고 보니 귀갓길이 유난히 멀게 느껴졌다. 집에 가는 대로 근재를 불러 놓고 훗날 자신의 뼛가루를 근호의 것과 꼭 합장(合葬)해 달라고 단단히 일러둘 참이었다.

재희는 하늘을 우러러 맹세했다. 다음 생애에는 기필코 근호 부자(父子)가 사는 곳으로 찾아가 오직 그들을 위한 파수꾼으로 살리라고.

◈

　보름을 갓 앞둔 달이 학교 지붕 위로 휘영청 솟아올랐다. 거무스름하게 흉터 진 민낯을 아무렇지도 않다는 듯 내보이며 하얗게 웃고 있다. 내가 지구의 자전축을 든든히 떠받쳐 폭풍우와 지진을 막아 주고 있으니 안심하라며 속삭이는 듯도 하다. 오늘밤에도 지구의 무수한 생명체들이 달의 자장가 속에 편히 잠들고 있다.